KB182542

THE LORD OF IMMORTALS BLOOMING IN THE ABYSS
F.E.2099
마왕 2099
3. 메타유토피아 시티 요코하마
무라사키 다이고 ILLUSTRATION 크레타

CAUTION

F.E.2099

THE LORD OF IMMORTALS BLOOMING IN THE ABYSS

CONTENTS

DICTIONARY

낙원감옥도시(메타유토피아 시티) 요코하마

META-UTOPIA CITY YOKOHAMA

서로 다른 두 세계가 융합하는 대재앙, 현상융합(판타지온)의 대격변으로 육지에서 떨어져 나간 외딴섬. 그 주위에는 판타지온의 영향으로 공간 왜곡이 발생해 외부의 간섭을 거부하고 있다. 외부에서 침입을 시도하고 돌아온 자는 한 명도 없다고 하며, 그 내부 사정은 베일에 싸여 있다.

흑룡후 실바르드

먼 옛날 『용의 시대』에서 최강의 존재였던 전설의 용이자, 육마후. 요코하마 지하에서 깊은 잠에 빠져 있다.

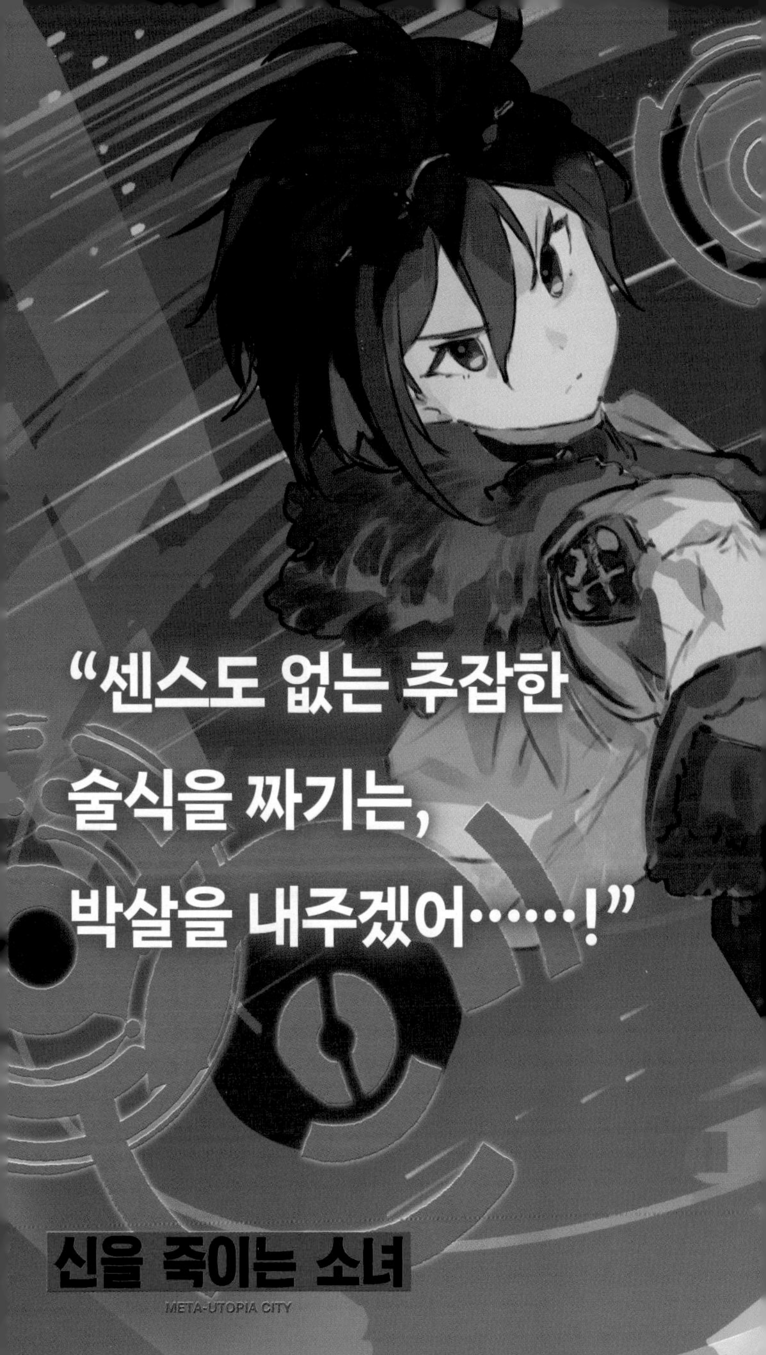
“센스도 없는 추잡한
술식을 짜기는,
박살을 내주겠어……!”
신을 죽이는 소녀
META-UTOPIA CITY

"저도……
저도 바깥세상에
가보고 싶어요."

"짐의 이름은 벨토르.
벨토르 벨벳 벨슈바르트다.
045반에 잘 왔노라.
같은 죄수로서 환영하마.
조금 좁은 감옥이긴 하지만."

요코하마시 법무국
아오바 100F
045호 수감실

마왕 벨토르

과거 불사의 왕국에 군림했던
전설의 마왕.
용사 그람에게 토벌당했지만,
500년이 지난 현대에 재림했다.

요코하마의 소녀 아오바100F

<시조>라고 불리는, 요코하마를 지배하는
존재에게 봉사하는 소녀.
사상 위반 혐의로 감옥에 수용되어
벨토르 일행과 만난다.

180
170
160
150
요코하마시 법무국
그람 라이얼
"나는 조사 의뢰를 받고
여기에 잠입한 거야."
"이딴 데서 후딱 나가자~.
집에 가자고~."
용사 그람
500년 전에 벨토르를 물리친
전설의 용사. 조사 의뢰를 받아
요코하마시에 잠입하고,
벨토르와 재회한다.
에테르 해커
타카하시
비합법적인 일도 맡는,
실력파 에테르 해커(여고생).
벨토르와 함께 외딴 감옥섬
요코하마에 잠입한다.

"죽여버리겠어…….
너 따위를 죽이는 건 일도 아니야.
자기가 신이니 뭐니 하면서
잘난 듯이 남의 목숨을 가지고 놀지만,
너 같은 건 비열한 쓰레기에 지나지 않아."

희망을 위해 힘을 내놓으세요.
친구를 위해 손을 내놓으세요.
생존을 위해 정을 내놓으세요.
만찬을 위해 아이를 내놓으세요.
이웃을 위해 눈을 내놓으세요.
질서를 위해 마음을 내놓으세요.
봉사를 위해 목숨을 내놓으세요.
세계가 평화롭도록.
당신의 몸, 뼈 한 조각까지 바치세요.

저자 불명, 『교전』에서 발췌

표지 · 본문 일러스트
크레타

프롤로그 금륜나락(金輪奈落) 시왕재결(十王裁決)

"판결—— 피고인 벨토르 벨벳 벨슈바르트에게 징역 2099년을 선고한다."

——그 판결이 내려지기 얼마 전으로 거슬러 올라가자.

피고인이 있다.

재판관이 있다.

서기관이 있다.

변호인이 있다.

검사가 있다.

하지만 방청인은 없으며…….

또한, 피고인만 인간이다.

증언석에 앉은 피고인—— 벨토르는 입을 열 수가 없었다.

온몸을 고정하고, 입에서 소리를 내지 못하게 하는 구속복이 얼굴 대부분을 덮어서 그렇다.

피고인의 감각기관 중에 이 법정에서 허락하는 것은, 구속복이 가리지 않은 한쪽 눈, 두 귀뿐이었다.

이 자리에 있는 벨토르를 제외하고는 전부 기계였다.

까만 양동이를 뒤집어놓은 듯한 그것은 현상융합(판타지온) 이전에 존재하던 컴퓨터 모뎀처럼, 빨간색과 녹색 빛이 깜빡이고 있었다.

기계 검사가, 존재하지 않는 기소장을 낭독했다.

『——공소 사실.』

무미건조한 남성의 합성 음성이, 법정에 울려 퍼졌다.

『피고인은 금일 오후 8시경, 요코하마시 시조령 안에 무단 침입했다. 그리고 영역 안에 존재하는 피고인을 비롯한 모든 인적 물적 자원은 시조의 소유물인데도 불구하고, 마치 자신에게 자유로운 권리가 있는 것처럼 행동함으로써, 교전에 대한 모독적 행위를 자행했다.』

이어서, 기계 재판장이 묵비권을 고지했다.

『피고인, 당신에게는 묵비권이 있습니다. 당신은 이 법정에서 묵비권을 행사할 수 있으며, 대답하고 싶지 않은 질문에는 대답하지 않아도 됩니다. 질문에 답해도 되지만, 당신이 이 법정에서 한 발언이 불리한 증거로 쓰일 가능성이 있습니다.』

"……."

묵비권이고 어쩌고를 떠나, 피고인은 입이 막혀서 발언 자체를 할 수가 없다.

피고인은 발언은 허락하지 않는다.

그렇다. 이 재판은 헛짓거리에 지나지 않는다.

처음부터 답이 정해져 있는 것이다.

유명무실해진 재판으로, 그 절차나 진행 또한 유치한 재판 놀이다.

『피고인, 검사의 기소 내용에 대해 반론이 있습니까?』

"……."

재판관이 묻지만, 피고인은 대답하지 않았다.

대답할 수 없다. 당연했다. 피고인은 입이 막혔다.

무의미.

불합리.

말할 수 없는 상대에게 질문하는 것이 참 우스꽝스럽다.

『반론이 없다면, 검사는 *모두진술을 시작하십시오.』

『네. 우선――.』

재판관과 검사만 말한다.

검찰 측의 모두진술이 끝난 후, 재판관의 음성이 들려왔다.

『변호인, 모두진술을 시작하십시오.』

『…….』

기계 변호인은 전혀 반응하지 않았다.

다른 재판용 기계는 아까부터 빛이 반짝거렸지만, 변호인만은 그렇지 않았다.

애초에 작동하지 않는다. 그러니 반응이 없는 게 당연했다.

의미가 있는 짓은 하지 않고, 의미가 없는 짓만 한다.

그 불합리의 집대성이 바로 이 황당무계 재판이다.

『피고인이 요코하마시에 대해 매우 중대한 위반을 범한 것은 시조의 이름 아래 명백하므로, 검찰 측이 증명할 필요는 없다고 생각합니다.』

증명할 필요는 없다.

그것은 재판을 부정하는 것이나 다름없는 망언이지만, 항변은 들리지 않았다.

이 자리에 상식이 없다면, 상식이 곧 비상식이다.

『구형하겠습니다.』

---

* 모두진술 : 재판에서 검사가 공소장을 통해 공소사실, 죄명 및 적용 법조를 낭독하는 행위 또는 그 절차.

불합리는 이어졌다.

『시조의 지배영역에 부당하게 침입함—— 지배영역 침입죄, 징역 666년.』

『시조의 지배영역에서 소란을 일으킴—— 지배영역 소란죄, 징역 217년.』

『지배영역에 불법 침입한 시점에서 시조의 소유물이 되고, 존재를 소급함으로써 외부에서 침입한 것이 되며, 영역에서 탈출한 것과 다름없음—— 지배영역 탈출죄, 징역 333년.』

『법정에서 재판관의 질문에 대한 침묵—— 법정 묵비죄, 징역 313년.』

『법정에서 재판관의 질문에 답하지 않고, 도발적인 태도를 보임—— 법정 모욕죄, 징역 99년.』

『영역에 침입해, 시조의 소유물이 됐음에도 도시에 대해 그 어떤 공헌을 한 정황도 없음—— 공헌 부족죄, 징역 403년.』

『TM(초월명상) 부족—— 명상 동요죄, 징역 20년.』

『가이아의 목소리에 대한 태만—— 대지 모욕죄, 징역 20년.』

『시조를 번거롭게 해서 채널링을 방해함—— 교신 방해죄, 징역 20년.』

『요코하마시 규정보다 현저히 긴 두발—— 남자 두발 규정 위반, 징역 4년.』

『요코하마시 규정보다 큰 신장—— 남자 신장 규정 위반, 징역 4년.』

묵비권이 있다고 했으면서 입 다물고 있으면 죄가 되고, 말할 수 없는 상태인데 말하지 않으면 죄가 되며, 머리카락이 길기만 해도 죄가 된다. 현대 문명이라는 게 믿기지 않을 만큼 어처구니가 없다.

어이없는 재판에, 정신 나간 구형 내용이다.

하지만 정신 나간 이 자리에서, 다른 것들은 참으로 성실했다.

『검찰 측은 이와 같이 구형합니다.』

『알겠습니다. 변호인, 변론하십시오.』

『…….』

증언은 없다.

심문은 없다.

변호 또한 없다.

여기서 이뤄지고 있는 건, 재판이 아니다.

검사.

변호인.

재판관.

그 모든 것이 올바르게 기능해야만 재판이라 할 수 있다.

변명이나 변호의 여지도 존재하지 않는 이 자리에서 치러지는 건, 이미 결정된 양형을 전달하는 작업에 지나지 않는다.

그저 엄숙히 판결이 내려질 뿐이다.

그것은 재판 흉내에 지나지 않는다.

『피고인, 마지막으로 할 말이 있습니까?』

"……."

『판결하겠습니다.』

피고인은 의사표시를 전혀 할 수 없는 상태지만, 구속복이 가리지 않은 한쪽 눈만은 피고인의 의지를 혁혁하게 표현하고 있는 것 같았다.

『판결――.』

――그렇게, 때는 처음으로 되돌아간다.

판결이 선고됐다.

징역 2099년.

판결이 내려진 불사의 마왕, 벨토르.

이 남자의 얼굴에서는 절망과 불안을 전혀 찾아볼 수 없었다.

대범.

침착.

태연.

여유.

당당.

꽁꽁 묶여서 꼼짝도 할 수 없는데도, 이 남자는 자유로웠다.

오히려 이 상황을 즐기는 것처럼 보일 정도였다.

그는 구속복에 가린 입에 매서운 웃음을 띠었다.

마치 이 상황을 바란 것처럼…….

목소리를 낼 수 없는 마왕이, 구속복을 뒤집어쓴 상태로 즐겁게 말했다.

"이 좁은 감옥에…… 짐을 구속할 수 있다고 여기지 마라."

마왕 2099

THE LORD OF IMMORTALS
BLOOMING IN THE ABYSS
F.E.2099

무라사키 다이고 ILLUSTRATION 크레타

3.

메타유토피아 시티

요코하마

막간

커다란 재앙이었다.

그것은 느닷없이 사람들의 머리 위, 하늘 높은 곳에 출현했다.

세계에 생긴 『구멍』.

경도, 위도, 표고, 해발, 자전, 공전, 온갖 요소를 무시하는 그 『구멍』은 생명체 위에 나타났다. 관측할 수 있는 『구멍』은 단 하나뿐이지만, 지상에 있는 모든 존재가 볼 수 있었다.

그것이 전조.

이어서 발생한 것은 흔들림이었다.

지진 대국으로 불리는 나라에 사는 주민조차도——혹은 그 나라의 주민이기에——그 공간의 흔들림은 기묘하게 느껴졌다.

그렇게 다른 두 세계가 융합했다.

두 세계를 휩쓴 그 대재앙에, 아직 이름이 없던 시절.

대재앙의 여파로 일어난 지각변동과 공간 왜곡으로 육지에서 격리된 어느 『섬』에 남겨진 사람들이 있었다.

다른 세계의 사람들은 갑작스럽게 일어난 재해 탓에 불안에 사로잡혔고, 미래에 절망했다.

이제 자신들은 살아남을 수 없으며, 세계는 끝났다고 여겼다.
그 와중에 한 남자가 연설했다. 사람들에게 용기를 주려는 것처럼…….
"이것은, 신께서 내리신 시련입니다."
남자는 그렇게 말했다.
"종말이 찾아와서, 인류는 멸망하고, 우리는 방주에 타지 못했습니다."
미소를 지으며 필사적으로 이야기하는 남자의 목소리에, 사람들은 서서히 귀를 기울였다.
"하지만 반드시, 구원받을 겁니다!"
그 남자의 손짓발짓이 듣는 이의 눈을, 귀를, 그리고 마음을 사로잡았다.
"그러니 그때까지, 절망하지 말고 손을 맞잡으며 협력합시다! 언어가, 피부색이, 사상과 주장이, 신앙이, 종족이 다른 게 뭐 어쨌다는 겁니까! 우리에게는 마음이 있습니다! 우리 모두의 영혼에는, 고차원의 존재가 될 권리가 있습니다!"
남자의 연설이, 박수를 불렀다.
하지만 남자는 알고 있었다. 머릿속과 마음은 얼음처럼 차가웠다.
여기 있는 모두를 먹여 살릴 물자가 이 장소에 존재하지 않는다는 사실을.

제1장 낙원감옥도시(메타유토피아 시티) 요코하마

두 인물이, 어둑어둑한 방에 있었다.

한 명은 남자다.

평균적인 몸집인 그는 승려 같은 옷을 걸쳤으며, 그 윤곽만으로는 종족을 알 수 없다.

그 남자에게는 육체가 없었다.

공간에 투영된 홀로그램이니까.

다른 한 명은 종족은 물론이고 성별도, 나이도 알 수 없었다.

검은 갑옷을 온몸에 걸치고 있으니까.

갑옷 위에 걸친 외투에는 검을 껴안은 용이 그려져 있고, 등에는 검은색 대검을 짊어졌다.

『《구세교회(길드)》에서 보고할 사항은 이걸로 끝이야. 질문 있어?』

검은 갑옷에서 목소리가 흘러나왔다.

그것은 외부 음성 출력 장치를 통해 흘러나온 목소리라 그런지 약간 탁하고, 음향 효과를 더한 남자의 목소리다.

"진짜로 이 『섬』에 그 벨토르란 남자가 오는 겁니까?"

『글쎄……. 자세히는 모르겠지만, 용이 여기에 있다면 오지 않으려나?』

"참 애매모호한 이야기군요……."

『나는 모를 일이야. 그렇다면 돌아가 볼게.』

금속이 스치는 소리를 내면서 외투를 휘날리더니, 갑옷은 남자 앞에서 뒤돌아섰다.

"벌써 가시는 겁니까? 모처럼 왔으니 생반(生飯)이라도 대접하죠."

『사양하겠어. 그리고 인간이 먹어도 되는 거야? 애초에 이 섬이 통신 차단만 안 했어도 내가 여기 올 필요가 없었잖아. 게다가 나는 말단이니까 처리할 잡일이 많아서 바빠. FEMU, 일루미나티, 3U, 오더, 시도닉넷…… 이 세상에 존재하는 나쁜 놈들과 싸워야 하지, 게다가 아키하바라에서 사고 친 멍청이 《페이스리스》를 대신해서 보모 일도 해야지. 여기 오는 길목에 처리할 다른 임무가 있어서 망정이지…….』

지긋지긋하다는 목소리로 그렇게 말한 갑옷은 다시 돌아서며 걸음을 내디뎠다.

문이 열린 순간, 어둑어둑한 방에 빛이 쏟아져 들어왔다.

갑옷이 나간 후, 방 안은 그림자와 정적으로 가득 찼다.

상하이의 『백랑사변(白狼事變)』으로 《드래곤 슬레이어》가 죽었고, 로스앤젤레스의 『한낮의 붉은 달 사건』에서 《성녀(메이든)》가 새로운 신비 수집에 성공했으며, 아키하바라의 『회복(禍福) 여신 포획 계획』 실패의 책임을 지고 《페이스리스》가 강등당했다.

그에 따른 내부 인사 변동으로, 자신── 《시조(프로제니터)》가 제4석으로 승격됐다.

이것이 《길드》로부터 받은 보고였다.

전부, 자신은 관심 없는 일이다.

자신이 어떤 조직의 몇 번째이든, 할 일은 달라지지 않는다.

조직에 있다. 하지만 뜻을 같이하는 것은 아니다.

조직이란, 자신들의 계획을 위해 서로를 이용할 뿐인 관계다. 조직은 자신에게 기술과 자금을 제공해 주고, 자신은 조직의 목적을 돕는다.

그리고 곧 그 관계도 끝난다.

자신의 계획이 클라이맥스에 도달하기 때문이다.

"여러분, 이제 거의 다 됐습니다. 저는 반드시 여러분을 데리고, 여러분과 함께 이상적인 세계를, 평화로운 세계를……."

그것은 남자의 입에서 자연스럽게 나온 말이었다.

"어라……?"

남자는 의아한 듯이 고개를 갸웃거렸다.

"여러분이 대체 누구였지?"

◆

동생을 원했다.

아니, 정확히는 언니가 되고 싶었다.

자신은 외동딸이었기에, 자기보다 어린 가족을 원했다.

아아, 그래서——.

혼돈의 바다에서 별이 반짝이고 있다.

혜성처럼, 유성처럼, 패밀리어가, 컴퓨터가, 서버가 트래픽의 빛을 날리고, 빛은 꼬리를 남기며 날아가서 다른 사람과, 다른 기계와 이어졌다.

이 빛 하나하나가 자아내는 광채와 에테르의 그물이야말로, 하나의 마법을 구성하는 술식이다.

기계를 통해 인간은 세계와 이어지고, 그렇게 만들어진 방대한 정보의 구조물은 이렇게 불린다.

"——에테르 네트워크."

소녀는 그 마법의 이름을 불렀다.

에테르 네트워크란, 무수한 기계가 상호 접속하면서 수많은 주문을 형성하고, 다양한 술식으로 구축되는 복합 마법이다. 하나의 혼돈이자 거대하고 드넓은 바다다.

그 혼돈의 바다에 떠 있는 소녀가 있었다.

차이나 드레스(치파오) 위에 드워프 재킷을 걸친 소녀다.

가상공간 속에 있기에, 그 모습은 소녀의 아바타다.

보통은 현실 세계와 다른 아바타를 쓰지만, 소녀는 자신의 원래 모습을 성실히 본떴다.

하지만 얼굴만은 해골 토끼 모양의 홀로 마스크로 가렸다.

이 바다는 에데르 네트워크의 술식을 시각 정보로 표현한 에테르넷 맵이다. 목덜미에 달린 정보 단말—— 패밀리어가 표시하는 가상공간이다.

마법이라는 기술이 확립된 후, 하나의 마법 술식 규모로서는 기록상 최대인 것이 바로 에테르 네트워크다.

"'혼돈과 모순이야말로, 이 광대한 바다의 본질이다'. 아서 다니엘스 저 『전자에서 에테르로』에서 인용."

그 말도 소녀가 알고 있었던 건 아니다. 에테르 네트워크의 사전에서 인공정령이 인용해 준 것을 고대로 썼을 뿐이다. 그것은 지식이 아니라, 단순한 행위다.

마법이란 것은 매우 체계적인 것이다.

원래 마법은 술식 규모가 클수록 술식의 논리 강도가 상승하지만, 그렇기에 불안정해지면서 구축 난이도가 상승한다.

주문에서 글자 하나라도 빠지거나 불필요한 글자가 더해지면, 술식은 자기모순을 일으켜 그 구축을 유지할 수 없게 되고, 논리 강도를 잃으며 파탄에 빠진 끝에 마법 자체가 붕괴한다.

따라서 이런 말이 있다.

"마법은 모순을 허용하지 않는다."

이것은 마법학의 6대 법칙 중, 제1법으로 불리는 법칙이다.

하지만 이 에테르 네트워크라는 거대 마법은 초 단위로 주문과 술식의 증감이 이뤄지면서 논리적 모순이 발생하고 있지만, 논리 강도가 유지되며 붕괴하지 않는다.

"그렇다면, 어째서 모순이 항상 일어나는 에테르 네트워크는 붕괴하지 않는가."

소녀는 허공에 대고 물었다. 그리고 소녀는 그 답을 안다.

그것은 방대하기 그지없는 술사에 의해 동시 및 상시 발동되면서, 에테르 네트워크라는 마법이 혼돈에 의한 모순을 용인하는 특성을 획득했기 때문이다.

즉, 에테르 네트워크는 제1법을 넘어선 유일한 마법이다.

그 거대함으로 획득한 혼돈에 따른 모순의 허용을 통해, 다소의 오차는 에테르 네트워크라는 마법 그 자체가 수정한다.

말하자면, 에테르 네트워크는 살아있는 마법이다.

만약 에테르 네트워크라는 거대하고 견고한 술식적 논리 강도를 지닌 마법을 파괴하려 한다면, 이 행성 자체를 멸할 규모의 파괴력이 필요하리라.

그것은 사실상, 에테르 네트워크는 파괴할 수 없는 마법임을 뜻한다.

"역시 여기가 가장 편해……."

소녀는 인류가 만든 최고이자 최대의 마법 안에서 해파리처럼 떠 있었다.

둥실둥실 떠 있는 느낌과 졸음이 소녀를 감쌌다.

기억이 있을 때부터 접한 그곳은, 소녀에게 있어 두 번째 고향이기도 했다.

"나는 대체 뭘 하고 싶은 걸까~."

현실에서 멀어질수록, 현실을 강하게 의식한다. 아니, 애초에 네트워크 세계가 현실이 아니라는 것이 환상이다. 네트워크 세계도, 현실 세계의 연장선에 지나지 않는다. 네트워크 안은 물리 세계가 아닐 뿐, 리얼하기 그지없었다.

현실은 잔혹하다.

육체는 연약하고, 팔다리와 의식도 인식 밖으로 확장할 수 없으며, 한 걸음 내디뎌도 보폭보다 더 많이 나아갈 수 없다.

신체 능력은 평균적, 보유 마력량과 방출 마력량도 평균 이하, 세계를 지배하고 싶은 건 아니고, 세계를 구하고 싶지도 않으며, 500년이나 누군가를 끈기있게 기다릴 인내심도 없는 데다, 복수에 불타는 일도 없다. 네트워크에 조금 해박하고 마법을 다루는 특기만 있는, 평범한 계집.

그게 바로 자신이다.

그렇다면 하다못해, 이 무한하고 광대하며 조그마한 세계에서만 얻을 수 있는 전지전능함에 빠져들고 싶다.

여기도 현실이니 괜찮지 않겠어? 소녀는 그렇게 생각했다.

눈을 감고, 귀를 기울였다.

——시.

목소리가 들렸다.

——하시.

누군가가 부르고 있다.

——타카하시.

소녀를, 부르고 있다.

◆

"저기, 타카하시? 제 말 들리나요?"

소녀—— 타카하시는 누군가가 몸을 세게 흔든 바람에, 강제적으로 에테르 네트워크의 풀다이브 상태에서 로그아웃 했다.

눈을 뜨자, 로그아웃 때의 노이즈가 눈앞에 한순간 발생하면서 초점이 맞지 않았다.

서서히 소녀—— 타카하시의 시야가 또렷해졌다.

망막 투영형 가상 디스플레이에 표시된 인터페이스가 재기동했다.

타카하시는 현재 어느 중화요리점에 있었다.

가게는 좁고, 어둑어둑하며, 또한 시끌벅적했다.

손님과 점원, 그리고 소형 홀로그램 모니터에서 흘러나오는 뉴스 방송 캐스터의 목소리를 들으면서, 타카하시는 가게 안을 둘러봤다.

약한 오렌지색 조명, 기름이 배서 미끈미끈한 붉은색 원형 테이블, 누렇게 변한 벽에는 빛바랜 포스터와 함께 손으로 쓴 메뉴가 붙어 있었다.

烤羊肉串.

蛋炒饭.

锅贴.

烧卖.

메뉴에 적힌 글자는 패밀리어의 자동 번역 소프트가 없으면 뭐라고 적혔는지도 알 수 없을 정도였으며, 메뉴 아래편에 표시된 2차원 코드를 눈으로 보거나 PDA의 내장 카메라로 인식하지 않으면 주문 및 결제도 어렵다.

식욕을 자극하는 향신료 냄새와 함께 합성 담배의 연기와 기름 찌꺼기 냄새가 난다.

타카하시는 4인용 좌석에 앉아 있었으며, 테이블에는 우롱차가 담긴 잔이 세 개 놓여 있었다.

그리고 눈앞에는 엄청난 미소녀가 앉아 있었다.

긴 은발, 연분홍색 눈동자, 눈처럼 새하얀 피부.

소녀를 구성하는 모든 요소가 조화를 이루면서, 소녀 앞에 미(美)를 붙였다.

언뜻 보면 평범한 소녀처럼 보이지만, 죽음을 초월한 존재다. 불사자이며, 나이 또한 타카하시와는 비교도 안 될 만큼 많다.

"어마어마한 미소녀다 싶었는데, 마키나였구나……."

"어…… 미, 미소녀라고요? 타, 타카하시도 참. 에헤, 에헤헤헤헤……."

"속으면 안 돼, 마키나."

마키나의 옆에 앉은 소녀가 그렇게 말했다.

"애, 네트워크 통신 중이었을 거야."

"어~? 안 했어~……. 친구와 수다 떨면서 풀다이브로 네트워크에 빠질 리가 없잖아~. 무슨 소리를 하는 거야, 히즈키~. 깜빡 존 거래도~."

히즈키라고 불린 소녀 또한, 마키나 못지않은 미소녀였다.

긴 금발을 투사이드업 스타일로 묶었으며, 뾰족하기는 하지만 엘프보다 짧은 귀는, 하프 엘프란 사실을 알려줬다.

가장 눈길을 끄는 점은 왼쪽 눈이 붉은색, 오른쪽 눈이 금색인 오드아이라는 점이다.

얼마 전 아키하바라를 양분한 사건의 당사자이자, 도시를 통치하는 왕권의 '전' 소유자이기도 했다.

"졸았다면 어쩔 수 없죠……. 어? 어머? 잠깐만요. 애초에 다른 사람과 대화하는 중에 조는 것도 꽤 무례한 행동 아닌가요?!"

"헤헷."

타카하시는 머리를 긁적이며 윙크하더니, 혀를 쏙 내밀었다.

"포기해, 마키나……. 얘는 원래 이런 애잖아."

"그랬죠……."

히즈키와 마키나, 두 사람은 어깨를 맞대며 난처하다는 듯이 고개를 갸웃거렸다.

그런 두 사람을 곁눈질한 타카하시는 벽 높은 곳에 설치된 홀로그램 모니터에서 나오는 뉴스 음성에 귀를 기울였다.

『불법 약물인 스크림의 만연을 우려한 FEMU가, 스크림 근절 성명을 발표했습니다. 한편 그 강경한 자세에 G6(그레이티스트 식스)의 반발도――.』

"상인 연맹도 참 큰일이네……."

그것을 보면서, 타카하시는 전혀 큰일이라고 생각하지 않는 투로 말했다.

그것은 요즘 인터넷에서 화제인 불법 약물에 관한 뉴스였다.

뉴스에서 언급된 FEMU―― 동아시아 상인 연맹(Far East Merchant Union)은 IHMI(이시마루 중공)를 비롯한 G6에 속하지 않는 기업을 중심으로 구성된 동아시아 지역의 경제 단체이며, 야쿠자 길드와도 깊이 연관되어 있다.

바로 그때, 타카하시는 조금 전만 해도 자기 옆자리에 있던 인물이 없다는 사실을 눈치챘다.

"어라, 벨짱은 어디 간 거야?"

이 가게에는 네 사람이 같이 들어왔는데, 타카하시가 네트워크에 빠진 사이에 옆에 앉아 있던 인물이 사라진 것이다.

"벨토르 님이라면 식사를 마치신 후에 방송을 하겠다면서 나가셨어요."

"흐~음. 이번 목적은 어떻게 하려나~. 뭐, 방송을 할 정도로 여유가 있다면 괜찮겠지만 말이야."

"그건 아직 몰라. 어쩌면 아무 생각도 없는 걸 수도 있잖아."

히즈키가 그렇게 말하자, 마키나는 볼을 부풀렸다.

"그렇지 않아요! 벨토르 님은 항상 멀리 내다보며 깊이 생각하시는 분…… 생각 없이 행동하실 리가 없답니다. 네, 분명 그럴 거예요."

"나도 알거든? 농담한 거야."

"그런데 마키나와 히즈키는 뭘 이야기했어?"

"『뫼비우스 프로토콜』 시즌 3 이야기야."

타카하시의 질문에, 히즈키가 답했다.

"타카하시는 봤나요?"

"물론 봤지~. 스트리밍 직후에 전부 봤어. 역시 오 오라우의 각본은 최고~. 하지만 요즘 들어서는 너무 떠서 그런지 좀 처지는 느낌이 들어. 옛날의 날 선 느낌이 없다니깐."

"입 다물어, 오타쿠. 우리는 벨토르 빼고 다 봤어. 마키나는 셰긴을 좋아하지?"
"셰긴이 죽는 장면에서 펑펑 울었어요……. 최애의 죽음은 참 괴로워요."
"어~? 마키나는 의외로 눈물이 많다니깐."
"아니, 나는 이해해……. 나는 모로가 최애였는데, 셰긴도 좋아서 힘들었다니깐."
"히즈키는 외모 취향이 참 알기 쉽군요……."
"맞아."
"따, 딱히 문제될 건 없잖아?!"
마키나, 타카하시, 히즈키, 세 사람의 목소리가 좁은 가게 구석에서 울려 퍼졌다.
마키나는 뺨에 손을 대더니, 안타까운 듯이 한숨을 내쉬었다.
"자아를 잃고 절친과 적대하는 셰긴. 이제 원래대로 돌아갈 수 없다는 것을 알면서도 어떻게든 구할 방법이 없는지 갈등하는 모로. 하아……. 보면서 참 힘들었어요……."
"이해해! 진짜 이해해! 그 장면은 눈물을 쏙 뺀다니까……."
"히즈키는 뭘 좀 아는군요!"
마키나와 히즈키는 공감하며 악수했지만, 타카하시는 눈썹을 살짝 찌푸리며 입술을 내밀었다.
"진짜~? 나는 그거 '빨리 죽여!' 하는 심정으로 봤는데."
타카하시가 그렇게 말하자, 맞은편에 있는 두 사람이 질린 듯한 표정을 지었다.
"타카하시는 그런 면이 있다니까요~."

"맞아. 타카하시는 삐뚤어진 오타쿠 같은 구석이 있어."

"왜?! 그리고 나는 직업상 삐뚤어진 오타쿠가 맞긴 하거든?!"

타카하시는 잔에 들어 있는 우롱차를 비우더니, 반쯤 녹은 얼음을 오독오독 씹으며 말을 이었다.

"애초에~ 뭐랄까? 나는 리얼리스트라서 죽일지 말지 갈등하는 장면을 좋아하지 않아. 빨리 죽이라고~ 물러터진 짓 좀 하지 말라고~ 같은 생각이 든다니깐."

"그렇다면 타카하시는 만약 저희가 그런 상황에 처하면 주저하지 않고 죽일 건가요?"

"죽일 거야! 만약 내가 그런 상황에 부닥치면, 단칼에 너희 목을 칠 거야! 그것도 망설임 없이 말이지."

타카하시는 농담하듯 그렇게 말했다.

"허무한 우정이군요……."

"삐뚤어진 오타쿠는 이래서 문제야……."

"어차피 나는 삐뚤어진 오타쿠거든요! 너희가 괴물이 되면 바로 골로 보내버릴 거라고~!"

그렇게 말한 타카하시는 이를 드러내며 두 사람을 위협하더니, 잔에 남은 얼음을 전부 입안에 넣은 후에 힘차게 씹어먹으며 의자에서 일어났다.

"어머. 타카하시, 어디 가는 건가요?"

"나도 산책! 내가 없는 사이에 내 뒷담 금지!"

"안 해요……."

"우리를 뭐로 보고 그런 소리를 하는 거야……."

"여자가 세 명 이상 모인 자리에서 한 명이 빠지면, 그 사람의 험담을 한다고 인터넷에서 봤어!"

"그런가요? 필멸자의 이야기는 잘 이해할 수 없어서……. 히즈키는 이해가 되나요?"

"아니, 나도 잘…… 옛날부터 친구가 많지는 않았거든. 그래서 몰라."

"슬퍼질 것 같으니까, 이 이야기는 이쯤에서 관두자!"

그렇게 말한 타카하시는 두 사람 앞에서 돌아서고, 그대로 가게를 나섰다.

◆

"휴우~."

좁은 골목에 있는 조그마한 중화요리점 『성룡반점』을 나선 타카하시는 기지개를 켜더니, 딱딱한 의자 탓에 굳은 자기 엉덩이를 주물렀다. 그리고 차가운 공기를 들이마시자, 쉰 냄새가 콧속으로 스며들었다.

진흙탕인 지면, 잔뜩 쌓인 맥주 상자, 머리 위에 늘어진 케이블, 그리고 중화요리점의 낡은 핑크색 에테르 네온이 반짝이는 것이 눈에 들어왔다.

타카하시가 마키나, 히즈키와 조금 전까지 같이 있었던 중화요리점도, 지금 서 있는 골목도, 신주쿠가 아니었다.

이곳은 고아르.

고아르란 이름은 용의 포효에서 유래했으며, 원래 아르네스에 존재하던 도시의 이름이다.

신주쿠의 남쪽. 위성도시 중에서 유일하게 개통된 철도를 이용해 벨토르, 마키나, 타카하시, 히즈키는 이 도시를 찾았다.

고아르는 험준한 산에 둘러싸인 항만도시이며, 동쪽에 세워진 항만지구와 서쪽의 험준한 광산지구로 나뉘어 있어서 동서 방향으로 기복이 심한 도시다.

항만지구의 옛 명칭은 제1 요코하마시(市)이며, 제2차 도시 전쟁 후 광산지구에 존재하던 고아르에 통합되었기에, 아키하바라와 비슷한 경위를 지녔다.

그래서 전쟁 세대 중에는 아직도 고아르를 요코하마로 부르는 사람이 있으며, 현재의 고아르에서도 화폐 단위로 요코하마 엔을 채용한다고 하는 복잡한——통합한 도시에서는 흔한——사정이 있다.

일행이 고아르에 온 이유는 한 목적 때문이며, 도착한 일행은 대충 들어간 중화요리점에서 식사와 휴식을 취하면서 지금에 이르렀다.

타카하시의 시야, 망막 투영형 가상 인터페이스에는 기온과 습도 및 대기 오염 상황과 에테르 농도 같은 다양한 정보가 표시된다.

인터페이스 구석에 있는 시계를 봤다. 현재 시각은——.

"오후 7시 30분, 이구나. 자아, 벨짱한테 가볼까나~."

타카하시는 패밀리어를 머릿속으로 조작해 브라우저 창을 열었다.

동영상 사이트 『MIMIC』에 접속한 후, 한 채널을 띄운다.

채널 설명란에는 채널 주인이 스트리밍 방송 중이라고 뜬다. 그 페이지에 접속해 보니 한 남자가 방송 중이었다.

길고 아름다운 흑발, 칠흑빛 눈동자, 곱고 아름다운 얼굴.

절세의 미남이, 시야에 있는 창에 나타난다.

그가 바로 이 채널의 주인, 벨토르 벨벳 벨슈바르트다.

아마 태블릿 타입 PDA에 내장된 카메라 기능을 이용해서 야외 스트리밍을 하는 것이리라. 가상 배경을 이용하지 않기에, 고아르 시내의 경치가 드문드문 비쳤다.

지금으로부터 약 500년 전에 아르네스란 세계에서 용사에게 토벌당했지만, 현대에 부활한 불멸의 마왕.

하지만——.

『뭐어어어어?! '서방 원정을 위해 내정에 힘을 기울이는 게 정답' 이라고?! 풋내기가! 뭘 모르는구나……! 그때는 군사력이 앞서고 있다는 이점을 살려서 남방으로 전개하는 게 정답이니라! 뭐, 돌발적인 대재해 이벤트 탓에 전부 물거품이 됐지만, 그건 결과론…… 아니?! '랜덤 요소에도 좀 대비해' 라고?! 방구석에 틀어박혀서 하늘이 무너지지나 않을지 걱정하거라! 이 우매한 것들아!』

야외 생방을 하면서, 일전에 방송했던 턴제 전략 게임의 네트워크 대전 내용을 지적하는 시청자의 코멘트와 싸우고 있었다. 자주 있는 일이다.

이렇게 시청자와 싸우는 벨토르를 보고 있으니, 진실을 알고 그 불사의 성질과 마왕의 힘을 직접 본 타카하시조차도 진짜로 그렇게 대단한 존재가 맞는 건지 때때로 의문이 생긴다.

"잘하고 있네."

타카하시는 몇 번 고개를 끄덕였다.

가까운 사이이기도 했지만, 타카하시는 라이브 스트리머 벨토르의 팬이기도 했다.

이렇게 시청자와 싸우는 모습 또한 일상처럼 봤다.

"어디 있을까~. 뭐, 나한테서는 도망칠 수 없지만 말이지."

패밀리어에 설치된 3D 지도 애플리케이션을 켠 후, 스트리밍을 뒤로 돌리면서 화면 속 배경을 파악했다.

인공정령의 연산으로 지도 앱에 정보를 반영하자, 스트리밍 중인 벨토르가 현재 있을 것으로 추정되는 장소가 나타났다.

연락 수단을 생각하면 PDA에 메시지를 보내거나 《위스퍼》 마법을 응용한 통화 앱을 써도 된다. 하지만 타카하시는 예전부터 벨토르가 방송 중일 때는 되도록 연락하지 않기로 마음먹은 바가 있다.

"이 정도면 내가 아니어도 간단히 위치를 파악할 텐데……. 현장 난입은 안 당하려나."

타카하시는 벨토르라면 괜찮을 것으로 생각했다.

타카하시는 시야에 들어온 하늘을 쳐다봤다.

"고아르도, 신주쿠도, 아키하바라도, 하늘의 색깔은 다르지 않네."

약 80년 전에 발생한 대재해, 판타지온 이후에 일어난 지각변동, 이상기후, 공간 변이 같은 자연재해의 흉터는 80년이 지난 지금도 여전히 깊이 남아 있다.
고아르도 예외는 아니었다.
원래는 뛰어난 수자원과 에테르 라인의 흐름 덕분에 풍족한 토지였지만, 지각변동에 의해 험준한 산에 둘러싸이면서 토지 또한 메말라갔다.
고아르를 둘러싼 산은 원래 땅속에 존재하던 광맥이 융기하면서 생긴 것으로 추정된다.
"용신의 분노를 산 탓에 산으로 격리됐다는 오컬트 같은 이야기도 있지만, [출처 필요]란 느낌이야."
인터넷 백과사전에 실린 고아르의 페이지를 패밀리어로 띄운 타카하시는 그렇게 중얼거렸다.
성립 과정이 비슷하면서 전기가와 마법가로 나뉜 아키하바라와 다른 점은, 두 도시 및 문화가 완전히 융합된 점이다.
무역의 요충지인 고아르는 문화의 도가니이며, 특히 항만지구는 다수의 문화 및 건축 양식이 뒤엉키며 성립되어 있다. 좋게 말하면 다양성이 있고, 나쁘게 말하면 무질서한 도시다.
타카하시가 골목에서 큰길로 나오자, 멀리서 들려오던 소음이 단숨에 밀려왔다.
"우와~."
한밤중의 고아르 시내를 본 타카하시는 무심코 감탄했다.
큰길 입구에 설치된, 거대하고 호화로운 패루(牌樓).

머리 위에 무수히 떠 있는, 금색 글자가 새겨진 붉은 등롱.

오래된 민가 외에도 고풍스러운 분위기의 제관 양식과, 꾸밈 없고 굳센 동(東) 드워프 양식의 건축물이 있었다.

『라멘 국물 드레』, 『온몸 마사지』, 『폐품 회수 카네야스 고아르 점』, 『무한리필』, 늘어선 각양각색의 에테르 네온 간판에는 공용어(엘프어)보다 일본어, 중국어, 드워프어가 더 많았다.

그리고 그 위로 떠다니는 것은 이륜형 플라이트 비클이다.

"한밤중의 고아르는 신주쿠나 아키하바라와도 다른, 딴 세상 같아."

고아르는 신주쿠에 비해 높이가 낮은 건물이 많고, 그 대신 골목은 아키하바라 전기가를 능가할 만큼 복잡하며, 큰길 또한 매우 붐볐다.

큰길을 오가는 사람은 300만 도시인 신주쿠가 더 압도적이지만, 밀도를 따지면 큰길인데도 길이 좁은 고아르가 더 심하다.

큰길의 폭은 두 사람이 겨우 엇갈릴 정도이며, 오거나 오크처럼 덩치가 큰 종족은 한 사람이 겨우 지나갈 수 있었다.

"'불법 호객, 전단, 메르니우스 강매 등에 주의하세요' ……?"

길가 전봇대에 세워진 간판에 적힌 글자를 읽었다.

간판 옆에는 노점을 차리고 메르니우스를 구워서 파는 오크 아줌마에게 강매당하고 있는 젊은 인간 남성이 있었다.

타카하시가 옆을 힐끔 보니, 큰길 쪽으로 튀어나오게 이블리스타를 조각해 만든, 빛바랜 용 석상이 놓여 있었다.

그 석상은 오랫동안 손질하지 않은 건지, 꽤 더러워 보였다.

"이 근처에선 옛날에 용 신앙이 있었던 걸까."

고아르 시내를 둘러보는 것만으로도 즐겁지만, 여기에는 관광하러 온 것이 아니다.

추운 하늘 아래에서, 문뜩 어떤 말을 떠올렸다.

별다른 계기 없이 옛날에 있었던 싫은 추억이나 부끄러운 기억이 되살아나서 비명을 지르며 날뛰고 싶어지는, 그런 느낌과 비슷했다.

——타카하시는 고민이 없어서 좋겠네.

그런 말을, 예전에 학교 친구에게 들은 적이 있다.

확실히 남들보다 느긋한 편이며 고민을 겉으로 드러내지 않는 성격이지만, 남들처럼 고민을 하긴 한다.

하지만 세계를 지배하겠다고 진심으로 말하는 녀석이나, 그런 녀석을 500년이나 한결같이 기다려온 여자나, 복수를 위해 지금까지의 생활을 전부 내팽개친 아이의 고민에 비하면, 자신의 고민은 보잘것없었다.

안 그래도 뒷골목을 가득 채운 부랑아와 다르게 부모님이 건재하고, 사는 집과 돌아갈 장소가 있으며, 제대로 된 교육도 받는 데다, 굶고 살 걱정도 없다.

에테르 해기도 취미의 연장선이며, 부모에 대한 반항과 오락이 반반이다. 자신은 무엇 하나 진심으로 몰두하지 않는다.

"여기도 재미있어서 온 거잖아. 재미없으면 관두면 돼."

자신은 넓게 보면 용사도, 마왕도 될 수 없는 일반인이다. 그러니 큰 뜻을 이루지도 못한 채, 그저 조용히 삼류 악당으로서 살아갈 것이다.
그리고 그런 자신에게는 역시 고민 같은 것이 없다.
그런 것을, 생각하고 있었다.
큰길 끝에 있는 동쪽 패루를 빠져나가자, 부두로 나서면서 시꺼먼 바다가 눈에 들어왔다.
밤의 어둠을 액체로 만든 듯한, 쌀쌀한 바다다.
"추워라~."
바다에서 불어오는 차가운 바람에 몸을 떨면서, 걸치고 있는 드워프 재킷의 호주머니에 손을 깊이 찔러넣었다.
드워프 재킷은 팔이 길고 두꺼우며 몸통이 짧은 신체적 특징을 지닌 드워프 광산 노동자가 착용하는 재킷이며, 원래 추위에 강하도록 만들어진 데다 방한 마법도 걸렸다. 하지만 방한 영역 결계 안인데도 바닷바람은 몸이 찢겨나가는 느낌이 들 만큼 차가웠다.
3D 지도 앱에 표시된 벨토르의 예측 포인트에 도착했다.
주위에는 사람이 드문드문 있었다. 낚시하는 사람, 드럼통 주위에 모여서 몸을 녹이고 있는 사람이 있었다.
"아, 저기 있네."
벨토르는 예측 포인트에 있었다.
라이브 스트리밍을 보면서 찾고 있었기에, 방금 방송이 끝난 것은 안다.
벨토르의 모습을 멀리서 쳐다보며, 타카하시는 중얼거렸다.
"뭐 하는 거야……."

그 남자는 바람이 세게 부는 부두에서, 선박 고정용 말뚝에 한 발을 얹고 무릎에 손바닥을 올려둔 상태에서 밤바다를 노려보는 듯한 포즈를 취하고 있었다.

통합력 2099년의 현대인인 타카하시는 뭐 하는 건지 알 수 없었지만, 그래도 향수를 자극하는 정취를 본능적으로 느꼈다.

(그래도, 진짜 한 폭의 그림 같긴 하네.)

검정 추리닝이 바닷바람에 흩날린다. 추리닝 안에는 魔王(마왕)이라고 한자로 크게 적힌 티셔츠를 입었다. 추레한 나머지 도저히 세련되다고는 말할 수 없는 복장인데도 잘생긴 외모와 몸매가 그 옷차림을 패션으로 완성했다.

잘생긴 남자를 현실에 그대로 표현한 듯한 인물이 바로 마왕 벨토르다.

"벨짱."

타카하시가 그 등을 쳐다보며 말을 건네자, 벨토르는 천천히 고개를 돌렸다.

"타카하시냐."

"무슨 일 있어? 좀 가라앉은 것 같네."

"토론의 열기가 커져서 말이다. 조금 식히고 있느니라."

"스트리밍 봤어~. 그건 토론보다는 싸움 아닐까……?"

"그런 견해도 존재하겠지. 다소 싸우는 편이 신도와 안티도 흥분하고, 흥분할수록 짐에게 헌상하는 신앙력도 커지느니라. 스트리머와 시청자는 대등한 관계라고 떠드는 자도 있지만, 짐이 보기에는 먹는 자와 먹히는 자의 관계지. 뭐, 그래도 짐에게

돈과 신앙을 헌상하는 그들은 소중한 백성이지만 말이다."

"그런 것치고는 적선을 받을 때마다 감사를 표하던데……."

"형식상으로라도 감사를 표해두면 다들 기뻐하거든."

벨토르에게 라이브 스트리밍은 단순히 먹고살기 위한 직업이 아니다.

라이브 스트리밍이란 수단을 통해, 영적 상위 존재가 신앙을 받아서 얻는 힘의 원천인 신앙력을 손에 넣는 것이다.

"야외 생방은 위치 특정 때문에 위험하지 않아? 여기에도 팬이 있을 거잖아."

"문제없노라. 외출할 때는 인식 저해를 가볍게 걸어두지. 짐과 직접 만난 적이 있는 자에게는 효과가 옅지만, 일반인은 깰 수 없다."

"아하~. 그건 그렇고, 신앙력을 모으는 건 어떻게 됐어?"

"아키하바라의 사건에서 짐이 모습을 보인 덕분에, 순조롭게 증가 추세이니라. 스트리밍에서 짐이 맞다고 공언하지는 않았기에, 소문이 소문을 부르는 상태지. 덕분에 한정적이지만 전성기에 가까운 힘을 발휘할 수 있게 됐느니라."

"흐음, 얼마나 한정적인데?"

"그래. 조건이 되면……."

"응."

"얼추 1초 정도 가능하겠지."

"짧아!"

"그렇긴 하다만…… 그것 말고도 일정 출력이 필요한 마법이

해금됐으니 말이다. 짐이 세상을 뒤흔들 날도 머지않았다."
"쓰는 용어가 완전히 게임에 물들었네……. 뭐~ 아키하바라에서는 얼굴이 똑똑히 나왔잖아. 그래도 벨짱보단 히즈키가 더 화제가 되고 있긴 해."
그렇게 말한 타카하시는 시야 구석에 가상 디스플레이를 켰다. 에테르 네트워크상의 밥벌레들이 모여드는 익명 게시판을 열자, 가운뎃손가락을 세운 히즈키를 합성한 이미지나 동영상——당연히 불펌이다——이 대량으로 떴다.
일련의 사태와 미소녀가 가운뎃손가락을 세우는 강렬한 임팩트가 에테르 네트워크 일부에서 유행해 밈과 프리 소재가 되면서 단숨에 유명인이 됐다.
"그런데, 타카하시여."
"응?"
"이번 퀘스트의 목적은 알고 있겠지?"
"물론이야."
타카하시는 그렇게 말하며 가슴을 폈다.
"육마후의 발자취가 표시되는 마도서, 마후록. 아키하바라에서 흑룡후 실바르드의 마후록을 입수한 우리는 거기에 표시된 이 도시에 찾아왔다! 이런 느낌이잖아?"
그것이 바로 일행이 이곳, 고아르에 온 목적이다.
벨토르는 타카하시의 말에 만족한 것처럼 고개를 끄덕였다.
"음. 그냥 관광이나 즐기러 온 건 아닌 듯하구나."
"대체 나를 뭐로 본 거야?!"

"농담이다. 용서하거라."

그렇게 말한 벨토르는 웃음을 터뜨렸다.

"마후록의 봉인 해제에 생각했던 것보다…… 정말 생각했던 것보다 더 시간이 걸렸다만…… 해제에 성공했으니 됐다. 그 마후록에 표시된 좌표가 바로——."

벨토르는 동쪽을 손가락으로 가리켰다.

부두 끝, 바다 너머를 말이다.

정확하게 따지면, 고아르는 실바르드의 마후록에 표시된 좌표의 도시가 아니다.

표시된 좌표는 벨토르의 손끝이 가리키는 곳에 있다.

밤의 어둠 너머에는 금속을 겹겹이 쌓아 만든 인공 섬이라고 표현할 만한, 거대한 구조체의 실루엣이 존재했다.

"요코하마다."

요코하마.

옛 명칭은 제2 요코하마시. 고아르와 통합한 제1 요코하마시와는 별개로, 또 하나의 요코하마시가 존재한다. 현재는 요코하마시라고 하면 일반적으로 해상에 있는 제2 요코하마시를 가리킨다.

바다 위에 존재하는 요코하마시의 현 실태는, 에테르 네트워크에도 뜬소문 같은 정보밖에 없다.

판타지온 당시 어스의 일본에 존재했던 카나가와현 요코하마시의 일부 토지가 지각변동과 수위 상승으로 인해 머나먼 해상에 격리된 것이 그 기원이며, 그곳에 남겨진 사람들이 사는 듯하다는 것만 알 수 있었다.

이쪽에서는 점멸하는 항공 장애등을 연상케 하는 붉은색의 뿌연 빛에 의해 드러난 윤곽만을 확인할 수 있다.

빛이 뿌옇게 보이는 건, 주위의 경치가 일그러진 탓이다.

"경치가 일그러져 보이는 건……."

"이계화(異界化)에 따른 공간 왜곡, 이겠지."

타카하시가 중얼거린 말을 들은 벨토르가 고개를 끄덕였다.

이계화.

그것은 공간상에 문제를 일으키는 공간 변동의 일종이다.

이계화가 발생하면, 그 공간상에 원래 존재하던 것은 기능을 유지한 채 이상해진다.

신주쿠 지하에서는 어스의 옛 신주쿠역과 아르네스의 옛 네르도아 지하 대성당이 판타지온 때 이계화하면서, 신주쿠역이 거대하고 비정상적인 미궁으로 구축되는 사태가 발생했다.

그리고 공간 왜곡은 이계화로 생겨난 공간의 변질, 물리적 간섭이 불가능하게 된 공간 상태를 가리킨다.

하늘을 뒤덮은 두꺼운 구름과 거기에 따른 기온 저하라는 기후변동, 고아르를 뒤덮은 광산의 융기라고 하는 지각변동과 마찬가지로, 판타지온이라는 대재해로 두 개의 세계가 융합하면서 공간에 새겨진 흉터 중 하나다.

"보아하니, 요코하마시 전체를 뒤덮고 있는 것 같네."

공간 왜곡은 다양한 크기가 존재하지만, 도시를 통째로 뒤덮는 규모의 공간 왜곡은 타카하시도 처음 봤다.

바다 위에서 이계화가 발생해서 그런지, 공간 왜곡 말고 다른 이상한 점은 보이지 않았다.

육로, 공로, 해로를 가리지 않고 왜곡이 존재하는 루트는 수송 비용의 증대를 초래하기 때문에 공간의 교정이 필요한 경우가 많다. 하지만 이 규모의 공간 왜곡은 교정하기도 어렵다.

요코하마시는, 바다와 공간 왜곡으로 생겨난 차원 너머의 외딴섬이다.

“저곳에 육마후인 흑룡후 실바르드 씨가 있는 거구나.”

타카하시가 말하자, 벨토르는 고개를 끄덕였다.

“음. 아무래도 꽤 오랫동안 저 장소에서 움직이지 않고 있는 것 같구나.”

“저렇게 격리된 장소에서 사는 거네. 그런데, 저기에는 어떻게 갈 거야? 물리적으로는 갈 방법이 없지 않아?”

“그걸 이제부터 찾아볼 생각이니라.”

“아하, 탐문 조사구나!”

바로 그때였다.

“우히이이이이이이이이이이이이이이이이이이이이이이이이이이이이잇!”

커다란 고함과 함께 충돌음이 번화가 방면, 패루 부근에서 들려왔다.

“꺄아아아아아아아!”

"우왓?! 위험해!"

사람들이 일제히 머리를 감싸쥐면서 자세를 낮추더니, 대피하기 시작했다.

"오오~. 봐라, 타카하시. 사고가 났느니라."

"아차~. 플라이트 비클이 건물에……."

이륜형 플라이트 비클 한 대가 건물에 돌진했다.

건물 파편과 유리가 흩날리면서 큰길에 쏟아진다. 전방 부주의인지, 아니면 기체 불량인지, 사고 원인은 아직 확실하지 않다.

소란스러운 가운데, 길 가던 이들의 이야기 소리가 타카하시의 귀에 들어왔다.

"아까 사고 말인데, 타고 있던 녀석이 약물 의존증이었나 봐. 사고를 일으키기 직전의 움직임이 완전 맛이 간 상태였고, 소리도 질렀다던데."

"요즘…… 이런 사고나 사건이 많이 나네. 스크림이 그렇게 좋은 걸까?"

"글쎄~. 약은 몸을 망치잖아. 안 하는 게 최고야."

"게다가 나한테는 안심&안전한 테크노(전자약)가 있잖아."

"그건 그래, 푸하하하!"

그런 이야기를 나눈 두 사람이 악수한다.

벨토르도 그 이야기를 들은 것 같았다.

"스크림?"

벨토르가 타카하시에게 물었다.

"몇 년 전부터 유행하는 약의 이름이야."

"흠……."

"테크노가 아니라 진짜배기 불법 약물. 원료인 레드 만드라고라 자체가 재배 금지야. 만드라고라도 종류가 많고, 그중에서 불법 약물의 재료가 되는 게 바로 레드 만드라고라거든."

타카하시는 자신의 지식을 보충하기 위해, 고속으로 패밀리어의 검색 엔진을 켰다. 그리고 스크림에 관한 정보를 읊었다.

따지자면 뉴스 기사를 읽어주는 거나 다름없지만, 벨토르에게 멋진 모습을 보여주고 싶어서 허세를 부렸다.

"흠, 그래. 약인가……. 우리와는 상관없는 이야기구나."

"그래. 그런데 어디서 정보를 캘 거야? 게임에선 보통 술집이잖아. 그렇다면 술집에 갈까!"

"아니, 이 근처에 있는 자들에게 물어보면 될 것이니라."

"어라~? 이럴 때는 게임을 따라서 행동하는 것 아니었어~?"

"훗~. 짐을 게임만 하는 게임 중독자로 여기는 것이냐?"

"응, 좀 그렇긴 해."

타카하시의 말을 가볍게 흘려넘긴 벨토르는 부두 가장자리에 앉아서 꾀죄죄한 복장으로 낚시하고 있는 드워프 노인에게 말을 건넸다.

바다는 밤의 어둠에 휩싸여서 깜깜한 탓에 속이 보이지 않지만, 오물 같은 것이 막을 형성하고 있는 해수면에는 크고 작은 쓰레기가 떠다니고 있었다.

"잘 낚이나?"

"아니. 이게 다지. 낚싯줄을 드리우고 바다만 보는 거라네."

노인이 웃으면서 한 손으로 두드린 것은 커다란 병 같은 용기였다.

안에는 점도가 높아 보이는 붉은 액체와 스펀지 같은 열매가 있는데, 용기 측면에는 한자와 알파벳과 숫자가 적힌 라벨이 붙어 있었다.

"그게 뭐지?"

"글쎄. 때때로 이 근처에 흘러든다네. 내용물은 바다에 버리고, 병만 챙겨가지."

"흠……."

벨토르는 턱으로 바다 너머에 있는 요코하마시를 가리켰다.

"물어볼 게 있다만, 저기에 갈 방법은 없느냐?"

"뭐야. 형씨, 저기에 가고 싶은 건가?"

"그래."

벨토르가 고개를 끄덕이자, 노인은 낚싯대 끝을 쳐다보며 난처한 듯이 뺨을 긁적였다.

"이유는 모르겠지만 관두라는 소리밖에 못 하겠구먼. 나도 여기서 낚시를 오래한 만큼…… 저기 가려고 하는 괴짜를 몇 명 보긴 했지. 하지만 돌아온 사람은 한 명도 없다네. 내가 아는 거라곤 저기가 옛날에는 이 도시의 일부였다는 사실뿐이지."

"그렇다면 저기에 간 자도 있긴 한가 보구나."

"그들이 실제로 도착했는지는 모르지만 말일세. 뭐…… 저기에 갈 수 있는지만 따지자면, 불가능하지 않을 거라네."

노인이 그렇게 말하자, 타카하시는 고개를 갸웃거렸다.

"뭐? 갈 수 있어? 공간 왜곡으로 못 들어갈 것 같은데."
"이게 어디서 여기까지 흘러온 것 같나?"
그렇게 말한 노인은 용기의 뚜껑을 손가락으로 두드렸다.
"응? 바닷물의 흐름을 보면, 설마……."
"그래. 이건 요코하마시에서 여기로 흘러왔을 거라네."
벨토르는 그 말을 듣고 이해했다는 투로 말했다.
"그래. 그 용기가 요코하마시에서 여기로 흘러온 게 사실이라면, 공간 왜곡이라는 한 장의 막이 도시 전체를 뒤덮고 있는 것처럼 보이지만 실은 크고 작은 무수한 공간 왜곡이 포개져서 형성되어 있는 건가. 공간 왜곡 생성의 논리를 생각하면, 당연하다고 봐야겠구나."
"요코하마시에서 고아르로 수송선이 온다는 소문도 있으니까, 그게 사실이라면 배가 다닐 정도의 틈새가 있을 걸세. 게다가 하늘까지 뒤덮진 않았거든. 나도 소형 비공정이 오가는 걸 몇 번 본 적이 있다네."
"배가 왔다는 건, 요코하마시의 선박이 어딘가에 정박하는 것이냐?"
노인은 벨토르의 말을 듣고 고개를 끄덕이더니, 창고 거리 쪽을 손가락으로 가리켰다.
"위험해서 나는 다가간 적 없으니 잘 모르네만, 아무래도 저쪽에 요코하마시가 소유한 항구와 창고가 있다는 것 같더군. 하지만 거기 가는 건 추천하지 않아. 이 근처를 휘어잡고 있는 야쿠자 길드의 땅이라서, 함부로 들어갔다간 죽을 수도 있거든."

"괜찮다. 문제될 건 없지. 정보를 제공해 줘서 고맙구나. 도움이 됐느니라."

노인에게 감사의 인사를 건넨 후, 두 사람은 그 자리에서 물러났다.

그리고 두 사람이 향한 곳은 노인이 손가락으로 가리켰던 창고 거리였다.

인적이 없고 어둑어둑한 창고 거리를, 벨토르와 타카하시가 나란히 걸었다.

"그런데 말이야."

타카하시가 입을 열었다.

"우리는 지금 요코하마시가 소유했다는 창고로 가는 거지?"

"음. 오늘은 정보 수집만 할 생각이었다만, 뜻하지 않은 수확이 있었지 않으냐. 마침 그대도 있으니, 이대로 정찰하러 갈까 한다."

"마키나와 히즈키는 안 불러도 돼?"

"정찰에 많은 인원이 필요하진 않지. 인원이 많을수록 발각될 확률만 커질 것이니라."

"뭐, 그건 그렇지만……."

타카하시는 전투 능력이 거의 없다.

방출 마력량과 보유 마력량은 평균 이하이며, 신체 능력도 평범한 수준이다. 패밀리어에 공격 마법을 인스톨하긴 했지만, 쓸 일은 거의 없다.

패밀리어는 옛날에만 해도 선택받은 자들이 독점하던 마법이란 신비를 누구나 쓸 수 있게 만든 기술이지만, 모든 사람이 모든 마법을 자유자재로 쓸 수 있게 된 것은 아니다.

"정찰에 있어서는 짐과 그대, 단둘이 움직이는 편이 인원과 대응력의 균형 면에서 가장 좋을 것이니라."

일단 신뢰받고 있는 것이라고, 타카하시는 긍정적으로 받아들였다.

자신이 할 수 있는 것은 후방 지원. 전투 면에서는 벨토르도 애초에 기대하지 않으리라.

"그렇다면 됐어~."

——타카하시는 몇 시간 후에, 자신의 발언을 후회하게 된다.

얼마 후, 두 사람은 목적지에 도착했다.

높은 펜스가 길을 막고 있으며, 거창한 게이트가 하나 보였다.

"'고전압 주의', '여기는 요코하마시 영토이므로 출입 금지', '펜스에 다가갈 시, 경고 없이 발포할 수도 있습니다' 라고 하네. 무시무시한걸."

모든 간판의 구석에 바운서 길드(부두경비조합)의 사인이 들어가 있었다.

게이트 주위에는 여러 대의 감시 카메라와 가드용 마기노로이드 두 대가 있었다. 그리고 좁은 경비실 안에는 감시 카메라를 보는 오거 경비원이 의자에 앉아서 꾸벅꾸벅 졸고 있었다.

"타카하시."

타카하시는 그 한마디만으로 벨토르의 의도를 파악했다.

게이트를 열어라, 라는 자기 뜻을 전달한 것이다.

'벨짱에게 물들고 있네~.' 라고 생각하면서도, 타카하시는 기분이 썩 나쁘지 않았다.

"벨짱이 나를 안고 뛰어넘……는 건 좀 그렇겠네. 결계도 있을 것 같거든."

타카하시는 직업상 이렇게 경비가 엄중한 건물이나 구역에 들어가는 일도 많다.

그리고 타카하시의 경험에 따르면 이런 곳에는 압력 감지, 마력 반응 그 외에도 여러 요소를 복합한 결계를 치기 마련이다.

방어 능력 없이 탐지에 특화된 결계는 물리적인 침입을 거부하지 않는 만큼, 해제와 침입이 어렵다.

"불가능하진 않지만, 그대가 있다면 정면에서 들어가는 게 올바른 선택이겠지. 게다가 힘으로 해결하기만 해선 짐의 은신 스킬을 성장시킬 수 없지 않으냐. 어찌 된 영문인지, 요새는 잠입 게임을 무쌍 게임처럼 한다는 평판이 있느니라."

"후반부는 무시할게. 아무튼 오케이, 보스."

타카하시는 에테르 해커다. 에테르 해커가 할 일은 하나밖에 없다.

에테르 해킹이다.

"후타바짱~ 잘 부탁해~."

타카하시는 자신이 보유한 세 인공정령 중 하나인 후타바를 패밀리어 안에서 기동시켰다. 시야 한쪽에 미소녀 아바타가 생기더니, 바쁘게 조그마한 윈도우를 열었다 닫기를 반복했다.

후타바는 정보 처리 전반을 담당하는 인공정령이다. 시판되는 패밀리어에 표준적으로 탑재되는 타입을 개인적으로 커스터마이즈한 것이다.

후타바가 주위 기계와 패밀리어의 통신 상황을 수신해서 가상 디스플레이 위에 표시한다.

에테르 네트워크로 상호 접속된 기계가 다양한 색상의 빛의 선이 되어 타카하시의 시야에 표시되며 뒤엉켰다.

게이트를 열고 닫는 작업은 경비실에서 일괄적으로 관리하며, 다른 통신은 전부 차단된 상태다. 에테르 네트워크로 경비실을 직접 공격할 수는 없다.

거꾸로 말하자면, 경비실만 장악하면 된다.

"뭐, 기본에 충실하네. 아오이~."

타카하시는 이어서 아오이를 불렀다. 후타바 옆에 다른 아바타가 표시됐다.

아오이는 영상과 시각 조작에 특화된 인공정령이다.

원래 둘 이상의 인공정령을 동시에 기동시키면 패밀리어의 정지나 강제 종료만이 아니라, 뇌에 큰 부담이 가해지면서 최악의 상황에서는 죽음에 이른다.

하지만 타카하시의 뇌가 지닌 뛰어난 처리 능력은 인공정령 3기의 동시 기동을 가능하게 했다. 고대의 마도사 같은 재능은 없지만, 현대의 위저드 재능이 있다.

에테르 네트워크에서 격리된 것은 게이트의 보안뿐이며, 감시 카메라와 마기노로이드는 온라인 상태다.

후타바로 경로를 파악하고, 감시 카메라와 마기노로이드를 에테르 네트워크에서 해킹해서 침입했다. 어딘지도 모르는 민간 경비회사의 방벽은 타카하시에게 있으나 마나 한 것이다.

"으음~ 쉽네."

감시 카메라와 마기노로이드의 보안을 간단히 돌파해 아오이로 조작한 무한 반복 영상으로 변경한 후, 마기노로이드의 청각 센서도 조작해서, 타카하시와 벨토르를 인식하지 못하게 했다.

타카하시는 당당히 경비실로 걸어갔다. 마기노로이드의 시야에 들어갔지만, 지금의 타카하시는 투명 인간이나 다름없다.

보안 장치에 걸리지 않은 채로 경비실의 문을 열더니, 졸고 있는 경비원의 뒤에 섰다. 경비원은 깰 기미가 전혀 없었다.

경비원의 패밀리어는 게이트의 제어 단말과 유선으로 연결되어 있었다. 경비원의 패밀리어로 인증하지 않으면 열리지 않는 시스템 같았다.

감지 결계를 비롯해, 항구 창고의 보안치고는 꽤 엄중했다. 하지만 말단의 낮은 의식 수준까지는 어쩌지 못한 것 같았다.

"영차."

재킷 호주머니에서 패밀리어의 접속 단말이 달린 케이블을 꺼내 자신의 패밀리어와 접속한 후, 잠들어 있는 경비원의 목에 달린 패밀리어의 빈 소켓에 꽂아서 유선 접속을 했다.

"으윽?! 뭐, 뭐야?!"

"어이쿠, 귀찮으니까 일어나지 마~."

단말을 연결한 순간에 깬 경비원에게, 유선 접속으로 직접 《슬립》 마법을 걸었다.

"흐윽."
경비원은 그대로 축 늘어져 다시 잠에 빠져들었다.
에테르 해킹도 만능은 아니다.
에테르 네트워크와 연결되지 않은 상대에게는 접속할 수 없기에, 이렇게 물리적인 케이블을 매개체 삼아 유선 접속을 할 필요가 있다.
애초에 무선으로 논리 방벽을 간단히 돌파하는 타카하시의 솜씨가 이상한 것으로, 기본적으로 에테르 해커는 소셜 해킹과 유선 접속을 이용한다.
그리고 유선으로 접속하기만 하면 논리 방벽도 대부분 의미가 없어지면서 알몸이나 다름없는 상태가 되기에, 마법의 효과는 즉각 나타났다.
"나 같은 게 직접 《슬립》을 걸면 막히겠지만, 유선 접속을 하면 한 방에 간다니깐."
타카하시의 패밀리어와 경비원의 패밀리어를 잇는 케이블을 통해 에테르를 통한 유사 신경이 생성되면서, 타카하시의 패밀리어로 경비원의 패밀리어를 직접 조작하는 게 가능해진다.
경비원의 패밀리어를 통해 제어 단말에 접속. 함정을 경계하며 게이트의 제어권을 장악하자, 두 사람을 거부하듯 닫혀 있던 게이트가 환영한다는 듯이 자동으로 열렸다.
"흠흠, 임무 완료."
경비원의 패밀리어에 접속되어 있던 케이블의 접속부를 재킷 소매로 닦으면서, 타카하시는 경비실에서 나왔다.

타카하시는 이게 수수한 작업임을 잘 안다.

신주쿠에서 벨토르의 신앙력을 키웠을 때처럼, 거창한 작업은 드물다. 에테르 해커는 남들에게 들키지 않도록 수수하게 일을 처리할수록 실력이 높이 평가된다.

하지만 그래서는 타카하시 자신의 과시욕과 승인 욕구가 충족되지 않으니까, 본인도 나름대로 구분해서 일하고 있다.

"깔끔하군."

경비실 옆에서 대기하고 있던 벨토르가 감탄한 투로 타카하시에게 말했다.

그렇기에── 자기가 한 일을 벨토르에게 칭찬받는 것이 큰 기쁨이었다.

"그렇지~."

타카하시는 쑥스러움을 감추면서 평소 같은 말투로 말했다.

"하지만 이 정도는 나 말고도 아무나 할 수 있거든?"

"겸손을 부리지 말거라. 그대의 솜씨는 잘 알지. 수고했다."

"뭐, 이런 간단한 일이라면 얼마든지 맡겨도 돼."

이 남자가 자신을 의지하고 있다. 일을 맡기고 있다는 사실이 말로 표현할 수 없는 행복을 느끼게 했다.

"에잇에잇."

"갑자기 뭐 하는 것이냐……."

쑥스러워진 타카하시가 팔꿈치로 옆구리를 찌르자, 벨토르는 성가시다는 듯이 쳐다봤다.

"정말이지~. 내가 없으면 벨토르는 아무것도 못 한다니깐."

"훗, 짐을 얕보지 말거라. 짐은 항상 성장하고 있지. 그대만큼은 아니지만, 에테르 해킹의 기초 정도는 공부했느니라."

"정말~? 내 일거리가 없어지겠네. 아무튼, 여기서부터는 고아르가 아니라 요코하마의 영역인 거구나."

"그런 것 같다."

두 사람은 그렇게 말하면서 경계를 넘었다.

"요코하마의 영토라는데…… 역시 고아르와 다르지 않네."

"음. 일단 주위에 사람의 기척이나 마력 반응은 없구나."

두 사람은 그대로 가장 가까운 창고 안으로 들어갔다.

창고에는 허름한 컨테이너가 몇 개 있는데, 그것 말고는 딱히 눈길을 끄는 게 없었다.

타카하시는 컨테이너 앞으로 뛰어가더니, 가장자리에 손을 대며 껑충껑충 뛰었다.

"안에 뭐가 들었으려나~."

"열어 볼까?"

"오, 좋은 생각이야."

단순한 물리 및 마법의 이중 잠금이기에, 벨토르는 마력을 집중한 맨손으로 이중 잠금을 찢으면서 컨테이너를 열었다.

"어……?"

타카하시가 안을 보니, 안에는 자잘한 붉은 결정이 든 투명한 자루가 한가득 있었다.

"이건……."

자루를 손에 쥔 타카하시는 시각 정보를 통해 인공정령으로 검색을 하면서 바로 분석을 시작했다.

결과는 금방 나왔다.

"내용물의 성분을 분석해 봐야 확실하게 알 수 있겠지만, 아무래도 이건 스크림 같아……."

"흠……. 서서히 전모가 보이기 시작하는구나."

"그렇다면, 스크림의 출처는…… 요코하마시……?"

"그래. 아마 야쿠자 길드가 요코하마와 고아르 사이에서 브로커를──."

바로 그때였다.

"경고합니다."

등 뒤에서 기계적인 음성이 들려왔다.

"이곳은 시조의 지배영역입니다. 시조의 허가 없이 지배영역에 들어선 자는 체포, 연행, 구류, 재판 대상이 됩니다. 저항하면 신벌을 집행하겠습니다."

타카하시가 뒤돌아보니, IHMI제 전투용 마기노로이드 여러 대가 있었다. 자동소총 타입의 마도총을 들고 있었다.

하지만 커버 스킨도 씌워지지 않은 구식 드로이드 타입인 그것은 제2차 도시전쟁 당시에 투입됐던 골동품이다. 밖에 있는 경비용 마기노로이드가 성능은 훨씬 좋다.

(자아, 벨짱! 빨리 무쌍 찍으며 쓸어버려!)

이 정도는 벨토르의 상대가 못 된다. 아니, 타카하시 혼자서도 대응이 가능하다.

벨토르를 힐끔 쳐다보니, PDA를 조작하고 있었다.

(이 상황에서 PDA를 조작하다니, 역시 여유가 넘치네!)

PDA 조작을 마친 건지, 벨토르는 입을 열었다.

"좋아."

하지만 이어서 그의 입에서 나온 말은, 타카하시가 전혀 예상하지 못했던 내용이었다.

"알았다. 투항하마."

벨토르는 두 손을 들더니, 무릎을 꿇었다.

"응, 응. 어?"

완전한 무저항.

항복 자세.

"어어어어어어어어~~~~~~~~~~?!"

타카하시의 외침이 창고 안에 울려 퍼졌다.

◆

——한편, 바로 그때.

히즈키와 마키나는 고아르 시내의 작은 중화요리점에서 타카하시와 벨토르가 돌아오기를 기다리고 있었다.

"다들 늦네."

"뭘 하는 걸까요."

자리 배치는 타카하시가 나갔을 때와 마찬가지로, 지금도 두 사람은 나란히 앉아 있었다.

"유린기 시켜도 돼?"

"시키는 건 상관없는데, 히즈키는 먹성이 좋군요……. 유린기도 세 접시째인데……."

"여기 유린기는 맛있거든……. 두 사람은 언제 돌아올까?"

"아, 벨토르 님한테서 메시지가 왔어요."

그렇게 말하면서 시야의 가상 디스플레이에 벨토르가 PDA로 보낸 메시지를 표시시킨 마키나는 우롱차가 담긴 잔을 입가로 가져갔다.

"푸읍————!!"

그리고 입안의 우롱차를 뿜었다.

"더러워라……."

"어…… 어?!"

마키나가 눈을 크게 뜨고 벌떡 일어서는 바람에, 의자가 큰 소리를 내며 쓰러졌다.

가게 안의 시선이 마키나에게 집중되자, 히즈키는 부끄러운 듯이 소매를 잡아당겼다. 하지만 마키나는 그런 것을 신경 쓸 겨를이 없는 것처럼 부들부들 떨고 있었다.

"어어어어어어어어~~~~~~~~~~~?!"

마키나의 외침이 중화요리점 안에 울려 퍼졌다.
"왜, 왜 그래?"
"벨토르 님께서……."
"벨토르가 왜?"
몇 초 동안 뜸을 들인 후, 마키나는 녹슨 기계가 된 것처럼 히스키를 향해 고개를 돌리면서 말했다.
"벨토르 님께서 요코하마에 가버리셨어요……."

◆

꿈을 꾸고 있다.
아래로, 아래로.
누군가가 외치고 있다.
자신이란 존재에게, 영혼에 새겨진 사명을 다하라고 외치고 있다.
누군가가 부르고 있다.
아래로, 아래로, 밖으로, 밖으로, 하고 외치고 있다.
무언가가 보였다.
매우 크고, 매우 믿음직한 존재가 보였다.
그것이 두려움과 함께 경외심을 느끼게 하는 존재라는 것을.
소녀는 모른다.

오전 5시를 알리는 아침 기상 종소리가 울려 퍼졌다.

소녀, 아오바100F는 항상 같은 시간에 깨어났다.

1분 1초도 어긋난 적이 없다.

눈에 들어오는 것은 평소와 다름없이 얼룩 하나 없는 새하얀 천장이다.

평소와 다름없이 새하얀 시트, 평소와 다름없이 새하얀 커튼.

평소와 다름없이 자기 방임을 확인하고 몸을 일으킨 후, 기지개를 켰다. 여자 두발 규정에 따라 어깨에 살짝 닿을 정도로 기른 머리의 끝부분이 약간 뻗친 느낌이 들었다.

"으응~~~~. 휴우~."

힘껏 기지개를 켠 후, 숨을 내쉰다.

잠에서 깨어나면 개운하지만, 오늘은 그렇지 않았다.

그 주된 이유는──.

"오늘이, 내가 어린이로 있을 수 있는 마지막 날……이라서 일까요."

내일은 아오바100F가 어른이 되는 생일이다.

이 도시에서는 어른이 되면 종사하는 노동만이 아니라, 공헌도도 이 도시의 신인 시조님에 의해 설정된다.

어린이는 도시의 보물. 그 어떤 죄도 짊어지지 않으며, 모든 행위가 용서된다. 어른이 되면 행복의 의무도 있고, 봉사의 의무도 있으며, 죄를 범하면 대가를 치르게 된다.

그렇기에, 오늘은 어린이로 있을 수 있는 마지막 날이다.

아직 어린이인 아오바100F는 어른의 책임을 이해하지 못하지만, 생각만 해도 우울해졌다.

아오바100F는 일어나더니, 실내화를 신고 커튼을 걷었다.
"네. 오늘도 세상은 평화로워요."
신이신 시조님이 정한 교전에 적힌 거룩한 말씀, 성구(聖句)를 읊었다.
아오바100F는 침실에서 복도로 나간 후, 거실을 지나고 부엌으로 향했다.
아오바100F가 사는 방은 넓지만, 간소하다. 어느 방이나 다 똑같다. 필수 지급 가구만 있다.
하지만 그 이상을 바라지는 않았다.
이길 때까지, 바라지 않겠나이다.
이것도 교전에 적힌 성구다.
무엇에 '이길 때' 까지인지도 몰랐다.
냉장고에서 알가(물)가 있는 병을 꺼내 컵에 따른 후에 테이블로 가져갔다.
요코하마시 상층.
교전에 따르면, 이 세상에 유일하게 남은 최후의 낙원. 그 서부 집합 거주 구역이 바로 이곳이다.
"자아! 곧 기도 시간이니까 준비할까요."
물을 다 마시고 준비를 마친 후에 방문을 열자, 옆방의 문도 동시에 열렸다.
옆방에 사는 성인 남성은 미소를 머금으면서 아오바100F에게 인사를 건넸다.
"좋은 아침입니다, 아오바100F."

"조, 좋은 아침이에요. 아오바022M."

"아오바100F도 기도하러 가는 길입니까?"

"네. 저, 저는 오늘이 생일이니까, 어린이로 있을 수 있는 마지막 아침의 기도예요."

"그런가요. 아오바100F도 벌써 어른이 되는 거군요. 얼마 전까지만 해도 그렇게 작았는데……. 시간이 참 빨리 가는군요."

"에이……."

상대방이 자신의 어릴 적 이야기를 하자, 부끄러운 나머지 귀가 벌게졌다.

기억이 생생하다. 얼마 전 일이니까 말이다.

"인생은 짧습니다. 우리 신 시조님께 봉사하며 도시에 공헌하세요. 공헌도가 낮은 자부터 내려가는 것이 세상의 섭리니까요."

"아, 네!"

공헌도란 도시에, 나아가서는 시조에게 그 개체가 얼마나 공헌했느냐를 가리키는 지표다. 공헌도는 생활 태도, 업무 활약에 따라 상승하거나 하락한다.

상층의 어른은 공헌도가 일정 수치를 밑돌면 하층으로 내려가게 되며, 그 후에도 공헌도가 더욱 하락하면 재봉사 구역으로 보내진다.

뛰어난 공헌으로 하층으로 보내지지 않은 어른도, 늙어서 상층에서 공헌할 수 없게 되면 재봉사 구역으로 보내진다. 늙더라도, 죄를 짓더라도, 이 도시에 공헌할 수 있는 장소가 바로 재봉사 구역이다.

“게다가, 저도 언제까지 상층에 있을 수 있을지 모르니까요.”

“그, 그런 말씀, 하지 마세요…….”

“인간은 늙기 마련입니다. 성능이 떨어져서 공헌도가 떨어지더라도, 하층이 아니라 재봉사 구역으로 가고 싶군요……. 몸도 마음도 남김없이 귀명(歸命)하여 도시와 시조님께 봉사한다…… 그것이 시민의 의무니까요.”

“그렇군요. 저도 하층에는 가고 싶지 않아요.”

“하지만 어린이가 어른이 되면, 어른 중 누군가가 하층에 갈 수밖에 없습니다. 그것은 참으로 슬픈 일이죠.”

“그렇, 군요…….”

“일전에는 이즈미078F가 사상 위반으로 하층에 보내졌죠? 우리 아오바 개체와 이즈미 개체는 위험 사상에 눈뜰 확률이 통계적으로 높다고 하니, 아오바100F도 조심하세요.”

“괘, 괜찮아요.”

흠칫했다.

사상 위반――즉, 교전을 어기는 행위는 중대한 죄다.

바로 하층으로 보내진다.

그대로 아오바022M과 헤어진 후, 향한 곳은 상층 외곽부에 있는 넓은 공원이다.

교회와 가까운 그곳에서, 기도를 드리기 전에 아침 생반(식사)을 들자고 생각한 것이다.

공원 입구의 자동 지급소에서, 핫도그와 종이컵에 담긴 커피를 받았다.

공원은 평화의 상징이라고 아오바100F는 생각했다.

천연의 흙 위에는 잔디가 자라고 있고, 조그마한 꽃이 피었으며, 아이들이 웃으며 뛰어다녔고, 어른들이 지켜보고 있으며, 바람이 볼을 쓰다듬었고, 가두선전 플라이트 비클이 시민의 행복을 기원했으며, 들것에 실린 노인이 재봉사 구역행 캡슐형 엘리베이터에 태워졌다.

평소와 다름없이, 평화로운 경치다.

공원 가장자리에 자리한 후, 지급받은 핫도그를 깨물었다.

"맛있어."

진짜 핫도그에 쓰이는 소시지는 성찬에 쓰이는 가축인 마가르로 만든다고 하지만, 아오바100F는 성찬을 맛볼 수 없다. 지금 아오바100F가 먹는 것은 재봉사품으로 불리는 재료로 만든 것이다.

가장자리에서 아래를 내려다본다.

"높아……."

요코하마시는 철과 녹으로 된 토대인 하층, 그 중심에서 뻗은 296미터의 기둥인 아틀라스에 의해 지탱되고 있는 상층 플레이트로 구성되어 있다.

옆에서 보면 工 자 모양의 구조를 갖춘 인공섬이다.

그리고 아오바100F의 눈에 토대인 하층의 일부가 보였다.

하층은 성인이 된 후로 도시에의 공헌도가 낮은 자, 죄를 범한 자가 보내지는 장소다. 교전에는 감옥이라고 한다.

상층 인구는 2000명이며, 하층에서는 8000명의 죄인이 복역

중이라고 한다.

하층에서 상층으로 돌아온 자는 한 명도 없다.

소임을 마치는 그때까지, 고역에 시달린다고 배웠다.

상층에 사는 인간은, 전원이 하층으로 보내질지도 모른다는 두려움을 항상 품고 있다.

고개를 들어서, 앞을 쳐다봤다.

"밖……."

상층에서도 요코하마시의 밖이 보인다.

일그러진 풍경 너머로, 『바깥』에 있는 도시의 불빛이 흐릿하게 보였다.

교전에 따르면, 과거에 인간이 일으킨 죄 탓에 대재해가 일어나서, 바깥세상은 엉망진창이 되었다고 한다.

거기에 사는 사람들은 요코하마시라고 하는 방주에 탈 수 없었던 죄인들이며, 요코하마시는 성스러운 보호막이 지키는 절대적인 성역이자 최후의 낙원이라고 한다.

그렇기에 이 도시를 지키는 시조님에게 감사하고, 봉사하는 의무가 시민들에게 있는 것이다.

상층에 사는 이들은 저 불빛을 죄의 불빛이라고 말한다.

낙원에 들어오지 못한, 시조님에게 봉사하는 것을 망각한 죄인들의 불빛이라고.

하지만 아오바100F는 저 흐릿한 불빛을 매우 동경했다.

언젠가 진짜로, 밖에 나가보고 싶었다.

"아, 안 돼요……!"

아오바100F는 황급히 고개를 젓고 그 생각을 쫓아내려 했다.
구원의 말씀인 성구를 모아 만든 교전에 적힌 가르침은, 절대적이다.
태어나기 전부터 학습하는 내용이다.
의심하는 자는 없으며, 의심했다간 사상 위반으로 여겨진다.
"하지만……."
설명할 수는 없지만, 아오바100F는 이 요코하마시라는 존재 자체가 부자연스럽다는 것을 무의식적으로 느끼고 있었다.
한 번도 본 적이 없지만, 눈을 감으면 선명하게 떠올랐다. 하늘의, 대지의, 바다의, 이 세계의 광대함과 아름다움이 말이다. 기억도, 기록도 남지 않았는데, 알고 있었다.
그렇기에, 의문을 품었다. 품고 말았다.
"정말…… 여기가 최후의 낙원일까요?"
그 말은 시조님을 의심하는 것이며, 교전에 의문을 품는 것은 명백한 사상 위반이다.
생각을 관두고 싶지만, 결론이 없는 그 생각은 끊임없이 이어졌다.
이 장소의 『바깥』을 향한 동경.
그리고── 절대로 있어선 안 되는 일이지만, 그녀는 『아래』에 가보고 싶었다.
『아래』를 향한 욕구는 『바깥』을 향한 동경과는 다른, 몸 안에서 샘솟는 충동이었다.
"하층은 죄인이 보내지는 절망밖에 없는 장소인데, 나는 왜 아래에……?"

『아래』에 가고 싶다는 욕구는 존재하지만, 하층에 가는 것은 싫다. 모순되는 두 가지 감정이 가슴속에 품고 있었다.

"아."

어느새 커피가 다 식었다.

요코하마의 하늘에 종소리가 울려 퍼졌다.

"아, 큰일났어요. 지각하겠네요."

시민의 의무 중 하나, 기도의 의무 시간이 곧 찾아온다는 것을 알리는 종소리다.

커피를 다 마시고 근처의 쓰레기용 수직 통로에 쓰레기를 넣은 후에 공원을 나섰다.

어린이는 지각과 결석을 해도 벌을 받지 않지만, 그 어린이를 담당하는 선생이 감독 소홀로 벌칙을 받는다고 들었다.

그렇기에, 지각할 수는 없다. 타인에게 폐를 끼치는 것은 나쁜 짓, 그렇게 교육받았다.

"좋은 아침입니다."

"좋은 아침입니다."

엇갈리는 사람들이 인사한다.

항상 보는, 평소와 다름없는 광경이다.

그것은 평화롭기 그지없는 광경이다.

"시민이여, 건강하세요."

"시민이여, 성실하세요."

"시민이여, 행복하세요."

“《위대한 형제》는, 시민을 항상 지켜보고 있습니다.”
“세계가 평화롭기를.”
스피커에서, 평소처럼 성구가 흘러나왔다.
그녀가 향하는 곳은 상층 여러 곳에 있는 소교회 중 하나다.
이곳에는 시조님께서 계시는 중앙 대교회, 그리고 다수의 소교회가 존재한다.
소교회는 그 지구의, 대교회는 상층의 인간 전원을 수용해도 여유가 있을 정도로 넓다.
교회 입구에는 해태 조각상과 기계 기둥문이 있으며, 교회로 이어지는 참배길에는 다수의 홀로그램 기둥문이 있다.
참배길 옆에는 등롱이 있으며, 그 밖에는 흰색 자갈이 깔린 청렴한 성지.
참배길을 통과하자, 새하얀 건물이 눈에 들어왔다.
여기가 바로 요코하마시 상층 소교회다.
소교회의 내부는 어둑어둑하고, 천장에는 홀로그램 스테인드글라스가 있다. 그리고 벤치 의자가 쭉 놓였고, 안쪽에는 강단이 있으며, 그 너머에는 시조님의 본존이 안치되어 있다.
“우리의 시조님이시여, 구원해 주소서.”
“우리의 《위대한 형제》여, 지켜봐 주소서.”
“우리의 《어머니들》이시여, 용서해 주소서.”
다양한 색깔의 레이저 빔이 어둑어둑한 공간을 찢었고, 내장까지 뒤흔들 듯한 큰 소리로 중저음의 성가를 틀었으며, 그 안에서 성구를 영창했다.

그 소리와 빛, 그리고 획일화된 성구는 안에 있는 이들의 사고력을 빼앗는다.

교전은 항상 들고 다니지만, 펼쳐서 보지는 않는다.

그들은 교전부터 가장 먼저 통째로 암기하기 때문이다.

교전이야말로 이 도시의 전부이자, 삶의 지침이다.

"세계가 평화롭기를."

아오바100F는 영창하면서 생각했다.

(이게 정말 올바른 걸까요.)

밖으로, 밖으로.

아래로, 아래로.

그런 생각이 소용돌이쳤다.

"아, 아뇨. 분명 올바를 거예요."

머리를 저으며, 소용돌이치는 생각을 떨쳐냈다.

이런 생각을 하는 것 자체가, 시조님과 교전에 대한 모독이다.

"시조님께 봉사하고, 현세의 죄를 씻는 것이야말로 저희가 태어난 이유니까요."

◆

그날 밤.

날짜가 바뀐 직후의 일이다.

"아오바100F! 문을 여세요!"

갑자기 큰 목소리와 함께 방의 문이 거칠게 두들겨진 탓에, 잠을 자던 아오바100F는 화들짝 깼다.
문을 열자, 총으로 무장한 로브 차림의 성인 남자들이 보였다.
그 모습을, 아오바100F는 안다.
"버, 법무관……?"
법무관은 요코하마시의 치안을 유지하는 조직인 법무국의 직원이자, 법을 집행하는 시조의 『팔』이다.
경악과 공포와 혼란 탓에, 아오바100F의 머릿속은 새하얗게 변했다.
법무관이, 사무적으로 고했다.
"시민에게 신고를 받았습니다."
"시, 신고……인가요?"
"아오바100F에게 사상 위반의 혐의가 있다는 신고입니다."
상층에는 밀고 제도가 존재한다.
시조를 비판하는 자 혹은 사상 위반자를 신고하면, 포상으로 공헌도를 얻을 수 있다.
하지만 아오바100F는 짚이는 구석이 없었다.
자신은 외부를 향한 욕구를 마음속에 품고 있지만, 한 번도 드러내지 않았다.
"저……저는 사상 위반을 한 적 없어요!"
"그건 당신이 결정할 일이 아닙니다. 그 죄가 설령 《위대한 형제》의 눈에 비치지 않았을지라도 말이죠. 저희의 법은 틀렸을 리가 없으니까요."
"《위대한 형제》……."

그것은 어린이가 어른에게 처음으로 배우는 것이다.

《위대한 형제》가 보고 있으니까, 나쁜 짓을 하면 안 된다는 내용이다.

"제, 제, 제가 위험 사상을 지녔다는 증거가 있나요……? 신고한 사람이 오해했거나, 거짓말했을 수도……."

"시민은 성실해야 하는 의무를 지녔기에, 거짓말할 리가 없습니다. 그렇다면 그 입에서 나온 말은 진실이며, 증명할 필요가 없습니다. 그것은 교전에도 있는 내용입니다."

"어, 어…… 그, 그건, 이상……하지 않나요? 저, 저도, 시민이, 니까, 거, 거짓말을 할 리가……."

"닥쳐!"

법무관이 느닷없이 아오바100F의 뺨을 때렸다.

느닷없이 폭행을 당하자, 아오바100F의 심장이 격렬하게 뛰었다.

"이 또한 시조님의 뜻! 그 말씀에 논리적 모순은 존재하지 않는다! 아오바 개체는 사상 위반을 하는 개체가 많지. 무엇보다 시민의 신고를 의심하는 방금 언동은 교전을 의심하는 것이나 마찬가지야! 즉, 그것은 엄연한 사상 위반이다!"

"아, 아니…… 하, 하지만 그건 모순, 되잖아요…… 이해할 수가……"

"말대꾸! 하지 마라! 죄인 주제에! 죄인 주제에!"

법무관이 몇 번이나 뺨을 때리자, 아오바100F는 그 자리에서 무너지듯 주저앉았다.

목이 잠기고, 손이 덜덜 떨렸다.

아오바100F는 이제까지 생각해 본 적도 없었다. 이것이 밀고를 당한 시점에 체포가 확정되는 결함 제도라는 것을 말이다.

"현 시각을 기해 아오바100F를 사상 위반 혐의로 체포. 요코하마 최종재판소에서 당일 판결을 선고하도록 하겠습니다."

"아니에요! 저는 아무것도 안 했어요! 믿어 주세요! 게, 게다가 저는, 아직 어린이……니까……."

그렇다. 어린이는 도시의 보물이다. 그 어떤 죄도 짊어지지 않으며, 모든 행위가 용서된다.

어린이라면 말이다.

"아오바100F는 오늘 0시를 기해 어른이 됐습니다. 어린이 특권은 전부 효력을 잃었기에, 어른과 마찬가지로 죄를 용서받을 수 없게 됐습니다."

찰칵. 수갑이 채워졌다.

"연행하세요."

체포당한 아오바100F는 잠옷 차림으로 질질 끌려가듯 연행됐다.

아니라고, 아니라고 외쳤지만, 들어주지 않았다.

소란을 듣고 나온 주위 주민들이 상황을 지켜봤다.

그중에는 문틈으로 아오바100F를 훔쳐보고 있는 아오바022M이 있었다.

눈이 마주쳤다.

"미안합니다, 아오바100F."

아오바022M는 눈을 피하며 말했다.

그 말은 아오바100F에게만 들렸다.

"당신이 어른이 되면, 공헌도가 낮은 제가 하층으로 보내질지도 몰라요. 하지만 당신을 법무관에게 넘기면 제 공헌도는 상승하죠. 그러니, 미안합니다."

아오바100F는 머릿속이 혼란에 빠진 탓에, 그 후의 일을 제대로 기억하지 못했다.

대교회에 병설된 최종재판소에서 기계에 의한 재판을 받으며, 자신이 지었다고 하는 죄목을 담담히 들었다.

◆

"판결. 아오바100F, 위험 사상죄로 징역 4년. 하층행을 선고합니다."

판결이 내려진 후, 죄수복으로 갈아입혀진 아오바100F는 수갑을 찬 채 엘리베이터에 태워져서 하층으로 보내졌다.

바닷바람에 녹슬고, 풍화되어, 버려진 강철 대지.

하층에서의 체험담은 들은 적이 없고, 알 수도 없다.

상층에서 생활하는 한, 하층에서의 일은 알 방법이 없다.

죄를 지은 자가 보내지는 감옥이 있다는 말은 교전에 있다.

(무서워…….)

그저 무시무시했다.

손이 떨리고, 등골이 얼어붙었으며, 발이 움츠러들더니, 뱃속 깊은 곳에 납덩이라도 들어있는 듯한 끔찍한 느낌이 들었다.

미지의 공포.

그저 막연한, 불안감.

하층. 1만의 요코하마 시민 중, 8천 명의 죄인이 있는 장소.

낙원에서 추방당한 자가 가는 곳.

지옥.

악마와 마귀가 날뛰고, 죄인들이 고통받는 장소.

교전에는 그렇게 적혀 있었다.

허름한 건물 안으로 끌려간 후, 더러운 통로를 걸었다.

상층에서는 느끼지 못했던 살을 에는 듯한 추위가 느껴졌다. 통로 끝에서는 죄수복을 입은 하층 죄수 같은 인물이 법무관에게 둘러싸여 몽둥이로 두들겨 맞으면서 머리를 감싸쥔 채 몸을 웅크리고 있었다.

살과 뼈를 구타하는 소리가 통로에 울려 퍼지더니, 아오바 100F의 귀에서 계속 맴돌았다.

(왜…… 내가…….)

공포에 사로잡힌 채, 부들부들 떨면서 생각했다.

(밖에 나가고 싶단 생각을 하지 말 걸 그랬어. 아래에 가고 싶단 생각을 하지 말 걸 그랬어. 하층이 무서운 곳이라는 건 알고 있었잖아. 분명 천벌을 받은 거야…….)

공포와 함께 후회가 엄습했다.

수갑을 찬 채 법무관에게 연행되며 한동안 걸어간 후, 멈췄다.

얇고 허름한 청녹색 외벽에는 045호 수감실이라 적힌 금속판이 달린 문이 있다. 아오바100F는 그 앞에 세워졌다.

법무관은 허리춤에 차고 있던 열쇠로 철창이 달린 녹슬고 더러운 금속제 문을 열더니, 아오바100F의 수갑을 풀었다.

삐걱거리는 묵직한 소리를 내면서, 문이 열렸다.

수감실 안은 어둑어둑해서, 입구에서는 내부가 잘 보이지 않았다.

이 안에 죄를 저지른 극악무도한 악당이 잔뜩 있으리라고 생각하니, 등골이 오싹해지면서 다리가 떨렸다.

하지만 오락이라고 하는 것이 존재하지 않는 상층에서 자라 부족한 상상력으로는, 극악무도한 악당을 구체적으로 상상하지 못했다.

"들어가라."

그 말에 따라 수감실 안으로 발을 들이자, 법무관은 힘차게 문을 닫았다.

큰 소리와 진동에, 아오바100F는 반사적으로 몸을 움츠렸다.

어둑어둑한 수감실 내부에도 눈이 익숙해지면서, 주위가 보이기 시작했다.

녹슨 철판 바닥과 너덜너덜해진 돌벽이 눈에 들어왔고, 창문은 없었다.

낡고 더러우며 프레임이 녹슨 2단 침대가 두 개 있었다. 그녀의 위치에서 오른편과 정면에 L자를 그리듯 놓여 있었다.

화장실은 하나였다.

허름한 화장실이 칸막이도 없이 수감실 구석에 있었다.

무엇보다 춥다.

허름한 벽을 통해 틈새바람이 들이치는 실내에 난방 설비가 있을 리가 없고——아오바100F는 몰랐지만——하층 전역에 설치된 최소한의 방한 영역 결계가 겨우겨우 생존을 가능하게 했다.

그런 열악한 환경에서 지내야 한다는 공포는 금방 사라졌다.

"으……."

정면에 있는 침대에서 눈을 떼지 못하며, 숨을 삼켰다.

정확히는 그 침대 아래 칸에 걸터앉은 인물에게서.

남자다.

긴 흑발, 잘생긴 얼굴, 이 지옥에서 한층 빛나듯 온몸에서 뿜어져 나오는 생기, 아오바100F와 마찬가지로 간소한 죄수복을 입었지만, 그것이 그를 위해 만들어진 고급 의복으로 느껴질 정도로 완벽하게 소화하고 있었다.

그가 이 수감실의 주인이라는 것을, 한눈에 알 수 있었다.

"호오, 새로운 죄수인가."

남자는 몸을 일으키더니, 두 손을 벌렸다.

"짐의 이름은 벨토르. 벨토르 벨벳 벨슈바르트다. 045반에 잘 왔노라. 같은 죄수로서 환영하마. 조금 좁은 감옥이긴 하지만."

막간

"어쩌지?"

생명이 있는 자는 식사하지 않으면 살아갈 수 없다.

"어쩌지, 어쩌지, 어쩌지?"

이곳의 지도자가 되고 며칠이 흘렀다. 긁어모은 식량은 모두를 먹여 살리기에 턱없이 부족했다.

안 그래도 언어와 외모 차이가 심한 종족 사이에서 다툼이 발생하고 있는데, 식량 약탈까지 일어나기 시작하면서 겨우겨우 존재하던 질서가 붕괴하려 하고 있었다.

인구에 비해 압도적으로 식량이 부족하다는 문제 앞에서, 남자는 머리를 감싸쥐었다.

무엇보다 필요한 것은 식량이다.

허기는 판단력을 빼앗는다.

판단력을 잃으면, 겨우겨우 유지되던 이성과 질서가 간단히 붕괴하고 말리라.

그것만은, 절대로 안 된다.

"하지만, 어떻게 하면……."

책임과 불안 탓에 손이 떨렸다.

그 손 위에, 누군가가 손을 얹었다.

"괘, 괜찮아요……. 당신이라면, 할 수 있어요."

그에게는 같은 편이 있었다.

얌전하고, 내성적이며, 누구보다 상냥한, 용을 신앙하는 무녀의 후예. 다른 세계에서 살던 마법사.

무녀는, 남자의 손을 잡았다.

"당신이…… 이 작은 세계를 평화롭게 만들어 주세요."

그 말을 듣기만 해도, 떨리던 손이 조용해졌다.

"이 세계를, 평화롭게 만들어 주세요."

그 목소리가 머리에, 마음에 스며들었다.

그것은 그의 근원.

이제 망각의 저편으로 사라진 기억.

영혼에 새겨진, 말.

제2장 Stand back, prisoner.

――요코하마시에서 소녀와 마왕이 해후한 순간에서 시간을 잠시 거슬러 올라간다.

◇

벨토르와 타카하시가 항구 창고에서 체포되고 몇 시간 후.

야마다 레이너드 히즈키는 난감했다.

이곳은 고아르 시내에 있는 싸구려 호텔의 한 방이다. 벨토르와 마키나, 타카하시와 히즈키가 방 하나씩을 쓰기로 해서, 이곳은 마키나의 방이다.

히즈키는 1인용 침대에 걸터앉아서, 옆에 앉아 있는 사람을 쳐다봤다.

"흑, 흑흑……."

옆에서 훌쩍거리는 사람은 친구인 마키나다.

마키나가 우는 이유는――.

"흐흑, 벨토르 니히임……해 저흘 두고 가힌 헌가요……."

그 주군인 벨토르가 실종됐기 때문이다.

몇 시간 전.
벨토르는 자신의 PDA로, 히즈키와 마키나의 패밀리어에 설치된 메시지 애플리케이션에 이런 메시지를 보냈다.

『타카하시와 함께 요코하마시에 가마. 히지키는 마키나에게 맡기겠다. 뒷일을 잘 부탁하노라.』

이게 다였다.
별다른 설명도 없는 간소한 내용이었다.
"정말, 언제까지 울기만 할 거야……."
히즈키는 마키나의 몸을 살포시 안아줬다.
마키나는 히즈키의 가슴에 파묻히듯 안겨서 엉엉 울었다.
겉보기에는 자신과 비슷한 또래 혹은 한두 살 어려 보이지만, 사실 마키나는 불사의 존재이기에 엘프보다 훨씬 오랜 세월을 살았다고 한다.
애초에 자료를 통해서만 불사자를 알던 히즈키는 실감이 나지 않았지만, 이런 모습을 보니 더욱 그랬다.
하지만 히즈키를 중심으로 일어났던 두 아키하바라를 둘러싼 사건의 전말, 그리고 그 이후에 있었던 짧은 교류를 통해서, 히즈키는 마키나와 벨토르가 진짜 불사자임을 이해했다.
"그런데, 타카하시는 걱정하지 않는 거야?"
"네? 벨토르 님과 함께 있으니까 아무 걱정할 필요가 없잖아요……."

갑자기 고개를 든 마키나가 눈물, 콧물을 멈추고 진지한 표정으로 말했다.

"우와, 갑자기 정색하지 마."

히즈키는 벨토르와 마키나, 그리고 불사자에 관한 이야기를 듣기는 했다. 그리고 마키나는 500년 동안 벨토르의 부활을 기다렸다고 한다.

(500년이나 기다린 사람이 또 자기 곁에서 사라졌으니 이렇게 된…… 걸까?)

히즈키는 인간 아버지와 엘프 어머니 사이에서 태어난 하프엘프다.

인간보다 수명이 길지만, 엘프보다는 짧다. 필멸자의 영역을 벗어나지 못할 뿐만 아니라 아직 어린 10대인 히즈키에게는 도시전쟁과 판타지온도 옛날옛적 이야기다. 500년 전은 차원이 달랐다.

"벨토르가 너를 두고 간 건, 딱히 방해되거나 싫어해서가 아니잖아."

히즈키는 마키나의 등을 부드럽게 어루만져 주면서 말했다.

"아마 요코하마시에 잠입할 방법을 운 좋게 발견했고, 시간이 없는 데다, 잠입할 거면 인원이 적을수록 좋다고 판단한 것 아닐까? 그리고 벨토르의 서포트라면 그 애가 딱 좋을 거야."

"으~흐흑…… 알아요……. 안다고요, 히즈키……. 타카하시는 저에게 없는 재능이 있고, 그게 벨토르 님께 큰 도움이 된다는 것도, 벨토르 님께서 실로 합리적인 판단을 내리신 것도 잘――――― 안다고요……. 하지만! 하지만 말이죠! 이해는 해도, 저는 충격이 크다고요! 우에에에엥…….”

“아아~ 그래. 알았다고. 우에에에엥 하고 우는 사람은 처음 봤어…….”

히즈키는 또 자신의 품에서 우는 마키나의 머리를 쓰다듬어 주면서, 달래듯 말을 이었다.

“어쩌면, 내 탓일지도 몰라.”

마키나가 고개를 들면서 물었다.

“그게 무슨 소리인가요?”

“아니, 나는 너희 목적과는 무관하잖아? 아무 상관 없는 내가 너희와 어울려 다니는 건, 그래야 내 목적을 이루기 쉬울 거라고 생각해서야. 그러니 벨토르가 나를 데려갈 이유는 없지 않겠어? 게다가 내가 따라가도 짐짝밖에 안 될 테니 남길 수밖에 없고, 그런 나를 돌봐줄 사람도 필요하니까, 으음…… 그러니까, 마키나를 데려가지 않은 건 내 탓일지도 모른단 거야.”

“그렇지 않아요.”

마키나는 딱 잘라서 말했다.

“벨토르 님이 저를 데려가지 않으신 것과 히즈키는 완전히 무관해요.”

“하지만, 그건…….”

“단언할 수 있어요.”

게다가, 하고 마키나는 이어서 말했다.

“히즈키는 무관하지 않아요. 당신은 우리 동료니까, 당신의 목적에 우리가 협력하는 건 당연한 일이죠. 히즈키가 그걸로 미안해할 필요도 없답니다. 우리가 협력하고 싶어서 하는 일이니까요."

"……."

진지한 눈동자.

진지한 목소리.

히즈키는 아무 말도 못 했다. 말을, 마음을, 솔직하게 전하는 것에 익숙하지 못해서 무심코 시선을 돌리고 말았다.

항상 이랬다. 자신의 마음에 솔직해지지 못해서, 자기 자신도 속이고 말았다.

그러니까, 지금의 히즈키에게는 이게 최선이었다.

"고마워……."

마키나는 그 말에 만족한 것처럼 미소를 지었다.

"마키나가 무관하지 않다고 말해준다면…… 역시 나도 도움이 되고 싶어."

자신이 약하다는 것을, 히즈키는 통감하고 있었다.

그렇기에――.

"강해지고 싶어. 너희의 짐이 되지 않을 만큼, 혼자서도…… 싸울 수 있을 만큼 말이야."

"그렇다면, 평소에 하던 걸 할까요?"

"응……. 부탁할게."

◆

까만 선이 격자처럼 그어진 새하얀 공간 속에서, 히즈키와 마키나는 대치하고 있었다.

히즈키는 한 손에 검을 쥐고 있었고, 마주 선 마키나는 빈손이었다. 복장은 아까와 똑같다.

히즈키의 검이 마키나를 두 동강 내려는 것처럼 휘둘렸다.

하지만 마키나에게는 닿지 않았다. 벴다고 확신했지만, 히즈키의 검은 허공을 갈랐다.

"크……!"

히즈키는 낮은 자세에서 마키나의 목을 향해 찌르기를 날렸다.

하지만 그 공격 또한 아슬아슬하게 피했다.

함부로 휘둘러 봤자 절대로 맞지 않는다는 것은 잘 안다. 그렇기에 다른 모든 행동은 단 한 번의 공격을 명중시키기 위한 포석으로 삼았다.

왼발을 내디디며, 동시에 페인트 동작을 보이고 오른쪽에서 목을——.

"아."

마키나에게 손목을 잡히고, 팔이 꺾이면서 검을 놓쳤다.

그대로 발목을 차인 히즈키는 공중에서 한 바퀴 회전하면서, 등부터 지면에 떨어졌다.

"커헉."

반사적으로 기침을 토하면서 눈을 감고 말았다.

눈을 뜨자, 히즈키가 떨어뜨린 검을 어느새 주워 들고 전투태세를 취하고 있는 마키나와 칼끝이 보였다.

(지금이라면——.)

칼끝을 응시하는 히즈키의 눈에는, 패색이 없었다.

하지만 그대로 얼굴을 꿰뚫렸다.

『훈련 프로그램 종료.』

인공정령의 무미건조한 음성 가이드와 함께, 히즈키는 강제 로그아웃 됐다.

“아——! 역시 이기질 못————해!”

아까와 같은 호텔, 같은 방, 같은 침대 위에 드러누운 채, 천장을 향해 팔을 뻗으며 소리쳤다.

히즈키는 때때로 시간을 내서 마키나에게 전투 훈련을 받고 있었다.

자신의 목적을 위해, 역시 싸우는 힘이 필요하다고 여겼기 때문이다.

예전에 타카하시가 에테르 네트워크의 가상 공간을 이용한 전투 훈련용 프로그램을——합법적인지 아닌지는 안 물어봤지만—— 구해줬고, 방금도 그것을 이용해 훈련했다.

“그야, 아직 10대 여자애한테 질 수는 없으니까요.”

“하아…… 갈 길이 머네. 하지만 장소를 확보하지 않아도 훈련할 수 있는 건 대단한걸.”

“타카하시 만만세군요. 이건 군용 시뮬레이터일 거예요.”

"이거, 써도 되는 걸까……?"

"타카하시가 괜찮다고 했으니 아마 괜찮겠죠. 편리하네요. 장소를 확보하지 않아도 가상 공간에서 전투 훈련을 할 수 있다니, 병사 육성에 딱 좋아요. 하지만 이건 정교한 시뮬레이터 훈련이지 실전이 아니라는 점을 기억해 두세요."

"실전, 말이지."

그렇게 말한 히즈키는 목덜미에 달린 자신의 패밀리어를 손가락으로 만졌다.

얼마 전만 해도 피치 못할 이유로 보유 마력량이 적어서 패밀리어가 지닌 최소한의 기능만 쓸 수 있었는데, 이렇게 마력을 대량으로 소모하는 훈련 프로그램을 불편함 없이 쓸 수 있게 된 점은 스트레스에서 해방되는 것과 동시에 크나큰 기쁨이었다.

옆에 누워 있는 마키나의 얼굴이 정면에 있었다.

(얼굴 한 번 되게 귀엽네.)

히즈키도 외모에는 다소 자신이 있는 편이지만, 그래도 가까이에서 본 마키나의 얼굴은 무심코 숨을 삼키며 압도당할 만큼 아름다웠다.

마키나는 몸을 일으키더니, 침대에 걸터앉았다.

"하지만 처음보다는 꽤 좋아졌군요."

"그래?!"

히즈키는 드러누운 채, 눈을 치켜뜨며 마키나를 쳐다봤다.

"꽤 강해졌어?!"

"아뇨, 아직 멀었답니다."

"멀었구나~……."

"그게…… 같은 또래 동성이라면 몰라도, 싸움 좀 한다는 양아치도 못 이길 테죠……."

"그렇게 심해……?"

"하지만 한탄한 일은 아니랍니다. 그게 당연하니까요. 하루아침에 강해지는 사람은…… 없지 않지만, 극히 드물어요. 저도 처음에는 히즈키와 비슷했죠."

"흐음, 마키나는 태어날 때부터 강했을 줄 알았어."

"설마요. 용조차도 갓난아기일 때는 보호가 필요할 만큼 약한 생물이니까, 저는 말할 것도 없답니다. 게다가 저는 변경 촌구석의 시골 처녀였으니까요."

"시골 처녀……."

"불사자가 되기 전에는 싸울 일도 없었어요."

훈련을 거듭하면서, 이제까지는 짐작조차 할 수 없었던 마키나의 실력을 어렴풋이 알게 됐다.

하지만 그것은 마키나라는 산 근처에 가서 그 높이를 실감한 것이며, 꼭대기는 보이지도 않았다.

"뭐, 지금의 나는 싸움이 본업인 사람에게는 상대도 못 된다는 건 알겠어……."

"자기 역량을 아는 건 매우 중요하죠. 그리고 매번 하고는 있지만, 검으로 싸우는 훈련은 별로 의미가 없을 텐데요…….마법의 제어 훈련과 총기 사격 훈련이 효율적일 거예요."

"총은 몰라도 마법은 틈틈이 하고 있어……. 검술 수행은…… 뭐, 멋져서 하는 거야. 그리고 내 안에 존재하는 강함의 상징, 같은 거랄까?”

거짓말은 아니다.

마키나는 히즈키의 얼굴에 두 손을 대면서 몸을 숙였다. 긴 머리카락이 드리워지고, 연분홍색 눈이 히즈키를 주시했다.

“히즈키. 당신, 뭔가 숨기고 있죠?”

“뭐?”

“훈련 도중, 패배 직전의 상황에서 상대의 힘을 알아도 체념하지 않아요. 저와 히즈키의 실력 차이를 느껴도 적개심이 사라지지 않았죠. 그런 것은 보통 비장의 수를 가지고 있는 자의 태도예요. 비장의 수가 있음을 숨기지 못한다는 점을 포함해, 아직 어설프지만 말이에요.”

“음, 역시 대단하네……. 그런 것도 알 수 있구나.”

“오랜 세월 쌓은 경험 덕분이랄까요. 이래 봬도 저는 불사자니까요.”

“저기~ 말이야.”

“왜 그러시죠?”

“나한테 비장의 수라든가 필살기 같은 비밀이 있다고 쳐. 그렇다면 그걸 다른 애들한테 가르쳐주는 게 좋을까?”

“네? 딱히 알려주지 않더라도 괜찮을걸요?”

마키나는 히즈키한테서 슥 멀어졌다.

“그, 그래?”

“저도 모든 비밀을 히즈키에게 가르쳐준 건 아니잖아요?”

"그건…… 그렇지만……."

"우리는 동료니까, 서로의 전력을 파악하는 것도 중요할 거예요. 하지만 전부 파악할 필요는 없어요. 그런 것은 필요하다고 생각할 때 하면 된답니다."

마키나의 타이르는 듯한 목소리는, 참으로 상냥했다.

"마법을 사용하는 전투에서 가장 중요한 것은 마력보다 정보예요. 상대의 능력을 파악하면 작전도 짜기 쉬우니까요. 만약 히즈키가 가지고 있는 비장의 수를 알게 된 제가 마법으로 기억을 읽히기라도 한다면, 그건 당신에게 치명적이에요. 그러니 알려주지 않아도 돼요."

"그런 때는 오지 않는 게 좋겠지만……. 그런데, 마키나한테는 스승이 있어? 역시 벨토르야?"

"스승, 말인가요? 아뇨, 벨토르 님께는 지도를 받은 적이 거의 없답니다. 굳이 따지자면…… 실바르드 경이겠군요."

"육마후 중 한 명이자, 이번에 찾고 있는 인물이지? 마키나의 스승이라면, 강하겠네?"

"네. 백병전만 보자면 벨토르 님과 제노르 경을 능가하는 육마후 최강이에요. 차원이 너무 달라서 배운다기보다 제가 일방적으로 지면서 익혔다는 쪽에 가까울 것 같군요."

"벨토르보다도 강한 거야?!"

"특정 조건을 갖추면 그래요. 원래 육마후는 불사자 중에서 특정 방면으로 벨토르 님을 능가하는 재능을 드러낸 자가 뽑혀서 구성됐으니까요."

"흐음~. 그렇다면 마키나도 엄청난 재능을 지녔다는 거네. 그게 뭐야?"
"그건…… 비밀이에요."
마키나는 검지를 입술에 대더니, 윙크했다.
"한 방 먹었네……."
"우후후. 비장의 수니까요. 옛날에는 저도 꽤 잘나가서 벨토르 님께 칭찬도 받았었답니다. 하아…… 벨토르 님은 지금쯤 뭘 하고 계실까요……. 그리고 타카하시도요."
히즈키는 마키나의 멘탈이 또 불안해지는 신호를 감지했다.
"그래. 걔들…… 뭘 하고 있으려나. 타카하시는 괜찮을까?"
"그 애라면 괜찮을 거예요. 벨토르 님의 곁에 있으니까요."
자기보다 타카하시와 오래 알고 지낸 마키나가 하는 말이니까, 정말 괜찮은 거겠지. 그렇게 생각한 히즈키는 자리에서 일어났다.
"그렇다면 나는 슬슬 방으로 돌아갈게. 너도 쉬어~."
"네. 잘 쉬세요, 히즈키."
방을 나선 히즈키는 배가 약간 출출했기에 홀 한편에 있는 24시간 영업 매점으로 향했다.
그다지 넓지 않은 홀에는 호텔 로비 담당 마기노로이드 한 대와 한 쌍의 남녀밖에 없다. 남녀는 홀에 비치된 소파에 마주 보고 앉아서 이야기를 나누고 있었다.
"FEMU라니, 꽤 큰 곳의 의뢰인걸……."
"저에게는 예전 직장에서 만든 인맥이 있으니까요."

"무시무시한 곳에 인맥이 있네……. 그런데, 어떻게 할 거지? 미션 내용만 보면 쉽지 않을 것 같은데, 방법은 있어?"

"그걸 생각하는 게 당신 일입니다."

"내가?!"

"제가 일거리를 구하고, 어사인이 되면 당신이 실행한다. 심플하지 않습니까? 리소스가 쇼트된 상태인 제가 기타 업무를 전부 담당하는 만큼, 그 정도는 해주셨으면 합니다."

"이 사장 밑에서 일하는 걸 확 관둬버릴까!"

"애초에 당신이 머니타이즈를 고려하지 않고 남을 도우니까 쇼트가 해제되지 않는 겁니다."

"그건 좀 미안하지만……."

아무래도 업무 이야기를 하는 것 같았다.

그들과 관계가 없는 히즈키는 매점을 향해 걸음을 옮겼다.

◆

――시간을 되돌려 요코하마시 하층.

벨토르, 타카하시가 함께 고아르에 있는 요코하마시의 항구에서 체포되어 즉결재판을 받고 며칠 후, 아오바100F와 만났을 때다.

045호 수감실에 수용된 아오바100F가 얼이 나가 있는 사이, 045반의 멤버는 자기소개를 마쳤다.

우선 눈앞에 있는 벨토르란 남자.

키가 크다.

아오바100F보다 머리 두 개 정도 컸다.

이렇게 크면, 남자 신장 규정을 위반할 것이다.

(아마도, 남자……겠죠……?)

추측성 단어가 붙은 것은 남자의 검은 머리가 매우 길어서다. 명백하게 남자 두발 규정 위반이며, 남성만이 아니라 여성의 두발 규정보다도 길었다.

게다가 얼굴도 무시무시할 정도로 잘생겼기에, 남성이 맞는지 한순간 헷갈리고 말았다.

그리고 말투와 억양이 독특하다.

"하아, 벨짱이 너무 큼지막하니까 재가 겁먹었잖아."

벨토르의 옆에서 옆구리를 찌르고 있는 건, 자기 이름을 타카하시라고 밝힌 소녀였다.

벨토르도 그렇고, 타카하시도 그렇고, 그런 식별 호칭은 들어본 적이 없다.

"무슨 소리를 하는 것이냐. 짐의 위광을 느끼고 말문이 막힌 것이니라."

"이번만큼은 그럴 리가 없을 것 같은데…… 그리고 여기 왔을 때부터 생각한 거지만, 벨짱은 일본어를 할 줄 아는구나."

"훗. 짐을 뭐로 보고 그런 소리를 하는 것이냐. 짐이 마음만 먹으면 그 정도는 아무것도 아니니라."

"뭐, 그 목적이 일본어만 지원하는 게임을 하는 거여도 대단하다는 점에는 변함없나……. 덕분에 벨짱이 대화할 수 있어서 다행이야. 여기 사람들은 엘프어를 못 쓰는 것 같거든."

"쿨럭쿨럭."

방구석, 2단 침대의 아래 칸에서 깊은 기침 소리가 들려왔다.

침대에서 몸을 웅크리고 있는 건 남성 노인—— 이즈미012M이었다.

말조차 하기 어려운지, 벨토르가 대신 그를 소개했다.

타카하시는 이즈미012M에게 다가가서 등을 어루만져줬다.

"헤이헤이, 이즈미 영감님. 괜찮아?"

"아, 괜찮습니다. 콜록콜록. 미안해요 타카하시, 벨토르……."

"괜찮으니까 신경 쓰지 마, 영감님."

죄송합니다, 하고 대답한 이즈미012M는 또 기침했다.

이 세 사람에 아오바100F를 포함한 네 명이 045 수감실의 죄수, 045반이다.

(이, 이분들은…… 대체 뭘까요…….)

이즈미012M는 그나마 괜찮다.

노화로 봉사활동도 제대로 못 하는 것이리라. 재봉사 구역행이 머지않은 점을 제외하면 지극히 평범——하층에 보내지기는 했지만——한 시민이다.

벨토르와 타카하시는 명백하게 이질적인 존재였다.

자아, 하면서 타카하시가 아오바100F를 향해 고개를 돌렸다.

"아~ 여자애가 들어와서 다행이야. 남자 둘에 여자가 나 혼자뿐이니 여러모로 신경 쓰였거든~. 남녀로 수감실을 나누지 않는 건 좀 이상하지 않아? 화장실도 하나에 칸막이도 없는 최악의 장소지만, 잘 부탁해."

"자, 잘 부탁드려요……."

타카하시의 미소가 너무나도 눈부셨기에, 아오바100F는 무심코 눈을 가늘게 떴다.

타카하시는 여자 두발 규정에 저촉되지 않을 만큼만 머리카락을 길렀지만, 앞머리 일부가 빨간색이었다.

아오바100F는 빨간색 머리가 두발 규정에 저촉되지 않는지 생각해 봤지만, 두발 규정에서 문제시하는 게 길이뿐이란 사실을 떠올렸다.

"으음~ 아가씨는 이름이 뭐야?"

"네?! 이름…… 아, 식별 호칭 말인가요? 아오바100F, 이라고 해요."

"아오바…… 일영영에프……."

으음, 하고 신음을 흘린 타카하시는 팔짱을 끼며 고개를 갸웃거렸다.

"역시 여기 사람들은 하나같이 이름이 이상하네……. 그렇다면 아오바라고 부를게. 그게 더 귀엽잖아."

"네?"

아오바100F—— 아오바는 타카하시의 말을 듣고 놀라서 눈을 치켜떴다.

"하, 하지만 아오바라고 부르면 다른 아오바 개체와 혼동될 텐데……."

요코하마 시민의 이름—— 식별 호칭은 열여덟 종류의 개체명과 세 자리의 숫자, 그리고 두 종류의 알파벳으로 구성되어 있다.

하층으로 보내지면 편의상 상층에 같은 식별 호칭의 개체가 보충되는 만큼, 하층에는 같은 식별 호칭의 개체가 다수 존재할 것이다.

"괜찮아~. 우리한테 아오바는 너뿐이거든. 오케이~?"

"아, 네……."

밝은 목소리와 표정, 그리고 붙임성 좋은 태도.

상층 인간도 다들 '좋은 사람' 이었다.

하지만 그것과는 성질이 다르다고 아오바는 느꼈다.

"그대의 침대는 저쪽의 아래 칸이다."

벨토르가 눈앞에 있는 침대를 가리켰다.

"타카하시의 아래지. 시트를 개는 법은 타카하시에게 배워라. 체크를 당하니 말이다."

"아, 어, 네."

"하지만 벨짱이 규칙에 따라 시트를 개다니, 의외야……."

"훗. 짐은 질서를 그 무엇보다도 존중하느니라. 죄수라면 죄수의 규칙을 따른다. 그리고 규칙의 구멍을 찾아내서 꼼수를 부렸을 때의 쾌감은 이루 말할 수가 없지."

"그거, 게임 이야기 아니야……?"

시트를 개려고 간 아오바의 침대 위에는 책 한 권이 있었다.

보지 않아도 내용을 암송할 수 있다.

시조님의 가르침이 담긴 책.
(교전이야.)
그 책의 책등에는 교전의 한 구절, 구원의 말이 새겨져 있다.

——세계가 평화롭기를.

◆

"기상 시간은 오전 5시다. 오전 6시까지 교회에 도착해야만 하니 아침 식사를 서둘러 먹도록. 늦으면 굶기니 조심하거라."

벨토르는 막대 형태의 딱딱한 식량을 씹어먹으면서 아오바에게 말했다.
"아, 네!"
상층에서는 종소리에 잠에서 깨어났지만, 감옥 안에서는 시끄러운 벨소리에 화들짝 놀라며 깬 아오바는 허둥지둥 벨토르와 같은 것을 입에 넣었다.
상층에서는 나온 적이 없는 생반(식사)이다.
매일 각 반이 돌아가며 당번을 맡으며, 각 수감실에 지급하는 것 같았다. 법무관에 비해 죄수가 압도적으로 많은 탓에, 그런 잡일도 죄수가 할 일에 포함된다.
식사는 하루에 세 번 나오며, 아침은 수감실, 점심은 봉사 작업 현장, 저녁은 감옥 안의 대식당에서 먹는다.

아침 식사는 매일 이 딱딱한 식량과 컵 한 잔의 알가(물)인 것 같았다.

타카하시가…….

“이런 것만 먹다간 초절정 미소녀가 건강미 넘치게 빼빼 말라서 소멸하고 말 거야~. 처음에 생반이란 말을 들었을 때는 생선밥인 줄 알았거든? 붕어빵에 붕어가 없는 거랑 비슷한 걸까…….”

이렇게 말했지만, 아오바는 그 말의 의미를 이해하지 못했다.

딱딱한 식량에는 단맛이 살짝 감돌아서 맛이 나쁘지는 않았지만, 입안의 수분을 전부 빼앗기는 게 아닐까 싶을 정도로 퍼석퍼석해서 목에 걸렸다.

“끄윽, 쿨럭!”

“영감님! 목에 걸리니까 한꺼번에 삼키면 안 된댔잖아!”

“아아…… 미안합니다…….”

“정말~ 툭하면 사과한다니깐.”

◆

“오전 6시부터는 기도 시간이다. 무엇에 기도를 드리는 건지는 모르겠지만 말이지.”

벨토르는 진심으로 아무래도 좋다는 투로 말했다.

남부 감옥 부지 안, 녹슬어서 기능이 정지된 여러 기계 기둥문 너머에 있는 하층 소교회는 상층에 있는 것보다 훨씬 허름했다.
이즈미012M은 기도에 참여하지 않는 것 같았다. 노화 탓에 이미 걷기도 힘들었다. 당연히 기도 후의 봉사 작업에도 참가하지 못한다.
소교회까지 걸어가면서, 타카하시는 아오바의 죄수복 옷자락을 잡아당겼다.
"저기, 아오바. 아오바."
"아, 네?"
"여기 온 후로 쭉 신경 쓰였는데, 저게 뭐야?"
타카하시가 손으로 가리킨 곳에는 거대한 건물이 존재했다.
광대한 원형 플레이트인 상층을 홀로 떠받치고 있는 296미터의 탑이자, 랜드마크이다.
상층의 면적은 하층보다 좁지만, 먹구름 낀 하늘의 미세한 빛조차 상층의 플레이트에 차단되는 탓에 낮인데도 밤처럼 어둡다.
"아, 저건 아틀라스예요."
"『하늘을 떠받치는 거인』…… 어스의 신화에 나오는 신이구나……. 교회도 그렇고, 여러 요소를 뒤죽박죽 섞었네……. 저거 하나로 상층을 떠받칠 리가 없으니까, 마법으로 접속한 걸까……? 상층의 무게에 부러질 텐데, 저 질량을 버티려면 대체 얼마나 거대한 마법이어야 하지……?"
타카하시가 작고 빠른 어조로 그렇게 중얼거렸다.
"그런데 저 아틀라스라는 건 대체 뭐야?"

“시조님의 신체(神體)를 모셨다는 성역이에요. 내부뿐만 아니라 주위 또한 아무도 출입할 수 없는 신성한 장소죠. 저 아틀라스의 아래에 재봉사 구획이 있다고 해요.”

“때때로 듣긴 했는데, 그 재봉사 구역이 뭐야?”

“저도 자세히는…… 하층보다 더 밑에 존재하며, 병에 걸리거나 다쳐서 도시를 위해 봉사할 수 없게 된 자가 다시 도시에 봉사할 수 있게 하는 시설이라고 들었어요. 몸도 마음도, 피 한 방울까지 귀명하는 게 시민의 의무니까요…….”

“흐음. 시조란 작자도 의외로 시시하네~.”

타카하시가 그렇게 말하자, 아오바는 귀를 의심했다.

그런 말을 당당히 하는 사람을 이제까지 본 적이 없었다.

그리고 허둥지둥 주위를 살폈다.

신이신 시조님을 향한 불경한 발언.

이런 이야기를 법무관이 들었다간, 아오바가 갇힐 때 본 것처럼 벌을 받을지도 모르는 것이다.

다행히 남들이 들은 것 같지는 않았기에, 아오바는 작은 목소리로 타카하시에게 물었다.

“시시, 하다고요?”

“아, 미안해. 아오바한테는 그게 당연한 거지?”

심장이 빠르게 뛰었다.

“하지만 그런 배경이 있더라도, 나는 시시하다고 말할 거야. 그게 아오바의, 이 도시 사람들의 모든 것을 부정할지라도, 나는 말할래. 나는 그런 게 딱 질색이거든. 기분 나쁘게 했다면 사과할게."

"아, 아뇨."

그렇게 말하는 것은 아오바에게 용기가 필요한 행위였다.

자신의 인생에 대한 부정을 긍정하기 위한 부정이니까.

"하, 하지만 그런 말은 저 말고 다른 사람한테 안 하는 편이 좋을, 거예요……."

"아오바에게는 해도 돼?"

"앗, 으음, 네. 저, 저도, 의문……이, 있었, 으니까요……."

처음으로 털어놨다.

해서는 안 되는 말을 했다는 기분이 드는 것과 동시에, 왠지 마음이 개운해졌다.

어차피 죄수가 됐으니, 이제 와서 불경한 말을 한다고 해서 달라질 것은 없다는 식으로 의식이 변화한 것이다.

고개를 돌려보니, 앞에서 걷고 있는 벨토르가 다른 반 사람들과 이야기를 나누고 있었다.

"하루 만인걸. 징벌방은 어땠지?"

"벨토르. 이야, 힘들었어요……. 좁고, 냄새나는 데다, 먹을 것도 안 주더라니까요……. 연대책임으로 그런 곳에 갇히는 건 사양하고 싶어요."

"고생이 많았구나."

"아뇨. 벨토르가 증언해 준 덕분에 저는 그 정도로 그쳤으니까요. 당사자들은 더 심각한 상태죠."

"물어볼 게 몇 가지 있다만, 괜찮겠느냐?"

"네, 물론이에요."

무슨 이야기를 나누는 걸까? 그렇게 생각하며 아오바는 소교회에 들어갔다.

소교회 안은 허름하다는 점 말고는 상층과 그다지 다르지 않았다. 벤치 의자, 강단, 어둠을 찢는 빛의 선, 그리고 중저음의 성가.

하층의 인구 비율이 높아서 그런지 상층의 소교회보다 다소 넓지만, 그래도 몸도 꼼짝할 수 없을 만큼 사람들로 가득 찼다.

타카하시의 말에 따르면…….

"교회보다는 변두리 클럽이나 라이브 콘서트장 같아."

이렇다는데, 아오바는 그게 무슨 말인지 이해하지 못했다.

기도 내용도 상층과 다르지 않았다.

중저음 속에서, 교전의 내용을 읊었다.

하지만 다른 점은 있었다. 상층에서 기도를 드릴 때는 긴장감이 항상 감돌았지만, 하층에서는 꽤 느슨한 분위기였다.

그 안에서도 벨토르와 타카하시가 특히 느슨했다. 느슨하다 못해 불경스러울 정도였다.

성구를 읊을 때는 자리에서 일어나는 것이 원칙이다.

하지만 벨토르는 긴 다리를 꼬며 몸을 젖히더니, 벤치의 팔걸이에 팔을 세우고 손등에 턱을 얹은 채 지루한 듯한 눈빛을 보였다. 그리고 타카하시는 앞 벤치의 가장자리에 이마를 댄 채 이 시끄러운 공간에서 졸고 있었다.

"어……?!"

시조님의 본존에 기도를 올리는 와중에 앉아 있고, 졸고 있다는 폭거를 목격한 아오바는 충격을 느꼈다.

아오바의 상식으로는 있을 수 없는 일이다.

이 자리에는 법무관이 없다.

법무관도 다들 교회 안에서는 성실히 기도를 올릴 줄 알기에, 감시자들은 모두 밖에 있었다. 그래서 그들을 비난하는 자는 한 명도 없었다.

주위 사람들은 무관심—— 정확히는 못 본 척하고 있었다. 벨토르와 타카하시의 이 행동을 비난했다간 자신도 기도에 집중하지 않은 것이 되며, 무엇보다 성가신 일에 휘말리고 싶지 않은 것 같았다.

(괘, 괜찮은 걸까요…….)

천벌 받아 마땅하고, 모독적이며, 불경한 행위.

시민이라면 저런 행동을 용납해서는 안 될 것이다.

하지만 아오바는 그들을 걱정하는 한편으로, 그들의 자유분방함에서 약간의 해방감마저 느꼈다.

◆

"봉사 작업은 오전 8시부터다. 11시 반에 점심 휴식이 있고, 오후 4시에 작업이 끝나지."

봉사 작업—— 즉, 형무 작업 내용은 반별로 정해져 있다.

“045반은 폐기장 작업을 할 것이다. 위험하니 조심하도록.”

“아, 네.”

벨토르가 그렇게 말하자, 아오바는 큰 소리로 대답했다.

옆자리의 타카하시는 아직 졸고 있었다.

작업 내용은 폐기장에 모여 있는 상층과 하층의 폐기물을 처분하는 단순한 일이다.

허름한 천장이 달렸을 뿐이라 통풍이 잘되는 폐기장에는 다른 반도 있었다.

“우리 작업은 수레에 실려서 운반된 쓰레기를 여기에 집어넣는 것이다.”

벨토르의 손이 가리키는 바닥에서는 톱니가 달린 롤러가 회전하고 있었다. 그것은 폐기물을 산산이 부수는 분쇄기였다.

“실로 편한 작업이지.”

“위, 위험하지 않나요……?”

아오바는 분쇄기를 들여다보더니, 숨을 삼켰다.

회전하는 분쇄기는 마치 아가리를 벌린 괴물 같았다.

만에 하나라도 발이 미끄러져서 빠지면 즉사할 것이다.

“물론 위험하지. 다른 반의 말에 따르면, 작업 중에 여기 떨어지는 사고가 끊이지 않았다고 하더구나. 정말이지, 산업재해는 전혀 고려하지 않는 것이냐. 넣는 작업은 짐이 할 테니, 그대들은 쓰레기를 가져와라.”

아오바는 타카하시와 함께 작업을 시작했다.

수레 하나를 둘이 함께 옮기면, 전달 작업을 맡은 반의 사람들이 폐기물을 수레에 싣는다. 그리고 그것을 분쇄기 근처에 있는 벨토르가 있는 곳까지 옮기는 것이다.

타카하시가 수레를 앞에서 끌고, 아오바는 뒤에서 민다.

"아오바가 와준 덕분에 운반을 둘이 하게 되니 편하네~."

타카하시는 이어서 이렇게 말했다.

"이건 뭐야?"

그녀는 수레에 실린 대량의 폐기물을 턱으로 가리켰다.

"으음, 마가르……군요."

"그건 보면 알아!"

수레에 실린 것은 마가르의 사체다.

마가르는 아르네스에서 일반적인 가축이다.

뒤틀린 뿔과 뻣뻣한 모피가 특징이며, 생태 및 이용 목적이 어스의 양과 흡사해서 과거에는 양으로 번역되던 시기도 있다.

아직 부패가 시작되지 않은, 비교적 신선한 상태다.

"이걸 집어넣으라는 거야?! 그것보다 이건 대체 뭐야?! 진짜 마가르야? 어제는 이런 게 없었거든?! 대형 쓰레기 같은 것만 있었거든?!"

"성찬의 공물로 쓰이고 남은 것이겠죠."

"성찬?"

타카하시가 묻자, 아오바는 고개를 끄덕이며 대꾸했다.

"시조님께 바치는 식사예요. 성별(聖別)한 것만 성찬에 쓰이니까, 남은 건 이렇게 처분……하는 거겠죠. 저도 성별한 후의 남은 마가르가 어디로 가는지 전부터 궁금했어요."

"좀 아깝지 않아……? 이걸 식량으로 쓰면 훨씬 좋을 텐데……. 그 밍밍한 죽밥보단 낫지 않겠어……?"

"지배영역에 있는 것들은 전부 시조님의 것이니까요……. 성별되고 남은 것에 손대는 것 또한 이 도시에서는 금기 중 하나예요. 시조님께서 내리신 것 말고는 손대면 안 되죠."

"웃기지 말라고 해~. 무겁긴 또 되게 무겁네~. 벨짱이 교대해 주지 않으려나~. 아니, 안 되지. 애초에 이걸 집어넣는 건 무지 위험하잖아……."

벨토르는 근처에서 봉사 작업을 하는 다른 반 남자에게 분쇄기를 가리키며 말을 건넸다.

"카나자와, 잠시 괜찮겠느냐?"

"벨토르. 일전에는 감사했습니다. 덕분에 문제를 미연에 막을 수 있었어요. 다른 사람들도 고마워하고 있습니다."

"괜찮으니 개의치 마라. 그것보다 궁금하 게 있다만, 이건 어디로 연결되지?"

"아, 하수도로 통합니다. 거기서 바다로 폐기되는 것 같아요."

"그런가. 고아르의 바다가 더러운 건 그 탓이구나……."

"저도 점검 담당이 아니라 자세히는 알지 못하지만요."

"흠……. 점검 담당이 어느 반인지 아느냐? 자세한 이야기를 듣고 싶다만……."

"점검 담당은 003, 028, 107, 171반입니다. 제가 반장들한테 말해 볼까요?"

"그리 해주면 고맙겠구나."

벨토르가 다른 남자와 이야기를 나누는 모습을 보면서, 아오바는 수레를 끄는 타카하시에게 물었다.
"뭘 이야기하는 걸까요?"
"벨짱이니까 백프로~ 나쁜 짓을 꾸미는 거야. 제약이 많은 장소라서 그런지, 민중 운동 같은 것도 하고 있거든. 뭐, 벨짱한테 맡기면 어떻게든 돼."
타카하시는 느긋한 투로 그렇게 말하더니, 웃음을 흘렸다.
"원래는 반별로 영역 의식이 강해서 우리도 꽤 경계당했는데, 벨짱이 여기 와서 하루 만에 그런 걸 싹 걷어내 버렸어. 우선 주위의 신뢰를 얻는 게 최우선~이라면서 말이야."
"확실히 꽤 가까워 보여요."
"역시 벨짱은 남들을 이끄는 걸 참 잘한다니깐."
두 사람은 겨우겨우 벨토르가 있는 곳까지 수레를 옮겼다.
"아~ 피곤해. 벨짱~ 가져왔어~."
"음. 수고 많았노라."
그렇게 말한 벨토르가 수레에 실린 폐기물을 분쇄기에 던져 넣자 고기가 갈가리 찢기고 뼈가 부서져 피를 날리며 분쇄기 안으로 빨려 들어갔다.
분쇄기에 들어간 폐기물의 말로를 본 아오바는 기절했다.

◆

"11시 반인가. 점심 휴식 시간이다. 12시부터 작업을 다시 시작해야 하니, 여유를 부릴 시간은 없느니라."

봉사 작업 현장에서 식량 배급반을 통해 점심 배급을 받았다.
파우치에 들어 있는 물, 그리고 푸드팩이다.
푸드백 뚜껑을 열자, 안에는 극채색을 띤 죽밥이 있었다.
상층에서도 때때로 나오는 C급식이다.
"나, 이거 싫어……."
타카하시는 인상을 쓰면서 푸드백 뚜껑 뒷면에 달린 스푼으로 핑크색의 죽을 뜨고 입에 넣었다.
그리고 한껏 인상을 쓰더니, 물을 들이켜서 억지로 삼켰다.
"핑크색은 화학적인 단맛에 퍼석한 감촉이고, 파란색은 치약 맛인 데다, 흰색은 아무 맛도 안 나잖아. 아오바도 맛없지?"
"으, 으음…… 이, 익숙한 맛이에요. 에헤헤……."
아오바가 벨토르를 보니, 그는 죽밥을 우걱우걱 먹고 있었다.
"의외로 먹을 만하다만……."
"벨짱은 뭐든 다 맛있다고 하잖아!"
"짐이 가장 고생하던 시기의 식사에 비한다면, 여기서 먹는 음식은 다 간을 해서 나름 맛있으니 어쩔 수 없지 않으냐."
"맛있다의 기준이 너무 낮아~!"
'낮아~ 낮아~ 낮아~' 하고 폐기장을 울리게 한 뒤, 타카하시는 녹슨 바닥에 벌러덩 드러누웠다.
두 사람의 대화가 흥미로웠기에, 아오바는 말없이 귀를 기울이고 있었다.

타카하시가 목덜미를 매만지며 한숨을 푹 쉬었다. 이제까지 아오바는 눈치채지 못했지만, 그 목덜미에는 금속 같은 것이 달려 있었다.

"패밀리어가 없으니 돌아버릴 것 같아~……."

"여기 오던 도중에 빼앗겼던가."

"저, 저기…… 패밀리어……가, 뭔가요?"

"아~ 그게 말이야."

타카하시는 고개를 숙여서 자기 목덜미를 아오바에게 보여줬다.

거기에는 신경 커넥터에 접속된 프로텍트 커버가 있었다.

원래 프로텍트 커버 위로 접속하는 패밀리어는, 요코하마시에 오는 도중에 압수당했다.

"여기에 다는 기계인데, 엄청 편리해~. 생활필수품, 완전 문명의 이기야."

"흐음……."

아오바는 잘 이해가 되지 않았기에, 고개를 갸웃거렸다.

"인스톨한 인공정령은 병렬화 분령(分靈)이고, 애초에 외출용 패밀리어라서 그렇게 소중한 건 아니지만…… 나는 꽤 아티스트 기질이 있거든? 도구에 제법 집착한단 말이야."

"알았다, 알았어. 이번 보수로 네가 원하는 걸 사줄 생각이었다만, 그렇다면 예전과 같은 것을 사주마."

"뭐?! 정말?! 그렇다면 이번에 나오는 신형! 그거면 돼!"

"훗, 타산적이구나."

"아키하바라 때는 수업 중에만 빼면 됐지만~ 이번에는 여기서 지내는 동안 쭉 착용 못 하니까 금단증상이 쩔어……."

"스크림보다 패밀리어를 규제해야 하는 것 아니냐? 그리고 마법 자체를 쓸 수 없으니 에테르 네트워크에도 접속할 수 없을 것이다."

"오프라인으로도 할 수 있는 게 많단 말이야~. 마법으로 어떻게 안 돼?"

"첫날에 말했다시피, 여기서는 마법을 쓸 수 없다. 마법적인 간섭으로 쓸 수 없는 게 아니라, 마법을 쓰기 위한 에테르 자체가 극도로 희박하지."

마법의 개념을 모르는 아오바는 알 리가 없지만, 벨토르와 타카하시는 이 하층에서――상층도 마찬가지다――에테르가 희박하다는 사실을 요코하마시에 연행되자마자 눈치챘다.

마법이란 마력을 써서 대기중의 에테르를 조작, 변질시켜 세계의 이치를 비틀고, 사상을 변조하는 술법을 가리킨다.

마력을 만들려면 에테르가 필요하며, 마력만 있어도 조작 및 변질시킬 에테르가 없으면 의미가 없다. 에테르는 마법이라는 기술에서 가장 중요한 요소다.

마법이 뭘까? 그렇게 생각하며 고개를 갸웃거린 아오바는 두 사람의 이야기에 계속 귀를 기울였다.

"이곳의 설비 또한 마력이 아니라 전기를 동력으로 삼고 있지. 불사성이 발현하지 못할 정도는 아니지만, 마법 발동은 무리이니라. 여기서는 말이다."

"이래서 괜찮을까~."

"작전이 있으니 걱정하지 말거라."

"그러면 이딴 데서 후딱 나가자~. 집에 가자고~. 출석 일수는 대리 출석 프로그램을 써서 괜찮겠지만, 히즈키도 아르바이트를 너무 빼먹으면 안 될 거야."

"허둥대지 말거라. 매사에는 순서라는 게 있는 법이다. 던전과 보스에 아무 작전 없이 도전하는 건 어리석은 짓이지. 사전 준비에 만전을 기울여야 하는 법이니라."

"준비해도 벨짱은 1차 시도에서 대부분 망하잖아!"

점심 휴식 시간이 천천히, 한가로이 흘러가고 있었다.

타카하시와 벨토르의 이야기는 전혀 이해하지 못했지만, 아오바는 두 사람의 대화를 듣고 있기만 해도 왠지 입가에 미소가 어렸다.

◆

"오후 4시가 되면 오늘 봉사 작업이 끝난다. 작업을 마치면 돌아가서 6시까지 운동 및 샤워를 마쳐야 하지. 저녁 식사는 7시, 소등 시간은 9시다."

봉사 작업을 마치고, 샤워를 한 후, 운동 시간이 지나면 곧 저녁 식사 시간이다.

저녁 식사는 감옥 안에 있는 대식당에서 한다.

타카하시는 긴 테이블과 의자가 놓인 대식당을…….

"넓은 학생 식당 같네."

이렇게 표현했지만, 아오바는 그 말을 이해하지 못했다.

남부 감옥의 죄수 대부분이 모이기에 대식당은 매우 혼잡했고, 저녁을 먹는 것조차 아오바에게는 한고생이었다.

아오바를 사이에 두고 타카하시와 벨토르가 좌우에 앉았다.

"저, 저기…… 아, 안 드세, 요?"

옆에 앉은 벨토르에게, 아오바가 머뭇머뭇 말을 건넸다.

저녁도 C급식이었지만, 벨토르는 손을 대지 않았다.

"그래. 봉사 작업에 참여하지 못한 이즈미는 점심과 저녁 배급을 못 받는다. 그러니 짐의 저녁 식사를 이즈미에게 적선할 생각이니라. 놈도 짐과 같은 방을 쓰는 동료니까 말이다."

"이즈미 영감님도 배고플 거잖아."

"식사를 준다니……. 베, 벨토르는 배고프지 않은 건가요?"

"식사를 하면 마력으로 양분을 채울 필요가 없어져서 마력 효율이 좋아진다는 이점이 있다만, 짐에게 식사란 행위는 영양 섭취가 아니라 도락이라는 측면이 강하지."

아오바는 여전히 벨토르가 하는 말을 이해하지 못했다.

저녁 식사를 마치고, 수감실로 향했다.

소등 시간까지 매우 한가하다. 딱히 할 일도 없기에, 아오바는 교전을 읽었다.

눈을 감고도 읊을 수 있는 성구는, 아오바의 마음에 녹아들지 못하는 단어의 나열로 변했다.

자신의 침대 윗칸에는 타카하시가 있고, 옆 침대의 아래칸에는 배급식을 다 먹은 이즈미012M이 이미 잠들었으며, 그 윗칸에서는 벨토르가 긴 다리를 꼬고 누워서 교전을 읽고 있었다.

아오바가 처음 왔을 때만 해도 벨토르는 타카하시의 아래칸 침대를 썼지만, 타카하시가 떼써서 자기 아래 침대를 아오바가 쓰게 했다.

"아오바여."

교전에서 눈을 뗀 벨토르는 아오바에게 말을 걸었다.

"네, 네엣!"

그가 느닷없이 말을 걸어온 탓에, 아오바는 당황했다.

"물어볼 게 있다. 실바르드나 흑룡후란 말을 들어본 적은 있느냐?"

"실……바르드……?"

실바르드. 아오바는 모르는 단어다.

들어본 적 없는, 기억에 없는 말.

"아래……."

하지만, 어째선지 들어본 적이 있는 말이었다.

몸 깊숙한 곳에서, 깊숙하기 그지없는 곳에서, 누군가가, 무언가를 외치고 있다.

아래로 가라, 하고 말이다.

상층에 있을 때도 느꼈던 충동이다. 그것이 하층보다 더 아래를 가리킨다는 것을 무의식적으로 느꼈다.

그리고 그 충동은, 하층에 오게 된 후로 한층 더 강해졌다.

"아오바?"

"앗."

벨토르의 말을 듣고, 아오바는 정신을 차렸다.

"죄, 죄송해요……. 모르는 말……인 것 같아요……."

"그래. 모른다면 됐다."

"아, 네……."

"아오바~ 나랑 얘기 좀 하자~."

"하윽!"

2단 침대의 위 칸에서, 타카하시가 얼굴을 빼꼼 내밀었다.

타카하시가 갑자기 말을 거는 바람에 놀란 아오바는 침대 위에서 펄쩍 뛰었다.

"아, 어, 네……."

오늘 하루로 안 거지만, 아오바가 보기에 타카하시는 죄수이기는 해도 나쁜 사람이 아니었다.

죄를 범했다면 나쁜 사람일 테지만, 아오바는 그런 생각이 들지 않았다.

"왜 그래? 우린 한 방을 쓰는 사이잖아~? 친하게 지내자~."

"저기……."

"응?"

"뭐, 뭐라고 부르면 될까요……?"

"타카하시면 돼. 다들 그렇게 부르거든."

"타카하시……."

타카하시, 타카하시, 하고 아오바는 확인하듯 그 이름을 읊조렸다.

"드, 들어본 적 없는 이름……이네, 요."

"뭐, 여기에는 없을 거야. 다들 이름이 비슷비슷하잖아."

"시, 신기한 느낌이에, 요. 저기…… 혹시, 타, 타카하시는 '바깥' 에서 왔나요?"

"응. 눈치챘구나?"

영차 소리를 내고 상단 침대에서 몸을 쑥 내민 타카하시는 가장자리 부분을 기점 삼아 공중에서 몸을 돌리며 아오바의 침대 가장자리에 엉덩이로 착지했다.

"하긴, 눈치채는 게 당연하려나."

"네. 그게…… 느낌이 다르니까요."

"그럴 거야. 여기 사람들은 다들 어이없을 만큼 정중하잖아. 나나 벨짱 같은 사람이 드물긴 할 거야."

"벨토르는 처음 보고 여자인 줄 알았어요……. 두발 규정 때문에 저렇게 머리가 긴 남자는 이곳에 없으니까요……."

"아~. 처음 여기 왔을 때는 밀려서 빡빡머리가 됐어. 금방 다시 자라는 탓에 다들 포기해서 지금은 저러고 있는 거야."

"어머, 바깥 사람은 머리카락을 잘려도 금방 다시 자라나요? 타, 타카하시도 그런가요?"

"아냐. 나는 평범해~. 벨짱은 불사자거든."

"불사자?"

"죽지 않는 사람이란 뜻이야."

"그런 사람이 정말 있나요?"

"있어~. 내 친구 중에도 한 명 있거든?"

"정말이에요?!"

"그러고 보니 아오바랑 느낌이 비슷해."

"저기, 타카하시는 왜 바깥에서 여기에 온 건가요?"

"나…… 아니, 벨짱이 여기에 볼일이 있어서…… 어라, 이건 말 안 하는 게 좋으려나? 뭐, 됐어. 벨짱이 말하지 말라곤 안 했거든. 말하면 안 되는 거라면 미리 안 된다고 했을 거야."

말을 쏟아내는 타카하시에게서, 아오바는 눈을 떼지 못했다.

타카하시와의 대화는 아오바에게 미지의 자극이었다. 자기 내면에서 감도는 욕구가 점점 커지는 것이 느껴졌다.

"저기, 타카하시. 부탁이 있는데요……."

"뭔데?"

"으음…… 저, 저기……."

아오바는 그 부탁을 말할지 말지 고민했다.

"뭔데? 뭐든 말해봐. 우리는 이미 친구잖아."

그 말을 듣고서야 결심을 다진 아오바는 말을 이었다.

"바깥이 어떤 곳인지 가르쳐주지 않겠어요……?"

바깥에 대해 묻는 것이 금기일지도 모른다는 생각에 불안과 망설임이 느껴졌다. 교전에는 바깥세상의 사람이 낙원에 들어오지 못한 죄인이라고 한다.

요코하마시에서도, 바깥세상은 관측할 수 있다.

일그러진 경치 너머 '바깥'의 마을 불빛을 본 적이 있다.

하지만 그것은 역시 진짜 빛이 아니다.

이 사람들이 자신에게 있어서 진짜 빛일 것이다.

"저도……."

이 말을 할지 말지 고민하는 아오바를, 타카하시는 조용히 기다려줬다.

"저도 바깥세상에 가보고 싶어요."

타카하시는 눈을 깜빡이더니, 곧 미소를 지었다.

"히히히. 좋아. 같이 나가서 실컷 놀자. 그렇다면, 우선 바깥세상에 대해 이것저것 가르쳐줄까. 침대 위에서 여자들끼리 수다를 떨며 말이지~."

불이 꺼질 때까지의 짧은 시간.

아오바는 타카하시에게 이런저런 이야기를 들었다.

타카하시 자신에 관한 이야기.

벨토르와, 그의 친구에 관한 이야기.

요코하마시 바깥에 관한 이야기.

죽밥보다 맛있는 음식에 관한 이야기.

그런 이야기를 들으면서, 아오바는 상층에서 누리던 의무적인 행복보다 몇 배는 큰 행복을 느꼈다. 아마 이제까지 살면서 가장 행복했던 시간이 지금일지도 모른다.

이런 시간이 영원히 이어지면 좋겠다고 빌었다.

두 사람의 이야기를 듣고 있던 이즈미012M이 가볍게 기침하면서 웃음을 흘렸다.

"왜, 왜 그러세요?"

"아, 미안합니다. 여러분 이야기가 너무 재미있어서……."

"영감님도 수다에 낄래?"

타카하시가 말하자, 이즈미012M은 고개를 저었다.

"아뇨. 저는 여러분의 이야기를 듣는 것만으로 충분합니다. 저도 이전에는 바깥세상을 동경했죠. 그래서 하층에 오게 됐습니다만……. 바깥의 이야기를 들은 것만으로도, 제 동경심이 틀리지 않았다는 생각이 들어요."

노인은 희미하게 웃음을 띠었다.

"아오바100F."

이즈미012M은 아오바를 쳐다보며 이렇게 말했다.

자신의 의지를 맡기려는 듯이 말이다.

"당신은, 저를 대신해 바깥에 나가 주십시오."

다음 날.

045반의 멤버인 아오바, 타카하시, 벨토르가 봉사 작업을 마치고 돌아와 보니, 수감실에는 이즈미012M이 없었다.

재봉사 구역으로 보내진 것이다.

◆

045 수감실의 멤버는 겉으로 드러내지 않았지만, 같은 수감실 동료였던 이즈미012M이 갑자기 사라진 것에 대해 나름대로 느끼는 바가 있는 것 같았다.

저녁 식사를 마친 후. 하단 침대에서 어깨를 맞댄 채, 타카하시는 아오바에게 말했다.

"저기, 아오바."

"아, 네."

"재봉사 구역은 어떤 곳이야?"

"저, 저도 잘 몰라요……. 시조님께 봉사할 수 없게 된 자가 마지막으로 보내져서 다시 봉사하는 장소인 것만 알아요……."

"그렇구나……. 그렇다면 이즈미 영감님도 재봉사 구역이라는 곳에서 잘 지내고 있을지도 모르겠네."

"네. 분명…… 분명 그럴 거예요."

얼마 후, 노인의 기침 소리가 들리지 않아 조용해진 수감실 문을 거칠게 두드리는 소리가 울려 퍼졌다.

이어서 법무관의 외침이 들려왔다.

"뒤로 물러나십시오, 죄수! 045 수감실에 새로운 죄수가 수감됩니다!"

타카하시와 아오바는 서로의 얼굴을 쳐다봤다.

"어떤 사람일까……."

"무, 무서운 사람이 아니면 좋겠네요……."

"당황하지 말거라. 이제 와서 어떤 자가 오더라도 놀랄 일은 없지. 그렇지 않으냐? 왜냐하면 짐보다 더한 이레귤러는 존재하지 않으니 말이다. 그러니 태연히 있어도 되느니라."

그렇게 말하며 침대에서 내려온 벨토르는 팔짱을 끼며 당당히 선 자세로 새로운 죄수를 맞이하려 했다.

"들어가십시오, 라이얼."

"그렇게 안 밀어도 들어간다고……."

법무관에게 재촉받으면서, 새로운 죄수가 045 수감실에 들어왔다.
성별은, 남자.
종족은, 인간.
나이는, 갓 스무 살 정도로 보이는 젊은이.
머리카락의 색깔은, 금색.
그 금발 남성은 수감실 안의 멤버를 보더니, 눈을 크게 뜨고 경악했다.

"어어어어어어어어어어어어어어어어어어어어엇?!"
"아니이이이이이이이이이이이이이이이이이이잇?!"

그 목소리에 호응하듯이 벨토르도 금발 남성의 얼굴을 쳐다보면서 같은 반응을 보이더니, 두 사람은 동시에 서로의 이름을 입에 담았다.
"벨토르?!"
"그람……?!"
마지막으로, 두 사람은 동시에 이렇게 외쳤다.
"네가 왜 여기 있는 거야?!"
"네놈이 왜 여기 있는 것이냐!!"
죄수복 차림으로 수감실에 들어온 이는, 500년 전에 마왕 벨토르를 타도하고 여신 메르디아로부터 불로의 축복(저주)을 받은 용사.
그람이었다.

막간

때렸다.

맨손으로, 금속 막대로, 몸을 웅크린 채 저항하지 않는 인간 남자를 여럿이서 둘러싸고 때렸다.

살을 때리고, 뼈를 부수는 감촉은 불쾌했지만, 멈출 순 없다.

벌이니까.

징계니까.

모두의 소중한 식량을 훔쳤으니, 받아 마땅한 벌이다.

그러니 지도자인 자신이 가장 많이 때려야 한다.

"어라?"

정신을 차리고 보니, 남자는 움직이지 않게 됐다.

몸이 차갑게 식어 있었다.

"아."

징계는 꼭 필요하다. 죄를 지으면 벌을 받아야 한다. 부족한 식량을 훔치다니, 그것은 크나큰 죄다.

하지만, 죽일 생각은 없었다.

"죽었어……?"

남자는 이제 움직이지 않는, 시체가 되어 있었다.

절도와 살인 중 어느 쪽이 더 큰 죄일까.

하지만 그는 이제 굶을 필요가 없고, 나쁜 짓도 하지 않으리라. 그러니 좋은 일을 했다.

"아, 그래."

바로 그때, 눈치챘다.

그것은 하늘의 계시, 코페르니쿠스적 발상 전환.

"먹을 게 얼마 안 되면, 먹을 사람을 줄이면 되잖아."

처음으로 살인을 저지른 후로는, 거리낌 없이 사람을 죽였다.

머저리 같은 오거가 가장 먼저 사라졌다. 힘은 셌지만, 바다에 빠뜨리니 움직이지 않게 됐다.

다음으로 교활한 세리안(수인)이 사라졌다. 벗겨낸 털가죽으로 추위를 견뎠다.

그리고 오크가 사라졌다. 맛있지는 않았다.

고블린도, 드워프도, 엘프도 사라지자, 마지막으로 인간만이 남았다.

"다행이야. 이제 평화로워지겠어."

제3장 플라스크 속 생명

045 수감실에는 무거운 침묵이 감돌고 있었다.

그 침묵의 중심은 방 한가운데에서 마주한 채 책상다리를 한 두 남자다.

045 수감실의 두 여자—— 타카하시와 아오바는 2단 침대의 위층에서 두 사람을 보고 있었다.

"저, 저기…… 타카하시."

"응."

"저 두 사람은, 어, 어떤 사이인가요……?"

"으음…… 어려운 질문이네……."

아오바가 묻자, 타카하시는 머리를 갸웃거리며 생각했다.

친구—— 사이는 아니다. 틀림없다.

그렇다고 적은 아닐 것이다. 한때는 서로를 죽이려 들 만큼 적대하는 관계였지만, 지금은 힘을 합쳐서 싸울 만큼 화해했다는 것을 타카하시는 알고 있다.

즉, 그들의 관계를 한마디로 표현하자면——.

"아는 사이……일까?"

무난 of 무난한 답으로 귀결됐다.

"어이, 그람."

"왜?"

"네놈이 언짢아하니까, 아오바가 겁을 먹었단 말이다."

벨토르는 언짢은 감정을 숨기지 않으면서 그렇게 말했다.

"뭐. 딱히 언짢은 건…… 애초에 너도…… 아니, 그래."

자리에서 일어난 그람은 아오바를 향해 돌아서더니, 순수하고 시원시원한 미소를 지으며 예를 표했다.

"겁을 줬다면 사과하겠어. 눈치가 없었어. 아는 자와 수감실에서 마주쳐서 놀랐거든. 내 이름은 그람이야. 잘 부탁해."

"아, 네. 아오바100F예요……."

아오바가 눈만 보이게 내놓은 얼굴을 도로 감췄다.

그 모습을 본 타카하시는 '얘는 참 귀엽네' 란 의미가 담긴 시선을 아오바에게 보냈다.

마키나와 비슷한 계통의 여자애지만, 마키나가 충견 타입인 것에 비해 아오바는 새끼 고양이 타입이다.

새끼 고양이 같은 아오바의 목덜미를 손가락으로 쓰다듬어 주자, 당혹스럽다는 듯이 눈을 깜빡였다.

"그런데 그람, 네놈이 왜 여기 있는 것이냐."

"그건……."

그람은 아오바를 힐끔 쳐다봤다.

"아오바라면 괜찮으니라. 요코하마시의 사람이지만, 무슨 이야기를 듣든 밀고할 자가 아니지. 그 점은 짐이 보장하마."

"네가 그렇게까지 말한다면 믿어도 되겠지만……."

"정보를 교환하자꾸나. 네놈이 이곳에 관광이나 하려고 왔을 리가 없지. 목적이 있어서 온 것이 아니더냐? 그렇다면, 네놈도 이곳의 정보가 필요할 것이니라."

"하아……."

한번 한숨을 내쉰 그람은 체념한 듯이 입을 열었다.

"나는 일 때문에 왔어. 조사 의뢰를 받고, 이 요코하마시에 잠입한 거야."

"일……? 조사……?"

"그래. 나와 인연이 있는 사람이 회사를 차렸고, 나는 지금 거기서 일하고 있거든. 그래서……."

"아니, 잠깐만 있어 보거라. 네놈이, 회사에서 일을 해?! 용사 그람이나 되는 자가 기업에 영혼을 팔고, 급료를 받는 남자가 되었다는 것이냐……?! 아니, 짐조차 성공하지 못한 취직을 네놈이……?!"

벨토르는 머리를 감싸더니, 그람을 향해 손을 내밀었다.

"짐이 아는 네놈과 현실의 네놈 사이에서 인식이 크게 어긋나고 말았군……. 뭐랄까…… 좀 더 프리랜스한 남자라고 여겼다고 할까…… 그랬으면 좋겠다고 할까…… 세월의 흐름은 참 잔혹하구나……. 그래……. 용사 그람이 회사원이 될 줄이야……."

"딱히 문제는 없잖아……. 옛날에도 기사단 소속이었으니까 크게 다르진 않아……."

"기사단은 민간기업이 아니니 별개이니라!"

"너, 이렇게 성가신 녀석이었어?!"

그람은 다시 마음을 잡으려는 듯이 헛기침을 했다.

"흠, 우리 사장한테 연줄이 있었던 것 같아. FEMU에서 좀 성가신 의뢰가 우리한테 들어왔지."

"의뢰…… 스크림 말인가?"

벨토르가 그렇게 말하자, 그람은 뜻밖이라는 듯이 놀란 표정을 지었다.

"뭐야, 알고 있었어?"

"단순한 추측이니라. 계속 말해보거라."

"FEMU는 스크림이 만연하는 걸 우려하고 있어. 자신들이 통제하는 약이 거래되는 건 묵인하지만, 지금은 너무 유행하고 있거든. 그래서 제조처를 어떻게 할 필요가 있어. 거래 현장은 이미 파악해 뒀지만 말이지."

"요코하마시 영토인 창고에 스크림으로 보이는 물건이 든 상자가 있었느니라."

"너도 알고 있구나. 하지만 그것만으로는 결정적인 증거가 안 돼. 야쿠자 길드, G6, FEMU, 고아르…… 요코하마시 주위에는 복잡한 역학 관계가 형성되어 있어서, 직접적 손을 쓰기 어려운 것 같아. 이제까지도 잠입을 몇 번 시도한 것 같지만…… 벨토르, 너는 여기서 다른 바깥세상의 주민을 본 적 있어?"

"아니, 못 봤다. 밖에서 온 자가 있다는 이야기는 듣기는 했지. 연행 중에 저항 혹은 탈옥하려다가 죽었다더군. 아무튼, 현재 이 하층에 있는 건 짐 일행뿐일 것이니라."

"그렇겠지. 그래서 내가 나서게 된 거야."

“G6와 FEMU에 속하지 않고, 대기업이라는 굴레에 얽매여 있지 않은 제삼자 기업. 거기에 속한 네놈이 스크림 수출처인 요코하마시 잠입 조사를 맡게 된 것이냐.”

“응. FEMU의 연맹군도 대기하고 있어. 여기는 다양한 속내가 복잡하게 뒤엉킨 토지니까, 직접적인 증거가 필수야. 그래서 내가 증거를 확보하는 대로 강제 사찰을 시작할 거야. 너는 뭐 하러 온 건데?”

“짐은 실바르드를 찾으러 왔다.”

“실바르드…… 흑룡후 말이야?”

“음.”

“어째서 흑룡후가 이런 곳에…… 아니, 괜히 캐묻지 않는 편이 좋겠지. 아니, 잠깐만. 혹시 나는 너를 막아야 하는 거 아니야? 네 전력 증강을 막기 위해서 말이야. 그냥 놔뒀다간 큰일 날게 뻔하잖아.”

“닥쳐라. 아무튼, 짐이 네놈에게 제안을 하나 하겠노라.”

벨토르는 진한 미소를 머금더니, 상대를 환영하는 것처럼 두 팔을 벌렸다.

“짐과 네놈이 손을 잡는 것이니라.”

그렇게 말하는 벨토르는 우쭐대는 표정을 지었다.

“물론 이 섬을 빠져나갈 때까지 일시적인, 허무한 동맹이지.”

“음…….”

벨토르의 제안을 들은 그람이 질색하는 것처럼 인상을 썼다.

“뭘 거리끼는 것이지? 이곳은 외부와 단절된 적지이며, 특수한 환경이니라. 아군이 많을수록 좋지 않겠느냐. 짐은 전력이 증강되며, 네놈은 정보를 손에 넣을 수 있느니라. 말하자면 이건 Win-Win 관계지. 그렇지 않으냐?"

"말 자체는 확실히 옳은데, 네가 그런 소리를 하니 음흉한 거래를 제안받은 기분이 들어……."

"뭐라고? 네놈, 그건 짐에게 신용이 없다는 소리인가?"

"있을 리가 없잖아!"

"으음……."

아무도 눈치채지 못했지만, 그람의 지적을 들은 벨토르는 마음에 상처를 입은 것처럼 표정이 살짝 어두워졌다.

벨토르는 별다른 꿍꿍이 없이 손을 잡을 생각이었으리라. 하지만 원래 두 사람은 적대하던 관계다. 마왕이 용사에게 군침 도는 제안을 했으니, 그람이 경계하는 것도 지극히 당연하다.

"나쁘지 않은 제안이라고 생각한다만……."

"확실히 나쁜 제안은 아니지만……."

"나도 그람 씨가 같은 편이 되면 든든할 것 같아~."

"타, 타카하시가 그렇게 말하니까…… 저, 저도……."

내키지 않은 눈치인 그람에게, 미소를 띤 타카하시와 사정을 모르는 아오바가 말을 건넸다.

벨토르가 하는 말만이라면 몰라도, 자신들이 하는 말이라면 승낙할 것이다. 아마 벨토르도 그 점을 알고 있으리라고 타카하시는 분석했다.

"그렇다면 두 번째 동맹을 맺도록 하지."

그래서 벨토르는 오른손을 내밀었다.

"벨토르는 몰라도, 다른 애들이 이렇게 말하니 어쩔 수 없나……. 잘 부탁하겠어."

그람은 쓴웃음을 머금으면서 오른손을 내밀었다.

용사와 마왕이, 악수했다.

"타카하시 양도 오래간만인걸. 잘 부탁해."

"잘 부탁~."

타카하시는 침대 위에서 손을 내저었다.

"그리고 아오바 양도 잘 부탁하겠어."

"아, 네."

자아, 하고 말한 그람은 벨토르를 향해 돌아섰다.

"그런데 놀라운걸."

"뭐가 말이지?"

"네가 얌전히 복역하고 있다는 게 말이야. 한바탕 날뛰어야 정상이라고 생각하거든."

"흥. 수색이 주목적인데, 잠입한 적지에서 괜히 불리해질 짓을 할 리가 있겠느냐."

"그런데 너희는 어떻게 이곳에 온 거야?"

"고아르에서 요코하마의 영토에 침입했느니라. 그리고 우여곡절 끝에 여기 온 것이지."

"잡혀서 연행된 거네."

"뭐, 그렇게 볼 수도 있느니라."

"우와, 꼴사나워라."

"뭐라고?! 짐은 처음부터 여기에 침입하려고 그런 전략을 취했을 뿐이니라, 이 얼빠진 자식! 일부러 잡혀서 이용한 것이지! 그러는 넌 어땠느냐?!"

"윽. 나, 나는 요코하마시의 수송선에 잠입한 후……."

"그래서?"

그람은 눈을 돌리더니, 기어 들어가는 목소리로 말했다.

"항구에서 잡혔어."

"바——보! 짐보다 더 꼴사납구나! 어이! 누가 이 자식에게 바보천치죄를 추가해라! 바보죄로 사형이니라!"

"나는 대안이 있으니 괜찮아! 너야말로 생각이 없잖아!"

"이익! 닥치지 못할까~!"

"우헉! 아야야야! 이 자식이……!"

500살이 넘는 어른들이 유치하게 티격대기 시작했다.

"타, 타카하시, 타카하시……."

"응?"

"저 두 분…… 사이가 나쁜 건가요?"

"아…… 으음~……."

타카하시는 한 10초 정도 말을 골랐다.

"사이좋은 것 같네."

두 사람은 소란을 듣고 법무관이 쳐들어올 때까지 다퉜다.

◆

그람이 온 다음 날.

봉사 작업을 마친 그람은 벨토르와 단둘이서 관정실(샤워실)에 있었다.

탈의실에서 죄수복을 벗은 후, 샤워실에 들어갔다.

하층의 샤워실은 성별로 나뉘지 않고, 칸막이도 없다. 서로의 알몸이 다 보이는 것이다.

정해진 시간에는 자유롭게 써도 되기에, 벨토르와 그람은 타카하시와 아오바보다 먼저 씻기로 했다.

허름하고 금이 간 타일이 깔린 샤워실은 한 번에 20명 정도가 이용할 수 있다.

벨토르와 그람 말고도, 여러 시민이 번갈아 가며 샤워실을 이용하고 있다.

"여기서라면 은밀한 이야기가 가능하지. 엘프어를 쓴다면 주위 사람이 듣더라도 문제는 없을 것이니라."

"그래……."

엘프어로 이야기할 거라면, 수감실에서 해도 되리라. 그런데도 이런 데서 한다는 건, 벨토르는 타카하시에게도 들려주고 싶지 않은 이야기를 하려는 것이다.

밸브를 돌리자, 미지근한 물이 졸졸 나왔다.

샤워실에는 비누나 샴푸 같은 것이 없어서 온수만으로 몸을 씻을 수밖에 없다.

이제까지의 인생을 돌이켜 보면, 샤워를 할 수 있는 것만으로도 사치다.

옆에 있는 벨토르는 샤워기 수전이 머리보다 낮은 위치에 있어서 몸을 약간 숙이며 씻고 있었다.

——이 녀석도 샤워를 하는구나…… 머리카락이 기니까 말리기 힘들겠는걸…….

벨토르를 힐끔 본 그람은 그런 생각을 했다.

그람은 목 윗부분에는 큰 상처가 없지만, 다른 곳에는 크고 작은 흉터가 많았다. 그중에는 500년 전에 벨토르와 싸우면서 입은 상처도 있다.

한편, 벨토르는 몸에 흉터 하나 없었다.

그것이 불로(不老)인 그람과 불사(不死)인 벨토르의 차이다.

"그런데……."

벨토르가 입을 열었다.

"오늘 하루 여기서 지내 보니 어땠느냐?"

"그래……."

그람은 생각에 잠겼다.

시조라고 하는 『신』과, 교전이라는 절대법에 지배되고 관리되는 강철 섬.

요코하마시에 온 첫날 벨토르에게 들은 설명과 오늘 하루 실제로 지내면서 느낀 점을, 그람은 머릿속으로 정리했다.

"솔직히 말해서 생각했던 것보다 평범한걸. 더 개판이고 막장일 줄 알았거든."

그람이 과거에 오해를 사서 갇혔던 엘프 나라의 대감옥은 열악한 환경 속에서 죄수와 방장을 상대로 대판 싸우거나 죄수에게 뇌물을 받는 부패 간수에게 음습한 징계를 받는 등, 이제 와서는 떠올리고 싶지도 않은 장소였다.

그에 비하면 요코하마시 하층은 질서와 생활 수준이 천국과도 같은 장소다. 그리고 이곳에 오기 전에 상상했던 것은, 엘프 나라의 감옥 같은 장소였다.

그렇기에 그람은 기분이 이상했다. 너무나도 얌전해서.

"기본적으로 주민이 선량하고 순종적이라서 그렇겠지. 폭력으로 다른 감옥을 지배하는 자도 있지만, 지극히 소수이니라."

"그 외에는 에테르가 희미한 점이 신경이 쓰여. 아마 인위적인 짓이겠지만…… 섬 전체의 에테르를 줄여서 죄수가 마법을 쓰지 못하게 하는 건 좀 지나친 느낌도 드는걸."

"섬 전체, 인가……. 훗. 역시 네놈도 눈치채지 못한 것이냐. 아니, 어쩔 수 없겠지. 에테르 탐지는 섬세함이 필요하니 말이다. 네놈 같은 남자라면 모를 수도 있느니라."

"그래, 나는 매사에 대충대충이라고."

"짐의 감각에 따르면, 하층보다 더 아래로 내려갈수록 에테르가 진해지고 있다. 그러니 이 섬의 에테르가 전무한 것은 아니지. 외부에서 흘러들어오는 에테르를 결계로 차단하고, 아래쪽에서 위쪽으로 에테르가 흘러들어오지 못하도록 필터를 친 느낌이니라. 아오바들을 생각하면 당연한 조치겠지. 즉, 아래쪽에 무언가가 있는 것이다."

“잠깐만. 아오바들이라니, 대체 무슨 소리야?”

그람의 말을 들은 벨토르가 입을 쩍 벌리고 ‘와, 맙소사’ 라고 말하는 듯한 표정을 지으며 쳐다봤다. 몸을 숙이고 있는 탓에, 벨토르가 아래에서 올려다보는 구도다.

“뭐, 뭐야…….”

“네놈, 아직도 모르는 것이냐……. 훗, 어쩔 수 없구나.”

벨토르는 머리카락을 쓸어올려서 물에 젖은 강아지처럼 그람에게 물방울을 튀기더니, 그를 무시하는 듯한 미소를 머금었다.

“눈치 없는 용사님께, 짐이 직접 가르침을 내리겠노라.”

“이 자식, 진짜 사람을 열받게 하네…….”

벨토르는 샤워 밸브를 꾹 잠갔다.

“아오바들―― 요코하마시에 존재하는 1만 명의 주민은 인간이 아니다.”

마왕은 그렇게 말했다.

“인간이, 아니라고……?”

“착각하지 마라. 짐은 아오바와 이 도시에 사는 자들을 존중하노라. 그리고 현세의 윤리관에 근거한 이야기가 아니지. 어디까지나 짐이 아는 마도(魔道) 측면에서의 견지이니라.”

벨토르는 앞 머리카락을 뒤편으로 쓸어 넘기더니, 목덜미 근처에서 손가락으로 뭉쳐서 머리카락의 물기를 짰다.

"아오바들은 호문쿨루스다."

"호문쿨루스……."

그것은 마법의 일종인 연금술로 만들어진 인공 생명체다. 여러 연금 소재와 인간의 육체 구성 정보 및 영혼의 정보를 섞어서 만들 수 있다.

면역력이 약하고, 생식 능력이 없으며, 마법 적성이 뛰어난 특징을 가졌다.

벨토르의 말대로, 아르네스의 고대 마도학에서는 호문쿨루스를 인간으로 정의하지 않는다. 인간을 규정하는 생물학, 윤리관, 도덕심, 사회통념에 따른 것이 아니다. 신들이 호문쿨루스를 금기로 여기며 축복을 내리지 않기에, 그들은 인간이 아니라는 논리다.

그리고 현대에서도——.

"중대한 윤리규정 위반이야……."

그람은 그렇게 중얼거릴 수밖에 없었다.

강령술 전반, 네크로맨시(사령술)의 소울 클로닝(영혼 복제), 그리고 연금술의 호문쿨루스.

이것들은 현대 마도학에서 터부시되고 있으며 많은 도시와 기업 간 협정을 통해 윤리규정 위반, 즉 범죄 행위로 인정되고 있다.

여담이지만 호문쿨루스 제조와 장기 클론 기술과 재생 의료의 경계는 매우 모호하며, 그런 의료 분야의 발전이 다양한 이데올로기에 의해——주로 신자연파 엘프, 마큐베니스트에 의한 것이지만——늦어지고 있다는 사실도 존재한다. 그것을 대신해 마기노보그(신체 기계화)라는 스킬트리가 발전했다는 측면도 존재한다.

"호문쿨루스는 감각적으로 마법을 쓰니, 에테르를 줄이는 조치도 합리적이긴 하겠는걸."

"확증이 있는 것은 아니다. 짐의 특이기능을 응용해 얻은 정보로 추측한 이야기지."

생각을 한번 정리하려는 듯이, 벨토르는 숨을 들이마셨다.

"이 도시에는 18종의 영혼과 36종의 육체가 존재하노라. 원본이 된 인간의 영혼으로 역산하며 생체 정보를 조작해, F와 M의 두 종류 육체를 만든 거겠지. 그 육체에 각각 18종의 영혼을 넣고, 이름과 숫자를 부여한 것이 바로…… 이 도시의 호문쿨루스인 것이다."

"호문쿨루스에 소울 클로닝…… 양쪽 다 금기인 만큼, 원래라면 스크림이 퍼지는 정도의 사태가 아니야. 윤리규정 위반으로 FEMU가 강제 사찰을 실시할 대의명분으로서는 충분하고도 남지. 하지만 역시 확고한 증거가 필요하긴 해."

두 사람이 샤워실에서 탈의실로 나간 후, 로커로 향하던 와중에 그람이 말했다.

"호문쿨루스……. 그래서 다른 종족이 없는 건가."

"흐음? 눈치채지 못했던 것이냐?"

"군소리가 많아. 이 지역은 인간만 사는 줄 알았다고……. 그나저나 왜 호문쿨루스를……."

"그들은 '소모품' 이다."
"소모품?"
"촉매, 재료, 공물, 부품. 표현은 뭐든 상관없지. 그들은 신앙력을 얻기 위한 제물이다. 세뇌에 가까운 교육, 그리고 매일 같이 치러지는 '기도' 가 그 증거이니라. 막연한 감정을 쏟는 게 아니라, 방향성이 확립된 신앙을 통해서는 고도의 신앙력을 얻을 수 있지. 생식 능력이 없는 호문쿨루스인 것도, 개체수를 관리하기 좋기 때문이니라."
"신앙력…… 그렇다면, 이곳을 지배하는 시조는 진짜로 신성을 지닌 존재인 걸까……."
신앙력은 원칙적으로 영혼의 계위가 낮은 자로부터 높은 자가 신앙, 즉 긍정적인 감정을 받으면서 얻는다.
영혼의 계위가 동일한 자들 사이에서는 신앙력이 발생하지 않는다. 그렇다면 시조가 신성을 지닌 존재라는 결론에 도달하는 것이 당연했다.
"평범하게 생각하면, 그렇겠지."
"무슨 소리야……?"
벨토르는 지급품인 허름한 속옷을 입으면서 말을 이었다.
"그들의 영혼은 평범한 인간보다 계위가 한 단계 낮게 설정되어 있느니라. 즉, 그들의 영혼은 인간보다 악마에 가깝게 조성되어 있다."
악마.
그가 말한 악마는 뿔이나 꼬리가 달린 종교적인 마귀와 의미가 약간 다르다.

분노와 슬픔, 공포 같은 인간의 부정적인 감정, 즉 마이너스적인 신앙력을 양식 삼는 영적 하위 존재, 음수(陰數)의 존재를 마법학적으로 악마라 부른다.

인간이 사는 세계와는 레이어(계층)가 다른 세계에 살고, 기본적으로 악마가 인간에게 간섭하는 일은 없으며, 인간이 악마를 불러내야만 교신이 가능한 존재이다. 그러니 『신』으로 불리는 영적 상위 존재와는 정반대라고 할 수 있다.

"실제로 그들의 영혼을 마법적으로 관측한 것은 아니기에 짐의 감각에 기반하지만, 짐의 예측이 빗나갔을 리가 없느니라."

그람도 벨토르의 말을 의심하지는 않았다.

이 남자가 이렇게 말하는 것을 보면, 뭔가 근거가 있으리라.

"여기서부터가 문제다. 시조는 어째서 영혼의 계위를 낮추는 번거로운 짓을 한 것이지?"

그람은 죄수복을 입으면서 생각했다.

부정적인 감정, 신앙력에서도 힘을 얻을 수 있는 벨토르는 예외적인 존재이며, 보통은 계위가 낮은 쪽에서 높은 쪽으로 긍정적인 감정에 기반한 신앙력이 일방통행으로 흘러간다.

진짜 약아 빠진 남자라고 언뜻 생각한 그람은 하던 생각을 다시 이어갔다.

왜 일부러 호문쿨루스의 영혼의 계위를 낮출 필요가 있을까.

자기 자신에게 물어본 그람은 그 의문의 답을 찾아냈다.

"그래야만 시조가 신앙력을 얻을 수 있으니까……!"

“그런 것이다. 시조가 신, 상위 존재라면 영혼의 계위를 낮출 필요가 없지. 신이라면 자기보다 영혼의 계위가 낮은 사람에게서 신앙력을 얻을 테니 말이다. 즉, 시조는 신이 아니라, 평범한 사람이니라.”

벨토르는 고개를 끄덕였다.

“사람이 신앙력, 특히 플러스의 신앙력을 얻을 방법은 두 가지다. 자기 영혼의 계위를 높이거나, 자신보다 계위가 낮은 자에게서 신앙을 얻는 것이지. 전자는 쉽지 않다. 하지만 후자는 전자에 비하면 훨씬 현실적이니라. 악마가 사람을 신앙하지는 않지만, 계약이라는 형태로 악마에게서 신앙력을 얻는 케이스도 있으니 말이지.”

“그렇게까지 해서 신앙력을 얻으려고 하는 시조의 목적은 대체 뭘까……?”

“훗. 아무래도 짐은 용사 그람이란 남자를 과대평가했나 보구나…….”

“어, 뭐야……. 너는 그게 뭔지 알아?”

“알다마다.”

벨토르는 바로 답했다.

“진정한 의미에서 신이 되는 것이다.”

벨토르가 그렇게 말하자, 그람은 고개를 갸웃거렸다.

“네가 그걸 어떻게 아는데……?”

"신앙력으로 영혼의 계위를 높이려 하는 놈들의 목적은 진정한 신이 되는 것이기 마련이지."

"너도 그랬잖아?"

"멍청한 것. 짐은 소멸을 극복한 부산물로 영혼의 계위가 상승한 것이며, 딱히 신이 될 생각은 없다. 전에 짐이 했던 게임에서도 신이 되려고 하는 최종 보스가 나왔었지."

"아, 억측일 뿐만 아니라 근거가 게임인 거구나……."

"게임은 모든 것을 가르쳐 주노라. 네놈은 게임을 제대로 해 본 적이 없지? 이 싸움이 끝나면 연락처를 알려다오. 짐이 끝내주는 게임을 골라서 보내주겠노라."

현세에 완전히 물들었구나. 그람은 마음속으로 생각하며 감회에 젖었다.

"이 섬에 있는 호문쿨루스에는 비밀이 하나 더 있노라."

"뭐?"

"가르쳐줄 수 있다만, 그 대신 짐의 탈옥 계획을 돕거라."

"알았어. 어차피 거절할 수 없잖아. 잔말 말고 말하기나 해."

"훗. 잘 아는구나. 그렇다면, 이 섬의 호문쿨루스가 지닌 비밀을 가르쳐 주겠노라."

벨토르는 죄수복의 옷매무새를 고르면서 말했다.

"이 도시에 있는 호문쿨루스의 가동 시간, 그러니까 아오바의 수명은……."

"4……년……?"

타카하시는 얼이 나간 표정으로, 들고 있던 수건을 놓쳤다.
아오바와 함께 샤워실에 들어가서 한바탕 장난을 치며 씻은 후, 속옷을 입고 죄수복을 걸치려던 순간의 일이다.
그 말을 듣고 느낀 충격 탓에 타카하시는 자세한 경위를 까맣게 잊고 말았지만, 별생각 없이 생일이 언제인지 물어봤더니 아오바가 자신의 가동 시간이 4년이라고 밝힌 것이다.
"4년이라니…… 그것밖에 안 돼?! 아니, 뭐가 어떻게 된 거야……?"
"어, 어떻게 된 거냐고 해도요……. 우, 우리는 플라스크 안에서 제조되고, 그 안에서 필요한 교육을《어머니들》에게 주입된 후, 충분히 성장하면 가동을 시작해요. 가동 개시부터 가동 정지까지의 기간이 4년이죠. 그리고 가동 개시부터 2년 후면 성인이 되는 거예요."
"그, 그렇다면 아오바는 지금, 몇 살이야……?"
"두 살, 인데요……."
그렇게 말하는 아오바의 목소리에는 심각한 느낌이 없었다.
그것을 당연하게 여기고, 단순히 사실만을 전했을 뿐이다.
그 사실이, 타카하시는 슬펐다.
수명.
생명이 종착점을 맞이할 때까지의 유예.
불사나 불로가 아니라도, 엘프 같은 장명종에게 인간의 일생은 짧다.
하지만 설계된 생명의 4년이란 유예는 너무나도 짧다.

"나는 말이지? 열일곱 살이야……."
그 말은 잔혹했다.
아무것도 모르는 소녀에게 해도 될 말이 아니라고 여기며, 평소의 타카하시라면 입을 다물었을 것이다. 하지만 말할지 말지 망설이기도 전에, 그 말이 입에서 튀어나오고 말았다.
"네……?"
"더, 더 살아줘…… 아오바…… 아오바……!"
타카하시는 아오바의 가녀린 몸을 끌어안았다.
피부를 통해 느껴지는 온기는, 아오바가 살아있다는 것을 알려줬다.

◆

다음 날, 봉사 작업 중.
"저기, 벨짱……."
표정이 심각한 타카하시가 아오바를 데리고 분쇄기 옆에서 그람과 함께 일하는 벨토르에게 다가가더니, 말을 건넸다.
"여기 사람들 수명이 4년밖에 안 된다는 게, 사실이야……?"
"음? 그래, 아오바에게 들은 것이냐. 여럿에게서 얻은 증언이니, 틀림없겠지."
심각한 타카하시와 달리, 벨토르의 목소리는 평소와 다름없었다.
"개체수를 유지하기 위해서인지, 영혼을 뜯어고쳐서 계위를 낮춘 부작용인지, 혹은 양쪽 다인지는 모르겠다만 세 살이 되면 급격하게 노화가 진행된다고 하더구나. 이즈미도 3년하고 반 년 정도를 살았다더군."

"앞으로 2년 후면 죽는다니, 막 친구가 됐는데 너무해……."

"타카하시……."

침통한 표정을 짓고 있는 타카하시를, 아오바가 걱정스러운 표정으로 쳐다봤다.

인간에게도 4년이란 수명은 너무나도 짧은 시간이었다.

"저도 쭉 같이 있고 싶어요. 하지만…… 그게 타고난 수명이니까요……."

"어떻게, 안 될까……?"

타카하시는 벨토르에게 물었다.

"된다."

"돼?!"

"네?!"

벨토르가 별것 아니란 투로 답하자, 타카하시와 아오바는 얼이 나갔다.

"육체의 정보. 현세의 단어를 쓰자면 유전자, 라는 것이겠지. 그것이 조작당한 게 아니니 말이다."

"텔로미어가 짧은 게 아니란 거구나."

"육체가 아니라, 마법으로 영혼을 조작당한 것이다. 육체와 영혼은 밀접하게 연관되어 있기에, 영혼의 정보를 조작하면 자연적으로 육체에도 영향이 나타나지. 위치크래프트(마녀술)에 가까운 저주이니라. 소울 클로닝도 그렇고, 영혼을 조작하는 기술이 참 뛰어난 것 같구나."

벨토르는 말을 이었다.

"그리고 적절한 설비가 필요하긴 하다만…… 저주를 푸는 것이라면 가능하다. 육체는 일반적인 인간과 별반 다를 게 없으니, 저주만 푼다면 수명도 원래대로 돌아오겠지."

"제가, 여러분과, 더 같이……."

아오바는 가슴 앞으로 가져간 손을 꼭 말아쥐었다.

"짐의 목적은 바뀌었다……. 아니, 늘어났다고 해야겠지."

"늘어났다고?"

타카하시가 그렇게 묻자, 벨토르는 고개를 끄덕였다.

"실바르드 탈환만이 아니라, 시조란 자를 타도해서 이 강철섬을…… 요코하마시의 주민을 해방…… 아니, 지배해서 그들의 영혼에 걸린 저주를 푼다."

너무 뜻밖의 말이었기에, 타카하시와 아오바는 어안이 벙벙해졌다.

그것은 즉――.

"이곳에 짐의 나라를 세우고, 세계 지배의 발판으로 삼겠다."

벨토르는 아주 진지하게 말했다.

"그것이 이번 퀘스트의 추가 목표이니라."

벨토르가 그렇게 말하자, 아오바는 고개를 갸웃거렸다.

"나라를…… 세운다고요?"

아오바도 나라라는 개념은 이해하고 있다.

외교 능력을 보유한 영토를 가리키며, 현대의 도시보다도 훨씬 거대한 개념이다.

그리고 그것을 만드는 게 얼마나 어려운 일인지도 안다.

"그, 그건…… 안 돼요."

너무나도 황당한 이야기다.

평소 같으면 어처구니없는 농담으로 치부했으리라. 실제로 아오바도 어렵고 무모한 이야기로 여겼다.

"시조님의 존재는 절대적이에요. 게, 게다가 우리의 가동 시간은 정해져 있고요. 우, 우리에게 희망을…… 말하지 마세요."

입으로는 그렇게 말하면서도, 불가능하다고 단정하며 웃어넘기지는 못했다.

황당하고 어처구니없으며 꿈같은 이야기일지라도, 이 남자의 입에서 나오니 신기하게도 현실미가 있는 것처럼 들렸다.

"가능하다. 짐이 직접 그대의 주박을 풀어주마. 그러기 위해선 대대적인 준비가 필요하지만."

그 말은 메마른 대지에 빗물이 스며들듯이, 황량한 아오바의 마음속 깊은 곳을 흔들었다.

"괜찮아, 아오바."

타카하시가 말한다.

"벨짱이 된다고 하면 괜찮을 거야. 전부 좋게 해결될 거야."

타카하시의 눈동자에는 빛이 어려 있었다.

시조를 향한 자신들의 신앙과는 전혀 다른, 벨토르 개인을 향한 감정이다.

그것을 신뢰라고 부른다는 것을, 아오바는 아직 몰랐다.

"그러니 나와 함께 살아가자, 아오바."

"네…… 네!"

타카하시는 아오바를 꼭 끌어안고, 아오바 또한 타카하시를 껴안았다.

그 모습을 만족스럽게 바라보던 벨토르는 소리를 내며 회전하고 있는 분쇄기에 폐기물을 차례차례 던져 넣었다.

"나라를 세울 때, 짐이 가장 고대하는 건 무역로 개척이지. 물론 불법 약물을 수출하지는 않겠다만, 특수한 도시인 이곳에는 빠져나갈 구멍이 많으니라. 게임에서는……."

"아까부터 잠자코 듣고 있었는데, 나라를 세울 거라고?"

축복하는 분위기를 망치려는 듯이, 이제까지 조용히 있던 그람이 작업을 멈추고 벨토르에게 물었다.

"진심으로 하는 소리야? 벨토르."

평소의 온화한 분위기는 어디 간 것인지, 그람에게서 느껴지는 분위기는 차갑고 매서웠다.

그것은, 적의라고 부르는 것이다.

"그, 그람 씨?"

"그람……?"

타카하시와 아오바가 이 험악한 분위기에 놀라며 당황했다.

그람의 말을 들은 벨토르는 위압감을 자아내며 대꾸했다.

"진심이냐고? 짐은 항상 진심이니라. 자급자족할 수 있는 설비가 있으며, 사람 또한 있지. 시조가 만든 절대적인 기반이 이미 존재하는 만큼, 당연히 그것을 이용해야 하지 않겠느냐."

"이 섬을 지배하면, 그다음에는 어쩔 거지?"

"물론 짐의 위대한 목표를 달성할 것이니라."

"세계 평화, 인가……. 너는 아직도 그런 몽상에 매달리고 있는 거야?"

"몽상? 아니, 그것은 짐의 이상이니라. 몽상이란 실현이 불가능한 것을 말하지. 그리고 달성을 눈앞에 둔 그 이상을 부순 건, 다름 아닌 네놈일 텐데?"

"당연하잖아!"

듣는 이의 몸이 움츠러들 정도의 분노에 찬 고함이, 공기를 뒤흔들었다.

"네 방식은 항상 희생을 내! 타인을 짓밟고 성취한 이상 따위에 무슨 가치가 있는데!"

"어이가 없구나."

벨토르는 그람의 멱살을 잡았다.

"타인을 짓밟지 않고 이상을 이룰 방법 따윈 없느니라."

"나는 역시, 너를 인정할 수 없어!"

그람은 양손으로 벨토르의 가슴을 밀쳤다.

벨토르는 뒷걸음질 치더니——.

"아."

——그대로, 분쇄기에 빠졌다.

피가 날리고, 살점이 찢기고, 뼈가 부서지는 소리가 생생하게 들려왔다.

말 그대로, 벨토르의 몸이 분쇄되어서 사라졌다.

◆

봉사 작업 중의 사고, 연대책임으로 045반 멤버 전원의 공헌도를 몰수.

045반 전원이 징벌방으로 보내졌다.

"……."

아오바는 징벌방 구석에서 무릎을 끌어안고 앉아 있었다.

징벌방은 혼자 있기에도 좁았다. 제대로 누울 수조차 없었다.

징벌방에는 침대가 없고, 구석에는 웅크리고 앉아서 이용하는 허름한 구식 변기만 있으며, 그 또한 제대로 청소하지 않아서 위생 상태가 나쁘다. 방보다는 변소에 가까우리라.

아오바는 상층에서 이곳으로 온 지 아직 얼마 되지 않았다.

상층에 있던 시절에는 한 사람당 방이 하나씩 주어져 있어서, 혼자 있는 시간이 많았다.

애초에 제조된 후로는 혼자일 때가 더 길다. 그래서 고독에는 익숙하다고 생각했다.

하지만 지금은 고독이 무섭다.

타카하시 일행과 떨어지는 게 무섭다.

그 정도로 자기 내면에서, 그들이 큰 비중을 차지하고 있다는 것을 눈치챘다.

"모두와, 쭉 같이 있고, 싶어……."

하지만 이 좁은 세계에서 친구가 되었고——적어도 아오바는 벨토르를 친구라고 여겼다——자신을 주박에서 해방해 주겠다고 말한 벨토르를 이미 잃고 말았다.

자신의 주박보다, 소중한 친구를 잃었다는 사실에 아오바는 떨었다.

그렇게 쥐어짠 말에 답하듯…….

덜컹.

진동과 함께 아오바의 눈앞에 있는 변기가 쑥 빠졌다.

"후하하하하하하하하하하하하!"

변기가 빠지면서 생긴 구멍에서 웃음소리가 들려오더니, 아오바의 다리 사이로 한 인물이 얼굴을 쑥 내밀었다.

"꺄앗."

깜짝 놀란 나머지 무심코 다리를 벌렸다.

"베, 벨토르?!"

그 사람은 바로 분쇄기에 빠져서 죽은 벨토르였다.

"기다리게 했구나, 아오바!"

바닥을 완력으로 부순 벨토르가 몸 곳곳이 더러워진 상태에서 기어 나왔다.

그는 죄수복이 아니라 검은 갑옷을 걸치고 있었다.

그 모습을 본 아오바의 눈에서 눈물이 흘러나왔다.

벨토르는 의기양양하게 웃고, 힘찬 목소리로 말했다.

"이것이 바로 짐이 짠 탈옥 계획의 도주 경로이니라. 하수도의 구조, 징벌방과의 연결, 법무관의 움직임, 전부 사전에 다른 자들과 이야기해서 파악해 뒀지. 그리고 짐은 그람에게 아까 그 연극을 제안했고, 분쇄기로 떨어진 후에 징벌방으로 보내진 그대들을 데리고 하수도를 통해 탈옥을……."

아오바는 바닥의 구멍에서 나온 벨토르를 반사적으로 끌어안았다.

"주, 죽, 죽은, 죽은 줄, 알았어요……!"

눈물범벅이 된 아오바는 딸꾹질을 하면서 팔에 힘을 줬다.

벨토르는 그런 아오바를 떼어내지 않았다. 그저 묵묵히 그 말을 들어줬다.

"타카하시한테 못 들었던 것이냐. 안심하거라……. 짐은 불사자다. 죽지 않지."

"부, 불사자란 말은 들었어요……. 하, 하지만, 그래도, 거, 걱정, 했다고요!"

"아오바에게 보여주기에는 좀 충격적이었나. 배려가 부족했구나. 미안하다. 게다가 지금의 짐은 더럽지. 손댔다간 그대까지 더러워질 것이니라."

"아뇨, 더, 더럽지 않아요……. 하나도, 더럽지 않아요."
난처해하는 벨토르의 얼굴을 보는 이는 없었다.
한동안 엉엉 울던 아오바가 울음을 그치자, 벨토르는 입을 열었다.
"이렇게 휘말리게 한 지금에 와서 이런 말하긴 조금 뭐하지만. 아오바, 그대에게는 선택할 권리가 있다. 여기에 남을 권리가 말이다. 그러나 굳이 말하마. 짐을 따라오거라."
"네."
아오바는 고개를 끄덕였다.
"저도 가겠어요. 아니, 가야만 해요."
그 눈동자에는 망설임이 어려 있지 않았다.
"바깥세상에 가고 싶다는 '동경' 은 있어요. 하지만 그것보다도 아래로 가야 한다는 '충동' 이 훨씬 전부터…… 제가 태어나기 전부터 존재했어요."
그 눈에 깃든 것은 확고한 결의, 그리고 명확한 자의식이다.
"저는 예전에 벨토르가 말한 실바르드란 이름을 기억하지 못하지만, 그 존재를 알고 있는 것 같아요."
"어쩌면, 그대가 지닌 영혼의 원형이 된 자의 기억이 영향을 끼치는 걸지도 모르겠구나."
벨토르는 아오바를 안고 하수관을 통해 아래로 내려갔다.
하수관은 얼어붙지 않을 정도의 온도가 유지되는 것 같았다.
아래로 내려가 보니 타카하시와 그람이 하수도에서 기다리고 있었다.

아오바와 마찬가지로 벨토르가 징벌방에서 구출한 것이다.

하수도는 섬이 외부와 격리되기 전부터 원래 존재하던 아르네스 시대의 낡은 시설을 그대로 이용한 것이어서, 돌로 된 간소한 시설이었다.

“벨짱, 냄새 쩔어.”

“벨토르, 냄새가 심하잖아.”

두 사람 다 벨토르를 보며 코를 막았다.

“그대들도 마찬가지지 않느냐…….”

분쇄기로 온몸이 부서지면서 하수도로 들어온 탓에 오수와 오물로 범벅이 된 벨토르는 온몸에서 악취가 나고 있었다.

“멋대로 떠들어라. 짐은 신하와 벗을 위해서라면 오물을 헤치고, 구정물 범벅이 될 수 있는 남자이니라.”

“미안해, 미안해. 벨짱의 그런 면은 진짜로 멋지다고 생각한다니깐.”

“…….”

벨토르의 말을 들은 그람의 눈빛이 흔들리는 순간을, 아오바는 보고 있었다.

아오바는 그람과 벨토르가 어떤 사이인지 잘 모른다.

하지만 이 두 사람 사이에는 뭔가 특별한 감정이 존재한다고 생각했다.

그람은 한 번 눈을 질끈 감고 고개를 젓더니, 두 손을 허리에 대면서 황당해하듯 웃는다.

타카하시도 심술궂은 웃음을 띠면서 말했다.

"아~ 갑자기 다투면서 확 밀쳐버리니까 깜짝 놀랐어. 탈옥하려고 그런 거면 우리한테도 미리 말해야지!"

"이런 건 아는 사람이 적을수록 들킬 확률이 낮아지니 말이다. 용서해다오."

"하지만 자기가 갈려서 탈옥할 생각인 줄은 몰랐어. 아무리 죽지 않는다고 해도, 정말 무식한 짓을 다 하네……."

"훗. 그람, 네놈의 연기도 괜찮았다."

"뭐, 반쯤은 진심이긴 했어."

"흥, 멋대로 떠들어라. 하지만 나라를 건국하면 그람, 네놈에게도 특별히 자리를 마련해 주마."

"그것도…… 재미있을지 몰라."

그렇게 말한 그람은 작게 웃었다.

"아오바 양도 깜짝 놀랐지? 사과할게."

"아, 아뇨! 괜찮, 아요."

꽤 박력이 넘쳤는데, 아무래도 연기였던 것 같았다. 험악한 분위기는 어느새 사라졌기에, 아오바는 안도했다.

"그러고 보니 벨짱이 갑옷을 꺼낼 수 있다는 건, 여기서는 마법을 쓸 수 있는 거네."

타카하시는 벨토르의 갑옷을 쳐다보며 말했다.

"역시 하층보다 아래로 내려갈수록 에테르의 농도가 진해지는 것 같구나. 아무래도 도시 전체의 에테르가 한곳에 집중되게 하는 '흐름'을 형성하는 결계가 섬 전체에 펼쳐진 것 같다. 여기도 바깥세상보다는 에테르가 희미하지만, 대마법을 펼치려는 것만 아니면 큰 문제는 없을 테지."

일행은 그람의 마법, 《크리에이트 워터》——물 생성 마법. 패밀리어가 없어서 영창을 써야 했다——으로 오물을 씻어낸 후, 하수도를 나아갔다.

"방금 그거…… 어떻게 한 건가요?"

아오바는 양손을 들거나 몸을 비틀면서 깨끗해진 자기 옷을 살피더니, 그람에게 물어봤다.

"어, 평범한 마법인데……. 아, 그래. 아오바 양은 마법을 본 적이 없겠네. 나는 원래 모험가였거든. 이런 게 특기야."

"저도 마법을 쓸 수 있을까요?"

"그래. 금방 습득하긴 어렵겠지만, 이 정도라면 나도 가르쳐 줄 수 있어."

"지금 시대에는 패밀리어도 있잖아. 뭐, 나와 그람 씨는 압수 당했지만 말이야."

그렇게 말한 타카하시는 패밀리어를 뗀 자리의 프로텍트 커버를 손가락으로 쓰다듬었다.

"어이, 아오바. 저딴 남자가 아니라 짐에게 마법을 배우거라. 짐은 이 녀석보다 마법이 능숙하지."

"이 자식……."

주먹을 쥐고 부르르 떠는 그람을 본 아오바가 미소를 띤다.

"우후후. 두 분에게 가르침을 받을게요."

"그렇다면, 이쯤에서 이번 목적을 다시 확인하겠노라."

벨토르가 그렇게 말하자, 세 사람이 그를 주시했다.

“짐의 목적은 흑룡후 실바르드의 탐색. 그람의 목적은 FEMU가 강제 사찰에 나서기 위한 불법 약물의 증거 확보. 그것은 짐이 이곳을 제압한 후에 FEMU와 교섭할 때 써먹어도 괜찮겠구나.”

“그건 따로 상의할 필요가 있겠는걸…….”

“그리고…… 시조를 끌어내리고, 이 섬을 짐의 나라로 삼아서 세계 지배의 거점으로 삼는다. 그것이 최종 목적이니라.”

그 말을 들은 그람이 벨토르에게 물었다.

“실바르드가 어디 있는지 알고 있는 거야?”

“음. 《열려라(폴크)》.”

그 말에 맞춰, 벨토르의 손바닥 위에 검은빛을 뿜는 ‘윈도우’가 표시됐다.

쓸데없이 흉흉한 느낌으로 디자인한 ‘윈도우’에는 대량의 글자가 떠 있는데, 아오바는 뭐라고 적혀 있는지 하나도 읽을 수 없었다.

“봉인을 해제한 마후록에 기록된 실바르드의 좌표를 알아보기 쉽게 시각으로 바꿨는데, 어떠냐. 잘 봐라. 이 줄이 이 차원에서의 좌표를 가리키고 있는데…….”

“저기, 나는 패밀리어가 없으면 옛날 글자를 못 읽는데요~.”

“그림으로 표시하든가 해서 남들이 보기 쉽게 만드는 게 좋지 않을까?”

“훗……. 투정이 많은 것들이구나. 남들은 아무리 갈구해도 볼 수 없는 것이건만…….”

벨토르는 약간 아쉬워하면서 '윈도우'를 닫았다.

"좌표상으로는 거의 다 왔다. 일전에 그람이 쓰던 지도 작성 마법을 쓰면 편하겠지만, 지형을 조사하는 마법이 탐지에 걸릴지도 모르지."

"그러고 보니 물어보는 걸 깜빡했는데, 실바르드는 어떤 사람이야?"

타카하시가 그런 말을 했다.

"그람 씨는 만나본 적 있어?"

"으음~ 실은 나도 잘 몰라."

"뭐? 그람 씨도 모르는 거야?"

"멀리서 본 적은 있지만, 직접 상대한 적은 없는 육마후거든. 내가 본 것 중에서 세상에서 가장 거대한 용이었어. 그 밖에 아는 거라곤 전설 정도려나……. 신의 시대, 그리고 거인과 영웅의 시대 사이에 존재했던 용의 시대. 그 용의 시대를 만든 엘더 드래곤 중 하나로 여겨지는, 가장 오래된 용이자 가장 오래된 불사자라던가."

"신의 시대, 용의 시대, 거인과 영웅의 시대, 인간의 시대지?"

아르네스 창세 후의 역사는 그렇게 네 개의 시대로 나뉜다.

인간의 시대는 판타지온 이후를 포함하더라도 전체에서 보자면 거의 찰나에 지나지 않는다.

아오바는 눈을 초롱초롱 빛내면서 그 이야기에 귀를 기울이고 있었다.

"그 용의 시대는 어떤 시대였나요?"

"용의 시대는…… 내가 설명하는 것보다 벨토르가 설명하는 게 낫지 않을까?"

"그냥 네놈이 해도 별문제 없겠지."

그람은 멋쩍어하듯 가볍게 헛기침을 한 후에 입을 열었다.

"그렇다면 내가 하겠는데. 용의 시대는 시조룡의 직계에 해당하는 강대한 다섯 용이 패권을 다투던 시기이기도 해."

그람은 손가락을 하나하나 꼽으며 설명했다.

"『거대한 자』 녹룡 라스벤트, 『치유하는 자』 백룡 팔리아, 『광기를 회상하는 자』 청룡 시바, 『번개를 잡는 자』 적룡 빌무니르, 그리고 『암흑을 삼키는 자』 흑룡 실바르드. 이 다섯 용과 그 권속 및 신봉자들의 전쟁이 바로 오룡대전. 그 전쟁에서 다른 네 마리의 용장(龍臟)을 먹어 치우고 불사가 된 패룡이 바로 흑룡 실바르드야."

그람은 말을 이었다.

"그 이후로 실바르드는 말 그대로 지상 최강의 생물이 됐어. 그래서 신들이 거래를 제안했지. '지상을 지배하는 것을 허락하는 대신, 기한을 정하자' 고 말이야. 실바르드는 이렇게 답했어. '내 비늘 한 장이 떨어지면, 용의 시대를 끝내겠다' 고 말이지. 비늘이 금방 떨어지리라고 여긴 신들은 그 말에 동의하며 서약을 맺은 거야."

"앗! 나, 알아! '용의 비늘이 떨어질 만큼', 맞지?"

타카하시가 그렇게 말하자, 그람은 고개를 끄덕였다.

"그래. '용의 비늘이 떨어질 만큼' 이라는 긴 세월을 가리키는 관용구가 아르네스에 존재했는데, 그 말의 기원이 바로 실바르드가 비늘이 한 개 떨어질 때까지 지상을 지배한 2000년이란 세월이야. 신들은 2000년이나 되는 오랜 세월 동안, 손가락만 빨고 용이 지상을 지배하는 것을 보고 있을 수밖에 없었어. 실바르드가 신보다 더 말재주가 뛰어났다는 이야기지. 그리고 용의 시대가 끝나고 기나긴 겨울과 함께 외계에서 악신(惡神)과 그 권속인 거인이 찾아오면서 거인과 영웅의 시대가 시작됐고, 거기서 인간의 시대로 이어진 거야."

"장대한 이야기군요……."

"그런 엄청난 용이 왜 벨짱의 부하가 된 거야?"

"거기까지는 나도 몰라. 어이, 벨토르. 보충할 내용 없어?"

"설명 자체에는 딱히 보충할 내용이 없구나. 그리고 그자가 짐의 신하가 된 것은……."

벨토르는 잠시 뜸을 들인 후, 이렇게 말했다.

"짐의 누나라서다."

간단히, 단적으로 말이다.

"흐음~. 벨짱의 누나구나."

"너한테 누나가 있고, 그 사람이 흑룡후 실바르드일 줄이야."

타카하시와 그람은 차분한 목소리로 그렇게 말했다.

"……."

"……."

그리고 타카하시와 그람은 침묵했다.
두 사람은 한동안 입을 다문 채 무슨 생각을 했고, 아오바는 그 모습을 의아하다는 듯이 고개를 갸웃거리며 쳐다봤다. 그리고 벨토르는 딱히 별일 아니라는 듯이 걸음을 내디뎠다.
그리고 타카하시와 그람이, 동시에 새된 목소리로 외쳤다.

"누나아아앗?!"

두 사람이 갑자기 큰 목소리로 그렇게 외치자, 아오바는 깜짝 놀라며 눈을 치켜떴다.
"벨짱한테?! 누나가?! 나, 처음 듣거든?!"
"그건 나도 처음 듣는걸……. 아니, 진짜로…… 누나…… 누나라니……."
"말한 적 없으니 모르는 게 당연하겠지."
"응? 잠깐만 있어봐. 내가 본 실바르드는 용이 틀림없었어."
"누나라고 해도 짐과 누님은 피가 이어져 있지는 않다. 네놈의 말대로, 용이 맞지."
"아, 뭐야. 깜짝 놀랐네. 의남매 같은 거구나?"
타카하시가 그렇게 말하자, 벨토르는 고개를 끄덕였다.
"짐이 불사가 되고 처음으로 동료로 삼은 자가 누님, 실바르드이니라. 그때는 아직 육마후라는 지위 자체가 없었지."
벨토르는 과거를 회상하듯 말을 이었다.
"용의 시대가 끝난 후, 불사자가 됐으나 전성기보다 힘이 약해져서 은거하던 누님을 동료로 영입하기 위해 짐이 맺은 서약이 바로 '그 억지를 무엇이든 세 번 들어준다' 였다. 그리고 누님이 제시한 첫 번째 억지가 바로 '자기를 누나로 삼을 것' 이었느니라."

"누나……."

타카하시는 중얼거리면서 미심쩍은 표정을 지었다.

"왜 누나인 거야?"

"글쎄, 모르겠구나. 뭔가 생각이 있을지도 모르고, 아무 생각도 없을지도 모르지. 짐은 누님을 이해할 수 있었던 적이 한 번도 없거든."

"그건 그렇고 '억지를 세 번' 들어주기로 했다면, 남은 두 가지는 어떤 거였어?"

"누님은 아직 억지를 두 번밖에 부리지 않았느니라. 그리고 두 번째는 '불사전쟁의 최종 결전에 참여하지 않는다' 였지. 아직 들어줘야 할 누님의 억지가 한 번 남았다. 그러니 또 이상한 소리를 꺼내지나 않을지 걱정된다만……."

"아하, 그렇구나. 그래서 그때 없었던 거야……."

그람의 말에 답하듯, 벨토르가 입을 열었다.

"있었다면 전쟁에서 이겼겠지……. 하지만 그런 일이 생길 가능성 또한 염두에 두고 있었느니라. 짐은 함께 싸워주기를 원해서 누님을 동료로 삼은 게 아니라, 적으로서 싸우지 않기를 바라서였으니 말이지."

"누님이라고 부르라고 하지를 않나, 동생의 중요한 시기에 갑자기 사라지지를 않나, 나는 용에 대해 잘 알지는 못하지만 엄청난 기인인 것 같네. 아니, 기룡?"

"그래. 누님만큼 사람에 가까운 용도 드물지. 하지만 가깝기는 해도 용이란 사실에는 변함없느니라. 세상만사는 유희에 지나지 않으며, 서로 이해하긴 영원히 불가능하겠지. 아까도 말했다시피, 짐은 누님을 이해한 적이 없다. 용은 친해질 수는 있어도 길들일 수는 없다는 말이 있듯이, 용은 인간의 척도로 잴 수 없는 생물이니라. 그렇기에 그 변덕으로 사태가 어떤 방향으로 굴러갈지는 짐도 예측할 수가 없구나."

벨토르는 말을 이었다.

"그래도 역시 짐에게 있어서는 소중한 신하이자, 누님이란 사실에는 변함없다. 사람일지라도, 용일지라도 말이지. 은혜도 입었고, 의리도 있다. 그리고 그에 버금갈 만큼…… 아니, 그 이상으로 고생하기도 했구나. 하지만 그런 것이 '누나' 라는 존재겠지."

그렇게 말한 벨토르의 눈은 마치 머나먼 과거를 보는 듯했다.

타카하시는 옆에서 걷고 있는 아오바의 얼굴을 들여다봤다.

"왜 그래?"

아오바는 고개를 숙이더니, 손가락을 꼼지락거렸다.

"저, 저는, 언니란 개념을 알고는 있지만…… 그런 감각은, 몰라서요."

호문쿨루스이자 태어난 순간부터 '개인' 으로 교육을 받은 아오바는 가족의 개념을 이해하기 어려웠다.

타카하시는 아오바의 두 손을 꼭 붙잡고, 눈을 보며 말했다.

"그렇다면 내가 네 언니가 되어 줄게!"

타카하시는 환하게 웃으며 말했다.

"나도 외동딸이라서 동생이 있었으면 했거든~."

"정말요? 타카하시가 언니가 되어 준다면…… 기쁠…… 거예요……."

"후후후. 뭐하면 언니라고 불러도 돼~."

"후훗. 정말 멋지네요."

타카하시가 아오바의 손을 잡고 앞으로 걸어 나갔다.

한 걸음 뒤에서 걷던 아오바는 자기보다 약간 큰 타카하시의 뒷모습을 보면서, '언니'란 존재를 실감할 수 있었다.

◆

요코하마시 남부, 최하층 외곽.

요코하마시 하층, 그 지하에 존재하는 하수도보다 더 아래인 그곳은 해발 0미터 지대다.

"여기구나."

추격자도 없어서, 김샐 정도로 간단히 이곳에 도달했다.

그람은 일이 너무 순순히 풀리고 있는 탓에 다소 이상한 기분이 들었다. 그만큼 벨토르의 탈옥 계획이 완벽한 것일까, 아니면——.

(아니, 지금은 괜한 생각을 하지 말자.)

그람은 머릿속에 맴도는 의심을 잠시 치웠다.
네 사람의 눈앞에 있는 건, 거대한 쌍바라지 철문이다.
아니, 문보다는 벽에 가까울지도 모른다.
열리는 것을 염두에 두지 않은 듯한, 중앙에 홈이 있는 20미터 높이의 철벽.
고아르의 오래된 석조 하수도와는 명백하게 달랐다. 현대적이고 이질적인 철문이다.
철벽 구석에는 낡은 콘솔이 있으며, 콘솔 위에 붙어 있는 플레이트에는 일본어 명조체로 간결하게 이런 내용이 적혀 있었다.
"격리 제사장……."
그람이 그렇게 말하며 옆을 보니, 벨토르는 잠금장치가 몇 개나 달린 거대한 철문에 손을 댔다.
"문 너머는 에테르가 매우 진하구나."
"알 수 있어?"
"밀폐된 탓에 흘러나오지는 않는다. 하지만 특유의 압박감이 존재하는군. 방치한 사이에 팽창한 탄산음료 용기를 만지는 느낌인걸."
잘 이해가 안 되는 예시를 들은 그람 또한 감각을 곤두세웠지만, 아무것도 느껴지지 않았다.
에테르에 예민한 벨토르의 감각에는 그람도 혀를 내둘렀다.
"아키하바라의 지하 보물고에도 비슷한 봉인 처리가 있었지. 여기는 신화급 전승병장을 요구할 만큼 엄격한 조건이 아닐 테지만 말이다. 방을 격리하는 문이 아니라, 문을 출입구로 삼은 독립된 결계…… 감옥 같은 느낌인가……. 에테르가 진한 것도 그것을 유지하기 위해서겠지. 하지만 이 술식의 특색은…….”

“파괴해서 억지로…… 열 수는 없겠는걸. 건물이 통째로 무너질 수도 있겠어. 타카하시 양, 그쪽은 어때?”

그람은 콘솔을 조작하고 있는 타카하시에게 시선을 보냈다.

“음, 패밀리어로 직접 접속한 게 아니라서 영 모르겠네.”

“음? 직접……?”

타카하시의 말을 벨토르가 몇 초 동안 생각에 잠겼다.

“타카하시여.”

“왜?”

“그대가 항구에서 경비를 해킹하면서 사용했던 유선 케이블은 에테르를 이용한 유사 신경이었지?”

“응? 맞아.”

“흠…… 시도해 볼까.”

벨토르는 단문 영창을 통해 자신의 영혼으로 벼린 검은 마검 《베르날》을 불러내더니, 그 제2형태인 빛의 칼날, 《베르날 딜》로 변화시켰다.

“아름다워, 요.”

“그렇지? 그대는 보는 눈이 있구나.”

은빛 마검을 보며 눈을 반짝이는 아오바에게, 벨토르는 의기양양하게 웃었다.

“뭐, 뭘 하려는 거야?”

“이 상태가 된 짐의 검은 순수한 에테르로 구성되어 있노라.

이것을 유사 신경처럼 매개체로 정의해, 봉인 술식에 직접 개입을 시도해 보마. 아키하바라의 봉인은 신화급 전승병장 세 개라는 말도 안 되는 조건이었다만, 이 정도라면 술식의 조건 부분을 뜯어고치는 게 가능할지도 모르겠구나."

"그래……. 에테르의 칼날에 패밀리어나 마도의수를 육체와 접속시키는 유사 신경 역할을 맡기는 건가……. 확실히 이론상으로는 가능하겠어……."

그람은 감탄한 투로 말했다.

그리고 벨토르는 빛의 칼날을 문에 찔러넣었다.

"음, 가능하겠구나."

격리 제사장의 거대한 철문에, 한순간 빛이 흘렀다.

이어서 도시 전체를 뒤흔들 정도의 진동이 발생했다. 그리고 동시에, 문에 달려 있던 잠금장치가 회전하더니, 소리를 내며 풀렸다.

봉인이 풀린 것이다.

"대단해요, 벨토르! 이렇게 커다란 문을 열다니……!"

"후하하하하! 더 칭찬하거라, 아오바! 술식 자체는 단순한 것이구나! 조건을 변경하기만 했는데 열렸다! 에테르 해킹의 응용…… 아니, 원시적인 에테르 해킹이라고 말하면 되려나? 짐의 성장에는 끝이 없구나!"

순수한 에테르의 칼날을 형성하는 《베르날 딜》, 닿은 대상의 마력 흐름과 동작 방식을 직감적으로 이해할 수 있는 특이기능 《현자의 혜안》, 그리고 벨토르 자신의 마법 센스가 합쳐져서 이

뤄낸 기술이다.

기존의── 구시대의 어스처럼 완전히 기계만으로 제어되는 잠금장치였다면, 이런 식으로 풀 수 없었으리라.

어디까지나 에테르를 이용한 마법이란 기술을 근간으로 하고 있기에 존재하는, '마법은 에테르로 간섭할 수 있다' 고 하는 공통적인 보안 허점이다.

소리를 내며 무거운 문이 열리는 가운데, 그람은 표정이 어두워진 타카하시에게 말을 건넸다.

"왜 그래?"

"그게…… 내가 없어도 해결되네~랄까, 나는 패밀리어가 없으니 아무짝에도 쓸모없달까……."

타카하시는 쓸쓸함이 묻어나는 자조적인 웃음을 흘렸다.

평소에는 밝게 행동하지만, 의외로 나이에 맞게 순진한 애일지도 모른다고 그람은 생각했다.

"미안해. 푸념을 늘어놔서."

"신경 쓰지 마. 그리고 벨토르도 너한테 의지하고 있는 게 틀림없어."

"그래?"

"그래."

문 너머에서, 살을 에는 엄청난 냉기가 밀려들었다.

"추워?! 이게 대체……."

갑자기 불어온 냉기에, 타카하시는 온몸을 부르르 떨었다.

입에서 새하얀 숨결이 흘러나왔다.

"앗……."

"괜찮으냐?"

벨토르가 새파랗게 질린 얼굴로 비틀거리는 아오바의 어깨를 부축했다.

"가, 감사해요……. 갑자기 어질어질해서……."

"에테르에 취한 것이겠지. 에테르에 익숙하지 않은 자가 갑자기 에테르가 진한 장소에 가면 겪는 증상이니라. 안에서 매우 진한 에테르가 흘러나오고 있지."

판타지온 직후 에테르가 희미한 어스에 아르네스의 에테르가 유입되어 농도가 급격히 상승하는 바람에 어스의 사람들이 현기증이나 구역질을 겪는 사례가 발생했다.

"위쪽에는 에테르가 거의 없었으니, 몸이 놀란 거야."

그람은 아오바에게 다가가며 걱정스러운 투로 말했다.

"죄송해요……. 하지만 이제 괜찮아요."

"무리하지 마. 밖에서 기다릴래?"

"밖에서 대기하게 할 수는 없다. 안으로 데려가겠노라."

그람의 말에, 벨토르가 반대했다.

"이런 상태인데 안에 데려가는 건 좀 너무하지 않아?"

"아까 진동으로 이쪽의 움직임이 들통났을 가능성이 있다. 밖에서 대기하다 추격자와 마주치는 것이 더 위험하겠지."

"그건…… 그렇지만……."

"저, 저는 괜찮아요……. 가요."

타카하시가 아오바에게 다가가 손을 잡았다.

본인의 의지를 존중하자. 그렇게 생각한 그람은 더는 아무 말도 하지 않았다.

열린 문을 통해 네 사람이 격리 제사장 안으로 들어가자, 문은 아까처럼 소리를 내며 닫혔다.

넓고, 아무것도 없는 공간이다.

공간 대부분이 물로 뒤덮여 있었으며, 왠지 신비한 분위기가 감돌고 있었다.

"그래. 확실히 제사장이 맞아."

그람이 그렇게 중얼거리며 몸을 부르르 떨었다.

추위 탓이 아니다. 그는 격리 제사장의 에테르 농도를 통해, 500년 전에 치른 결전의 땅인 지하 마왕성과 그곳에서의 싸움을 떠올렸다.

마왕 벨토르의 제2형태를 떠올리기만 해도 등골이 오싹해졌다. 겨우겨우 승리했으나 그것은 연이은 기적 덕분이었으며, 자기 혼자만의 힘으로 거둔 승리는 절대로 아니었다.

생각을 바꾸려는 듯이 격리 제사장을 둘러봤다. 그곳의 외곽 부분과 중심부에는 발판이라 할 수 있는 것이 있지만, 그것 말고는 바닥이 보이지 않는 물로 뒤덮여 있었다.

그리고 이 공간의 중심부.

원형인 발판의 중심에, 그 용은 있었다.

"누님……."

벨토르의 시선이 간 곳에…….

소녀가 있었다.

막간

"이 손이냐!"

도둑질을 한 어린아이의 손을 잘랐다.

도둑질이나 하는 나쁜 손 따위, 없는 게 나으니까.

"이 혀냐!"

헛소리를 늘어놓은 어른의 혀를 뽑았다.

거짓말을 하는 혀 따위, 필요 없으니까.

"이 발이냐!"

일하지 못하게 된 자의 발을 잘랐다.

일을 못 하니, 발은 필요 없을 테니까.

많은 피가 흘렀다.

그래야만 질서가 유지되니까, 그러지 않으면 평화롭지 않으니까.

모습이 다른 데서 비롯된 공포 탓에, 다른 세계의 주민을 죽였다. 일하지 못하니까 노인을 죽였다. 자식을 잘 교육하지 못한 부모를 죽였다.

피가 흐를수록 다들 순종하고, 피가 흐를수록 인간성이 희미해졌다.

인간만이 순종적이고, 진정으로 경건했다.

지금 이곳, 이 순간에 필요한 것은 생존을 위한 신앙이다.

그래서 본보기로 삼아 목을 매달았지만, 이제는 밧줄이 부족했다.

생존에 필요한 질서를 유지하기 위한 엄격한 규율은, 어느새 본질이 어긋나고 말았다.

극한 상황에서 이상해지고 있다는 것은 자각하고 있었다.

하지만 굴러가기 시작한 수레바퀴를 세울 수는 없다. 설령 그것이 잘못된 방향으로 갈지라도…….

이러려고 한 것은 아니었다. 그렇게 생각하면서도 이미 늦었기에 말했다. 이 평화를 지키기 위해서.

분명 이것이 운명이다.

건강하기를 바란다. 성실하기를 바란다. 행복하기를 바란다.

그렇게 바라기에, 모두에게 이리 말하며 가르침을 설파했다.

단결하지 않으면 살아남을 수 없으니까.

"모두를 위해 헌신하세요."

제4장 전설이 강림하다

그람은 응시했다.

흑룡후 실바르드를.

그람이 기억하는 거대한 용의 모습이 아니라, 갈색 피부에 긴 흑발 소녀였다.

머리에 달린 뿔, 등에 달린 한 쌍의 작은 날개, 그리고 허리 높이에서 뻗은 꼬리를 제외한다면 말이다.

흑룡 소녀는 실오라기 하나 걸치지 않은 모습으로 사슬에 두 팔이 묶여 있었으며, 가슴에는 붉은 각인이 새겨져 있었다.

벨토르의 옆에 선 아오바는 그 모습을 지그시 응시하면서 조용히 눈물을 흘렸다.

"아오바 양……? 우는 거야?"

"네?! 어, 어머?! 어째서……일까요. 모르겠어요……."

아오바는 허둥지둥 눈물을 닦았다.

"저분이, 실바르드…… 벨토르의 누나, 인가요……."

"하지만 용의 모습이 아니네?"

타카하시의 말을 들은 벨토르가 고개를 끄덕였다.

"인간에서 용으로 변화하는 《드래곤 시프트》란 마법을 연구

하던 자가 있었는데, 그것과 반대다. 누님은 사람, 그중에서도 인간의 모습이 되는 것을 즐기셨지. 알고는 있었지만, 이렇게 살아 있는 모습을 보니 안심이 되는구나……. 건강해 보이시는군."

혹한의 방에 갇힌 그 모습은 죽은 것처럼 보이지만, 벨토르의 눈에는 건강해 보이는 것 같았다.

"그건 그렇고, 여기는 에테르가 참 진한걸."

숨이 막힐 정도로 에테르가 진해서, 그람은 투덜대듯 말했다.

"신주쿠의 불사로에 버금가는 에테르 농도구나……. 그곳과 다르게 끈적한 느낌은 없다만……. 그리고……."

벨토르는 말을 이으면서 발치의 물을 손으로 펐다.

"액상 에테르…… 아니, 에테르를 함유한 물인가."

공기 중에 감도는 에테르를 액화한 액상 에테르와 에테르를 머금은 물은 명백하게 다르다.

전자는 에테르의 상태 변화지만, 후자는 물 안에 에테르를 함유한 것을 가리킨다.

에테르 함유율이 높은 물은 응고점이 현저하게 낮은 성질을 지닌다. 방한 영역 결계의 효과가 약한 외(外) 신주쿠에서 비가 자주 내리는 것도 비슷한 원리이며, 내리는 빗방울에는 에테르가 대량으로 함유된 것이다.

격리 제사장 안의 진한 에테르, 그리고 격리 제사장 안의 기온이 어는 점 이하인데도 불구하고 물이 얼지 않았다는 것은 이 물에 에테르가 대량으로 녹아든 것을 의미한다.

“이 정도로 물에 에테르가 함유되어 있다면, 이 농도도 납득이 되는구나…….”

“그것보다, 이래서는 저기까지 건너갈 수 없지 않아? 어떻게 할 거야?”

타카하시의 그 말에는 그람이 답했다.

“그거라면 걱정하지 마.”

그람은 마력을 기동시키더니, 주문을 영창하기 시작했다.

“《물은》《내 걸음을》《막을 수 없도다》.”

그 영창은 짤막했다.

그리고 그에 따라 발동한 것은——.

“《워터 워킹》.”

온몸을 마력의 막으로 감싸서, 물에 빠지지 않고 물 위를 걷게 해주는 마법이다.

그람은 자신과 타카하시, 아오바에게 《워터 워킹》을 걸었다.

그 모습을 본 벨토르가 말했다.

“어이, 그람.”

“응?”

“뭔가 깜빡한 것 아니냐?”

“어? 뭘 말이야?”

그람은 영문을 모르겠다는 듯이 어리둥절한 표정을 지었다.

“짐에게도 걸어다오.”

“뭐…….”

그람은 노골적으로, 그리고 성가셔 죽겠다는 표정을 지었다.

"너라면 직접 걸 수 있잖아?"
"남이 걸어주는 게 가장 좋단 말이다. 빨리 걸기나 해라."
귀찮네.
그람은 그렇게 생각하면서, 벨토르에게도 《워터 워킹》을 걸었다.
"흠, 구축과 제어가 허술하지만…… 뭐, 됐다. 다음 기회가 찾아올 때까지 정진하거라."
"이 자식이……!"
그런 대화를 나누면서 일행은 중앙에 봉인된 실바르드를 향해 걸음을 옮겨 바로 앞에서 멈췄다.
실바르드는 눈을 감고 있었고, 표피는 얼어붙었으며, 허공에서 생겨난 사슬에 두 팔이 휘감겨 있었다.
"……."
벨토르가 그리움이 묻어나는 눈으로 바라봤다.
"누님."
마왕이 흑룡후 앞에서 한쪽 무릎을 꿇었다.

"모시러 왔습니다."

흑룡후 실바르드를 묶은 사슬은, 봉인술의 일종이다.
묶인 자가 자기 힘으로 끊는 것은 어렵지만, 대신 외부에서 가해지는 힘에는 취약했다.
"이 사슬을 끊으면, 누님을 속박하는 봉인도 풀리겠지."

몸을 일으킨 벨토르는 마검 《베르날》을 불러내더니, 용을 속박한 사슬을 향해 휘둘렀다. 일격에 잘린 사슬은 붕괴하더니, 허공에 스러지듯 사라졌다.

사슬에서 풀려난 실바르드가 앞으로 쓰러지자, 벨토르는 부드럽게 안았다.

"으……음……."

봉인에서 풀려난 실바르드는 희미한 신음을 흘렸다.

공허한 금색 용안(龍眼)에, 벨토르의 얼굴이 비쳤다.

"벨……토르……?"

서서히 그 입에서 흘러나온 가녀린 음성은 용의 목소리라는 게 믿기지 않을 만큼 첫눈처럼 섬세하고, 온화함과 귀여움을 갖추고 있었다.

"오래간만입니다, 누님."

"벨토르……?!"

다음 순간, 실바르드는 벨토르의 품에 뛰어들었다.

"우오오오오오오! 만나고 싶었다아아아! 그대가 소멸한 후로 나는…… 나는…… 부활한다는 말은 들었지만, 진짜로 부활할 줄이야!"

알몸으로 갑옷 차림인 벨토르를 끌어안더니, 환한 미소를 지으며 벨토르의 얼굴에 입맞춤을 날려댔다.

벨토르의 표정은 마치 애완견이 얼굴을 핥는 주인 같다.

그리고 실바르드는 알몸인 채로 벨토르의 입술에 자기 입술을 포갰다.

"으헉."

"어라라……."

"어머……!"

그람, 타카하시, 아오바는 각양각색의 반응을 보였다.

실바르드는 힘차게 입술을 뗐다.

찍, 하는 소리가 들렸다.

"으헉?!"

"어어어?!"

"어머?!"

실바르드의 입가에서 피가 흘러내렸다. 벨토르의 입술 일부가 찢겨나간 것이다.

"음…… 역시 동생의 입술은 맛있구나. 기운이 나는걸."

실바르드는 만족한 투로 말했다.

벨토르가 자기 입술을 만져 보니, 상처는 이미 아물어 있었다.

"기분 좋게 일어나신 것 같아 기쁩니다. 그리고 옷이라도 걸치시는 게 좋지 않을까 싶군요."

"음…… 그것도 그런가."

실바르드가 팔을 휘두르자, 의식 동작에 따라 검은 비늘 같은 혼백병장 갑옷이 나타나고, 긴 흑발이 포니테일 모양으로 묶였다.

그것은 갑옷이라고 하기에는 노출이 너무 심했다.

"누님은 이러시지 않더라도 금방 회복되지 않습니까……. 그리고 불사자의 살점을 먹어도 배는 부르지 않을 텐데요."

"음, 나도 안다. 오래간만에 만났는데, 여전히 깐깐하구나. 그런데 이것들은 뭐지?"

실바르드는 나른함이 감도는 눈길로 다른 이들을 둘러봤다.

——왠지, 생각했던 것과 다르네…….

그람과 다른 두 사람은 실바르드를 보면서 같은 생각을 하고 있었다.

"어? 너는……."

"왜, 왜 그러세요……?"

실바르드는 아오바의 얼굴을 뚫어지게 쳐다봤다.

"아니, 됐다. 추운 데다 막 깨어나서 그런지 머리가 잘 안 돌아가는군. 그것보다 육마후 자식들은 어쩌고 있지? 죽었나? 아니, 걔들은 죽여도 안 죽지. 불사니까 말이다!"

"누님, 그게 실은……."

벨토르는 실바르드에게 《번역》 마법을 건 후, 이제까지의 경위를 설명했다.

현재는 벨토르가 소멸하고 500년 후라는 것.

우발적으로 여기에 온 탓에, 마키나는 이 자리에 없다는 것.

자신에 관한 것.

동료에 관한 것.

신주쿠와 아키하바라에 관한 것.

실바르드를 구하러 왔다는 것.

용사 그람과 협력하고 있다는 것.

그리고 요코하마시의 현재 상황.

숨김없이, 간결하게 이야기했다.

"그렇, 구나."

실바르드는 약간 씁쓸한 투로 말했다.

"자초지종은 얼추 알겠다. 나도 벨토르가 소멸하고 얼마 지나지 않아서 잠들었거든. 지금의 시대에 관해 아는 것이라고는 너와 별반 다르지 않다. 원래 속세에는 그다지 흥미가 없기도 했지. 하지만 벨토르."

"네."

"저 계집은 여기 원주민이니까 그렇다 쳐도, 저기 있는 그람은…… 어, 용사 그람이라면 바로 그 용사 그람이냐?! 네가 왜 여기 있는 것이냐!"

"누님, 아까 설명하지 않았습니까."

"아, 그랬나? 진짜로 이런 희멀건 남자에게 벨토르가 당한 건가……. 하아, 별로 강해 보이진 않는데……. 벨토르가 이 남자에게 지다니…… 소문으로 들은 그 성검은 어디 있지? 가지고 있지 않은 거냐?"

"아…… 실바르드. 전설의 흑룡을 뵈어서 영광입니다. 성검은 피치 못할 사정이 있어 지금은 가지고 있지 않습니다."

"뭐냐. 시시하구나……."

이야기가 사방팔방으로 튄다고, 그람은 생각했다.

"아, 이야기가 샜나. 거기 여자, 머리 일부만 염색한 너 말이다."

실바르드는 턱짓으로 타카하시를 가리켰다.

"엥? 나?"

실바르드는 고개도 끄덕이지 않았다.

"벨토르여, 어째서 저자를 동료로 삼아서 여기까지 데려온 거냐. 보아하니 불사자도 아니고, 변변한 힘도 없구나. 마키나를 데려오는 게 낫지 않냐? 나도 빨리 만나고 싶으니 말이다."

"뭣! 뭐어?! 지금은 실력 발휘를 못 하는 상황일 뿐이거든?!"

"흥. 자기 주제는 파악해라, 계집."

그람이 실바르드의 말에 반박하려던 바로 그때, 그보다 먼저 그 말에 반박하는 자가 있었다.

"누님께서는 깨어나신 지 얼마 안 된 탓에 눈이 흐려지신 것 같군요."

"응? 뭐냐, 벨토르. 이 계집한테 쓸모가 있다는 말투구나."

벨토르는 당연하다는 듯이 고개를 끄덕였다.

"네. 타카하시는 흔치 않은, 비범한 재능을 지닌 자입니다. 저도 몇 번이나 도움을 받았지요. 그 재능은, 저희가 아는 '힘'과는 다른 종류입니다. 이 시대에서 빛나는 자질입니다."

"끄으으으응……. 벨토르가 이렇게 말하는 게 거꾸로 내 역린을 건드리는구나. 어이, 계집. 나는 너를 저어어어어어어어얼대로 인정 안 할 거다. 진짜거든? 내가 너를 인정하는 건, 비늘이 떨어져도 있을 수 없는 일로 알아라."

"이 꼬마 드래곤~! 듣자 듣자 하니까~!"

"앗, 꼬마라고 했어! 절대로 용서 안 할 거야~! 바보~!"

실바르드는 고개를 휙 돌렸다.

"너무 신경 쓰지 말거라, 타카하시. 누님은 그대를 질투하고 계신 거다. 폭력 지상주의자니까 말이다. 악의는 없……을 것이다. 용서해라."

"뭐, 실제로 지금 도움이 안 되는 건 사실이니까……."

타카하시가 쓴웃음을 짓자, 벨토르드도 더는 아무 말도 하지 않았다. 그것이 벨토르가 타카하시를 신뢰하고 있다는 증표였다.

"그런데 누님. 누님께서는 왜 이런 곳에 봉인되신 겁니까?"

"뭐, 그건 아무래도 상관없잖냐."

실바르드는 말하기 싫은 티를 냈다.

"알겠습니다. 그렇다면 여기 있을 이유도 없으니 함께 가시죠, 누님. 아직 할 일이 남아 있으니, 협력해 주시길 바랍니다."

실바르드는 그 말을 듣더니――.

"싫다."

――단칼에 거절했다.

딱 봐도 성가신 일이 생기겠어! 그람은 그렇게 외치고 싶었지만, 꾹 참았다. 상대는 용, 그것도 용의 시대를 연 전설의 용이다. 자신들과 같은 논리가 통하리라고 생각해선 안 된다.

"누님……?"

"너를 다시 봐서 기쁘다. 네가 일부러 찾아와 준 것도 기쁘구나. 하지만 나는 나갈 수 없…… 아니, 나갈 마음이 없다."

"그건……."

벨토르의 어조가 달라졌다.

의동생이 의누나를 대하는 어조가 아니라, 마왕이 육마후를 대하는 어조로 말이다.

"『짐』의 명령이라도 말이더냐?"

"그래. 이해할 수 없겠다면 이렇게 말하마. 세 번째, 마지막 억지다."

흑룡은 말을 이었다.

"나를 밖으로 데려가고 싶다면 '나와 싸워 이겨서 굴복시켜라', 벨토르. 그것이 내 마지막 억지다. 나를 이긴다면, 네 명령을 들어주마."

싸워 이겨서 복종시켜라.

그것이 바로, 흑룡후 실바르드가 마왕 벨토르와 맺은 서약.

마지막 억지.

실바르드가 그렇게 말하자, 벨토르는 한숨을 한 번 푹 쉬었다.

"알겠습니다."

항의하지는 않았다. 이유를 묻지도 않았다.

억지를 꼭 들어준다고 서약한 만큼, 의미가 없는 것이다.

"준비를 해도 되겠습니까?"

"물론이다. 얼마든지 해라."

"그렇다면 실례하겠습니다. 그람, 따라와라."

벨토르는 망토를 휘날리면서 그람의 어깨를 두드렸다.

"뭐? 나도?"

"협력관계니까 당연하지 않으냐. 누님의 놀이 상대를 짐 혼자서 맡는 건 버겁다."

"너답지 않게 패기가 없네."

"단순히 백병전의 대전 승률을 따져본다면, 많이 쳐야 8:2이니라."

"8? 그렇다면 충분하지 않아?"

"멍청한 놈."

벨토르는 진지하기 그지없는 목소리로 말했다.

"누님이 8이다."

그람은 놀랐다.

자신이 당연한 것처럼 벨토르가 우세하다고 믿은 것에. 그리고 무엇보다 이 남자가 자신의 불리함을 인정한 것에도.

"뭐, 좋아. 그런데…… 2 대 1인데도 괜찮은 거야?"

그람은 그렇게 말하면서 실바르드를 쳐다봤다.

"나는 괜찮다. 그람, 그대도 과거에 용과 싸운 적이 있을 텐데? 그중에 일대일로 싸우자고 말하는 용은 없었을 거다. 그런 것이지."

"으음, 듣고 보니 그렇긴 한데……."

"누님이 괜찮다면 괜찮으니라. 가자."

그람도 그 말을 듣고 돌아섰다. 뒤를 슬쩍 보니, 실바르드는 두 손을 허리에 댄 채 우쭐대고 있었다. 피가 이어져 있지는 않을 뿐만 아니라 종족도 다르지만, 그래도 남매라는 사실이 설득력이 있는 것처럼 느껴졌다.

네 사람은 닫힌 문 쪽으로 일단 돌아갔다.

"이제부터 싸움이 벌어질 거야. 너희는 여기서 대기해 줘."

그람이 말하자, 아오바와 타카하시는 고개를 끄덕였다.

"아, 네."

"오케이. 뭐, 우리는 전투에서 도움이 안 되긴 할 거야."

그람은 영창을 마친 후에 마법을 선언했다.

"《성역(생추어리)》."

타카하시와 아오바를 감싸듯 원뿔 같은 빛의 벽이 출현했다.

"좁겠지만, 조금만 참아. 여기 있으면 안전할 거야."

그람이 펼친 것은 방어형 결계 마법이다.

내부에서 외부로 간섭할 수 없는 대신 외부에서 내부에 간섭하는 것을 막는 효과를 지녔으며, 효과 범위를 좁혀서 결계의 강도를 높였다.

물리와 마법 양면에서 뛰어난 방어력이 있지만, 간단히 해제할 수 있다는 약점도 있다.

그람은 전투 중이라면 해제되지 않으리라고 판단한 것이다.

"그람, 네놈이 전위를 맡아라. 짐이 후위에서 엄호하마."

벨토르는 실바르드를 향해 걸음을 옮기면서 그렇게 말했다.

"뭐? 안 될 건 없지만, 죽지 않는 너도 전위에 나서는 편이 낫지 않아?"

"확실히 누님의 공격 중에서 짐을 완전히 죽일 수단은 한정되지. 그러니 전위가 두 명인 것도 괜찮겠지만…… 네놈과 누님에 비하면, 짐의 전위 능력은 한 수 아래이니라. 전위 사이의 연계는 실력 차이에 어긋날 수 있으며, 누님을 상대로는 그 미세한 어긋남이 치명적으로 작용할 수도 있지. 그럴 바에야 차라리 손발을 맞추기 쉬운 전후 편성으로 싸우는 게 나을 것이야."

마왕 벨토르는 자신이 용사 그람보다 전위 능력이 떨어진다는 것을 순순히 인정했다.

그것은 실바르드가 자존심보다 전술적 우위성을 중시하지 않으면 안 될 정도의 상대라는 증거이기도 했다.

"그래. 알았어. 네가 그런 말을 하게 만드는 상대인 거구나."

"안심하거라. 짐은 이미 승리하는 미래가 보이고 있느니라."

"정말 든든한걸. 나는 네가 귀찮아서 후위를 맡겠다고 한 줄 알았어."

"훗."

벨토르는 쓴웃음을 머금더니, 검은 마검을 그람의 발치에 꽂히도록 던졌다.

"짐의 영혼으로 만든 검이다. 짐이라고 생각하며 쓰거라."

"막 굴려도 된다는 말이지?"

"이놈…… 뒤통수를 조심해라."

농담이라고 말한 용사는 마왕의 검을 뽑았다.

떨어져 있더라도 성검 《이크사솔데》는 그람이 부르기만 하면 소환할 수 있다. 하지만 공간을 전이해서 소환되는 것이 아니라 물리적으로 날아오기에, 지하인 이곳에서는 부를 수 없다.

"이거, 괜찮은 거야? 네 검이니까…… 무시무시한 저주가 걸려 있을 것 같은데……."

"그것까지 포함해서 잘 써보거라."

"저주가 걸려 있긴 하구나……."

"마검이니 당연하지 않으냐. 네놈의 물러터진 성검과는 경우가 다르지."

성검과 마검, 이 둘 사이에는 명확한 기준이 존재한다.

그것은 위험 요소의 유무다.

성검은 소유자를 고르는 대신에 위험 부담이 없지만, 마검은 소유자를 고르지 않는 대신에 위험이 뒤따른다.

강력한 성검일수록 사용자를 철저하게 고르며, 강력한 마검일수록 뒤따르는 위험 부담이 큰 것이다.

"검 때문에 죽지 않도록 잘 다뤄보거라."

"그건 나를 신용한다는 의미로 알면 될까?"

"멍청한 놈. 그 정도는 해야 한다는 의미이니라. 누님 상대로는 《베르날》의 제어에 정신이 팔릴 여유가 없을 테니 말이다."

"참고로 내가 제어에 실패하면 어떻게 돼?"

"죽는다."

"죽는구나……."

기묘한 마력을 뿜는 마검을 보면서, 그람은 고개를 푹 숙였다.

"당연하지. 약한 저주를 감수하는 정도로 강한 힘을 얻을 수 있다면, 수지가 맞지 않는다. 저주가 강할수록 마검은 힘을 얻는다. 죽음이란 저주는 최상급이라 할 수 있겠지."

"하지만 너는 죽지 않잖아?"

"당연하지. 짐은 불사자이지 않느냐."

"위험을 감수하는 방법이 너무 약아빠진 거 아니야……? 그래도 돼……?”

그람은 마검의 칼자루를 세게 움켜쥐었다.

손바닥에서 마력이 소용돌이치는 듯한, 자칫 잘못하면 몸 안에서 폭발할 듯한 힘이 느껴졌다.

하지만 제어하지 못할 정도는 아니다.

베 스 툼
“덤이다. 《천위(天威)여, 전율하라》.”

벨토르는 그람에게 자신의 버프(강화 마법)를 걸었다.

“진짜로, 남이 걸어주니 좋긴 하네.”

“그리고…….”

벨토르가 그람의 가슴에 손을 대자 검은 갑옷이 사라지더니, 망토가 달린 검은 경장 갑옷이 그람의 몸을 감쌌다.

그 디자인은 방금까지 벨토르가 걸친 것이 아니라, 그람이 평소 쓰던 갑옷에 가까웠다.

한편, 벨토르는 금속 부분이 얼마 안 되는 법의 같은 것을 걸치고 있었다.

“짐의 갑옷 일부도 빌려주마. 영광으로 알거라.”

용사는 자신을 감싼 검은 갑옷을 보며 쓴웃음을 머금었다.

“내 취향이 아니긴 하네.”

“투정 부리지 말거라.”

그리고 두 사람은 실바르드가 있는 곳으로 다시 돌아갔다.

“으음~ 최강 듀오 느낌이네.”

“히, 힘내……세요.”

한가운데로 향하는 마왕과 용사의 등을 쳐다보며, 타카하시와 아오바가 말을 건넸다.

벨토르는 등을 보이면서 가볍게 한 손을 들어 보였고, 그람은 뒤돌아보면서 두 사람을 안심시키려는 듯이 미소를 지었다.

"준비는 다 끝났나?"

한가운데에 있는 발판에서 기다리던 실바르드가, 두 사람에게 말을 건넸다.

"정말 예의가 바른걸."

자신을 흘겨보는 조그마한 용에게, 용사는 말했다.

"흥, 애송이가……. 용이 인간과 싸우는 것이다. 인간에게는 싸움을 준비할 권리가 있고, 용에게는 그걸 기다려 줄 의무가 있다."

"하긴, 그래. 용 퇴치에 있어 인간은 항상 준비하고 도전하는 처지야."

실바르드는 한 팔을 크게 휘둘렀다.

"이렇게 싸우는 건 처음이구나, 벨토르여."

실바르드가 말하자, 그람은 뜻밖이라고 느꼈다.

사실 그람은 벨토르가 실바르드를 싸움으로 굴복시켜 자신을 따르게 했다고 생각했었다.

"네. 누님과 이런 일이 벌어지는 것을 막으려고, 아군으로 영입한 것이니까요."

"크큭, 게다가 벨토르를 해치운 용사 그람과도 싸울 수 있으니 정말 끝내주는구나."

실바르드는 말을 이었다.

"하지만…… 힘을 잃은 마왕…… 성검이 없는 용사…… 잠을 쫓는 놀이 상대로는 좀 아쉬울지도 모르겠는걸……."

"아무리 누님이라도, 우리를 너무 얕보시는 것 아닙니까?"

"그래. 너무 얕보이고 있네. 그건 그렇고, 우리의 승리 조건은 뭐지?"

"정말 무례하고 시건방진 애송이구나. 승패란 죽거나 패배를 인정해야 갈리는 법이다."

"여기서 죽는 건 나밖에 없는데?!"

그람의 딴지를, 벨토르만이 아니라 실바르드도 무시했다.

"죽이지 마라, 그람."

"힘은 조절하겠어."

불멸의 마왕과 불로의 용사가 그렇게 말하자, 불사의 용은 이를 드러내며 웃었다.

"흥, 나를 죽이겠단 거냐. 꽤 자신있나 보구나, 애송이들아."

"네, 싸움에 있어서는 이 남자에게 크게 기대하고 있지요."

"그 기대에 부응할 수 있도록 노력하겠어."

"그 의지는 높이 사겠다."

실바르드가 힘차게 발을 내딛자, 물방울이 튀었다.

반신의 힘을 빼며 앞으로 몸을 숙였다.

꼬리를 세운 그것은 바로 사냥 자세였다.

"덤벼보거라, 약해빠진 인간들아. 나는 지금 배가 고프다. 잡아먹히지 않도록 열심히 발버둥 쳐봐라."

실바르드가 금색의 용안으로 노려보자, 인간에게는 불가능할 정도로 날카로운 살의가 뿜어져 나왔다. 그것을 느낀 영혼이, 상대가 사냥하는 자이자 자신이 사냥감임을 알려줬다.

그람의 피부에 소름이 돋더니, 등골이 서늘해졌다.

500여 년 동안 살아온 그는 다양한 용과 싸웠고, 해치웠다.

불바다를 걷는 자, 제이드람.

광기의 후계자, 쟈비 쟈비.

죽음의 눈빛, 가란드.

하나같이 널리 이름을 떨쳤던 용맹한 용들이다.

그람은 단 하나도 손쉽게 해치운 적이 없었다.

하지만 눈앞에 있는 소녀에 비하면, 그 용들은 갓난아기에 불과했다.

그 정도의 위압감이었다.

머나먼 태고, 마왕 벨토르가 탄생하기 이전부터 살아온, 차원이 다른 불사자. 오룡전쟁의 승리자, 시조룡 직계의 용.

'번개를 잡는 자' 빌무니르를, '광기를 회상하는 자' 시바를, '거대한 자' 라스벤트를, '치유하는 자' 팔리아를 죽이고, 포식하고, 비늘 한 장이 몸에서 떨어질 때까지를 신에게 조건으로 제시해서, 2000년이란 세월 동안 세계에 군림한, 모든 생명의 <ruby>최상위 포식자<rt>에이펙스 프레데터</rt></ruby>.

용제, 어둠의 날개, 일식(日蝕), 안티 드래곤 슬레이어, 완성된 여명, 제4법 답파자.

—— '암흑을 삼키는 자' 실바르드.

다음 순간.

"긴장 풀지 마라."

그람의 시야에서 실바르드가 모습을 감췄다.

"——?!"

아니, 사라진 것은 아니다.

실바르드가 바닥을 박차면서 튄 물방울이 한 박자 늦게 흩날렸다.

실바르드는 순식간에 그람이 자신의 사정권에 들어오는 위치까지 접근했고, 그람은 상대가 공중에서 회전하면서 날린 발차기를 겨우겨우 포착했다.

순간이동이나 투명화가 아니다. 순수한 고속 이동이다.

뇌전 마법을 이용해 이동하는 키노하라와는 전혀 다른, 단순하면서도 궁극의 경지에 이른 체술로 그람을 농락했다.

"크……!"

——맞았다간 몸이 찢겨나갈 것이다.

그렇게 판단한 그람은 카운터로 실바르드의 다리를 자르기 위해 반쯤 반사적으로 《베르날》을 휘둘렀다.

충격.

칼날과 육체, 명백하게 종류가 다른 두 개가 맞부딪쳤는데도 마치 금속이 부딪친 듯한 소리가 울려 퍼졌다.

"단단해……!"

용의 비늘을 두부처럼 썰 수 있는 마검의 칼날을, 육체의 견고함과 몸에 두른 마력만으로 받아낸 것이다.

기본적인 기동력의 차원이 다를 뿐만 아니라 무기를 지니지 않은 만큼, 실바르드의 다음 행동이 더 빨랐다.
이미 다음 공격 동작에 들어가 있었다.
"영――차!"
그람은 실바르드의 공격을 검으로 막으려고 했다.
"《벨 가르드》!"
충돌 직전, 주먹과 검 사이에 검은 마력 방패가 나타났다.
"《델 레이》!"
이어서, 검은 섬광이 잔상을 남기며 실바르드의 그람 사이를 가로질렀다.
한순간 생겨난 빈틈을 이용해, 그람은 백스텝으로 거리를 벌렸다.
"미안해. 덕분에 살았어."
"정신 바짝 차려라, 그람. 어여쁜 소녀의 모습이지만, 정체는 용이지. 순식간에 잡아먹힐 것이다."
실바르드의 귀가 움찔거렸다.
"어여쁜 소녀……?"
역린을 건드린 건가? 그렇게 생각한 그람은 긴장했다.
"나, 나를 추켜세워도 봐줄 생각은 없거든?"
"변함없으신 것 같아 기쁩니다, 누님."
교태를 부리며 뺨에 두 손을 대는 실바르드에게, 벨토르는 따뜻한 미소를 지었다.
(이 자식은 옛날부터 이런 식으로 비위를 맞췄겠지…….)
그 모습을 곁눈질하면서, 그람은 마법 영창을 개시했다.

"《바람이여》, 《나의 적을》, 《찢어라》."

원래 다섯 구절인 주문 영창의 첫 구절과 세 번째 구절을 생략했다.

벨토르 같은 무영창법은 쓸 수 없지만, 주문을 일부 생략하는 생략 영창법이라면 그람도 익혔다.

발동한 마법은——.

"《윈드 커터》!"

바람 칼날이 허공을 갈랐다.

마법 지팡이의 기능도 하는 《베르날》의 효과로 강화된 그것은 다 자란 용의 목을 그대로 잘라버릴 수 있을 만큼의 절단 능력을 지녔다.

"어설프다."

용의 목을 자를 수 있는 칼날도, 실바르드가 가볍게 휘두른 손에 닿자마자 튕겨 나가며 소멸했다.

그것은 용의 비닐이 지닌, 마법 공격을 쳐내는 특수 효과와 같은 작용이었다.

"용린 효과…… 역시 흑룡후쯤 되면, 인간 상태로도 발휘할 수 있는 건가."

실바르드가 달린다.

한가운데에 있는 발판을 빠져나오더니, 마법도 쓰지 않고 수평으로 든 꼬리로 균형을 유지하며 수면 위를 내달렸다.

"《델 레이》!"

벨토르는 무영창법 덕분에 마명을 선언하는 것만으로 마법을 발동할 수 있다.

고속으로 발사된 검은 섬광이 실바르드에게 정통으로 명중하자, 폭발이 일어났다.

하지만 연기를 가르며 뛰쳐나온 실바르드의 몸에는 생채기 하나 없었다.

"흥. 벨토르, 너는 항상 그것만 쓰는구나!"

벽을 달리며 그렇게 말하는 실바르드에게, 벨토르는 마명의 선언으로 답했다.

"《아그라 하이드라》."

팔을 쳐들어 두 손바닥을 위로 든 벨토르의 주위에서 물이 소용돌이치고, 팔을 휘두르자 소용돌이에서 생겨난 물기둥이 뱀처럼 뻗어나가면서 실바르드를 덮쳤다.

"역시 뭘 좀 아는구나!"

벨토르의 《아그라 하이드라》는 술사의 주위에 있는 물을 조종해서 공격하는 마법이다. 그 위력은 주위에 존재하는 물의 양에 의해 결정되며, 지금 이 자리에는 에테르가 함유된 물이 대량으로 존재하기에 그 효력을 최대한 발휘할 수 있다.

용의 비늘은 마법을 쳐낸다.

하지만 그것은 마법으로 생성 혹은 마법에 조종되는 것의 질량까지 없애진 않는다. 대량의 물을 이용함으로써, 용린 효과를 포화시켜 뚫는 전법이다.

"하지만…… 소용없다."

그러나 통하지 않는다.

실바르드는 자신을 덮치는 물뱀의 목을 손날 혹은 발차기로 잘라서 평범한 물로 돌려놨다.

물방울이 억수처럼 쏟아지는 가운데, 금색의 용안만이 찬란히 빛나고 있었다.

“벨토르의 마법마저 튕겨내다니…….”

용린 효과도 무적은 아니다.

더 강한 마력이 가해지면 쳐내는 능력이 포화되고 피해를 본다.

하지만 그람보다도 한 번에 방출하는 마력량이 많은 벨토르가 펼친 《델 레이》조차도 흑룡의 비늘을 뚫지 못했고, 《아그라 하이드라》를 이용한 공격도 완전히 막히고 말았다.

“음. 누님의 비늘은 평범한 용의 ‘마법을 쳐내는’ 비늘과 다르게, ‘자신에게 해로운 것을 쳐내는’ 개념을 두르고 있다고 봐야 하느니라. 하지만 용린 효과는 마법 자체를 무효화하는 게 아니지. 중거리에서는 적극적으로 써라.”

“그래. 사거리는 우리가 유리해.”

다시 한가운데 발판에 내려선 실바르드가 조소를 흘렸다.

“사거리가 유리하다고? 흥. 웃기지도 않는구나!”

그리고 몸을 크게 젖히면서 크게 숨을 들이켰다.

“피해라! 그람!”

벨토르가 경고하기도 전에, 그것이 날아왔다.

“《날아가라(바로르)》!”

실바르드가 토한 그것은, 말이라기보다 포효였다.
바닥의 물을 밀어내면서, '무언가' 가 실바르드의 전방으로 발사됐다.
그람은 반사적으로 방어 자세를 취했지만, 의미가 없었다.
한순간도 버텨내지 못한 채 나무에서 떨어진 낙엽이 바람에 휩쓸려 날아가듯 뒤편으로 날아가버리더니, 그대로 타카하시 일행의 바로 옆에 있는 벽면에 격돌했다.
"커헉!"
충돌 순간에 벨토르가 마법을 펼쳐서 벽과 등 사이에 형성한 마력의 벽이 쿠션이 되어 줬지만, 충격을 전부 흡수하지는 못한 탓에 폐에서 공기가 빠져나왔다.
"그람 씨?!"
"괘, 괜찮으세요?!"
대답할 수 없었기에, 한 손을 들고 웃어 보인다.
자신이 싸우는 것을 보는 두 사람이 불안에 사로잡히게 할 수는 없다.
방금 실바르드가 쓴 것은 인간이 쓸 수 있는 마법이 아니다.
그것은 마법이라는 기술의 원류가 된 힘이다.
많은 용은 불꽃이나 냉기 같은 단순한 것만 토할 수 있지만, 마법에 가까운 복잡한 에테르 조작이 가능한 고위의 용이 토하는 그것의 이름을 그람이 입에 담았다.
"드래곤 브레스…… 그렇다고 힘의 방향을 강제로 조작해서 날리는 건 반칙이잖아……!"

그렇게 말하면서 시선을 앞쪽으로 돌리자, 검고 동그란 무언가가 코앞까지 다가와 있었다.

그람은 반사적으로 그것을 받았다.

"잘 받았다. 칭찬해 주겠노라."

그것은 벨토르의 머리였다.

"으아아아아아아아아아아아아?!"

"끄아아아아아아아아아아아아?!"

"꺄아아아아아아아아아아아아?!"

그람, 타카하시, 아오바가 각각 비명을 질렀다.

방금 잡은 벨토르의 머리가 말했기 때문이다.

깜짝 놀란 그람은 벨토르의 머리를 던졌다 받았다 했다.

그람이 날아간 순간에 벨토르가 끼어들었고, 실바르드에게 안면을 걷어차이면서 머리가 날아간 것이다.

머리가 없는 몸 부분도 점프하더니, 그람의 옆에 착지했다.

그리고 그람이 들고 있는 머리를 잡고, 자기 목 위에 얹었다.

"징그러워……."

"대놓고 말하면, 아무리 짐이라도 마음에 상처를 입느니라."

두 사람은 그런 대화를 나누면서, 실바르드를 향해 달려갔다.

그람이 공격하고, 벨토르가 엄호하며, 실바르드가 막는다.

벨토르가 허를 찌르고, 그람이 거기에 맞췄지만, 실바르드는 전부 뭉개버렸다.

용사와 마왕과 흑룡의 삼중주.

공기가 갈라졌고, 물방울이 튀었으며, 격돌음이 울려 퍼지더니, 대기가 뒤흔들리면서, 에테르가 흐트러졌다.

(위험한걸.)

흑룡후 실바르드를 상대하며, 그람은 웃음을 감추지 못했다.

강자를 상대하는 기쁨은, 검에 살고 싸움에 투신한 그람에게도 있다.

하지만 그것보다도 벨토르란 남자와 어깨를 나란히 하고 싸우고 있기에 기분이 고조되고 있다는 건——그람 자신도 인정하고 싶지 않지만——인정할 수밖에 없는 사실이었다.

게다가 무엇보다——.

(정말 싸우기 편해…….)

그것은 눈앞에 있는 용과 싸우기 편하다는 말이 아니다.

벨토르와 힘을 합쳐 싸우는 게 편하다는 말이다.

이제까지 많은 사람에게 등을 맡기며 전후위로 싸웠지만, 그중에서도 가장 편한 상대가 틀림없다.

이 남자가 이렇게 믿음직한 상대일 줄은 생각도 말했다.

상성이 너무 좋다.

자신의 의도를 완벽하게 파악하고, 상대의 의도 또한 말하지 않아도 이해할 수 있다.

진심으로 사투를 벌인 사이니까, 이런 소통이 가능한 것이다.

그런데도, 흑룡에게는 미치지 못했다.

아직 유효타를 날리지 못한 것이다.

불사자인 벨토르는 몰라도, 살아있는 인간인 그람은 장기전이 될수록 몸 상태가 나빠진다.

그런데도 벨토르와 힘을 합치고 있다는 사실은 그람에게 승리를 예감케 했다.

하지만 그 예감은 곧 산산이 부서졌다.

"드디어 몸이 좀 달아올랐구나!"

실바르드의 마력이 더욱 상승하더니, 주위에 검은 벼락이 쳤다. 용장이 뜨거워지면서 주위의 물이 증발했다. 살아있는 용의 용장은 그 자체로 고출력 마력로나 다름없다.

"여기서 더 힘을 끌어올릴 수 있는 건가……!"

실바르드를 쉽게 여겼다는 사실에, 그람은 속으로 혀를 찼다. 전설의 흑룡을 간단히 해치울 수 있을 리가 없는 것이다.

그람의 말에 호응하듯, 실바르드는 더욱 짙게 웃는다.

"나는 불사자의 격투술 사범을 맡았다. 자아, 너희에게도 한 수 가르쳐주지."

이어서 실바르드의 등에 달린 작은 날개가 몇 배로 커지더니, 시위를 당긴 활처럼 펄럭이며 공중으로 급상승했다.

그리고 천장 근처에서 그대로 급강하한 실바르드는 날개를 접으며 물속으로 들어갔다.

"조심하거라, 그람!"

말하지 않아도 안다.

물 위에 있던 그람은 서둘러 벨토르가 있는 한가운데의 발판으로 달려갔다.

그보다 먼저 실바르드가 물속에서 튀어나왔다.

"하압!"

그 움직임에 대응해 그람이 휘두른 검과, 실바르드가 날린 어퍼컷이 격돌했다.

"《검을 하늘로》!"

실체가 된 칼날들이 실바르드를 둘러쌌다.

무장단조 마법의 원격 발동이다.

벨토르에게는 비교적 새로운——그래도 500년은 넘은——마법이다.

벨토르가 다섯 손가락을 쥐자, 칼날이 실바르드를 덮쳤다.

"흥."

한편, 실바르드는 공중에서 몸을 돌려 날아오는 칼날을 순식간에 전부 파괴했다.

바닥에—— 아니, 물에 내려오는 순간을 노리면서 그람이 마검을 휘둘렀다.

완전히 명중하는 칼날의 궤도, 검의 궤적이었다. 하지만 실바르드의 몸은 안개처럼 사라졌다.

"위쪽이다!"

그람은 벨토르의 말을 듣고 반사적으로 위를 봤다.

어느새 그람의 머리 위를 점한 실바르드가 휘두른 꼬리가 금방이라도 그 머리를 꿰뚫기 직전이었다.

벨토르가 지원해 주기에는 늦었다.

사고력이 날카로워지면서, 찰나의 시간이 천천히 흐르기 시작했다. 사방으로 튀는 물방울 하나하나까지 똑똑히 보였다.

"――《달려라》."

입술에서 흘러나오듯, 주문을 최소한으로 줄인 생략 영창이 흘러나왔다.

아까 벨토르가 한 말, '자신에게 해로운 것을 쳐낸다' 고 하는 흑룡후의 비늘. 궁지에서 어떤 생각이 머릿속에서 번뜩이자, 그람은 그 직감에 몸을 맡겼다.

이판사판이다.

"《가속(액셀러레이션)》."

그것은 일시적으로 대상의 속도를 높이는 강화 마법이다.

영창을 극한까지 줄여서, 발동 시간을 단축했다.

효과 시간은 찰나보다 짧으리라.

그리고, 가속한다고 해서 공격을 피할 수 있는 타이밍도 아니었다.

하지만 강화 대상은 자신이 아니다.

"어?"

실바르드에게 《가속》 마법을 건 것이다.

미세하게 박자가 어긋난 실바르드의 꼬리가, 예상했던 것보다 빠른 타이밍에 그람의 코끝을 스쳤다.

낙하하는 실바르드에게, 그람은 발차기를 날려서 거리를 벌렸다.

"무사하냐, 그람."

"응, 어찌어찌 말이야."

그람은 자기 코에서 흘러나오는 피를 손가락으로 훔쳤다.
"재미있는 짓을 하는구나! 좋구나, 좋아! 그래야지!"
상대를 해치우지 못했지만, 실바르드는 즐거운 듯이 웃었다.
(강화 마법은 통했어. 공격 마법과 디버프(약화)는 쳐내지만, 버프(강화)는 걸리는 거야.)
그것은 벨토르가 '자신에게 해로운 것을 쳐낸다' 고 했던 말에서 얻은 발상이다.
실바르드의 비늘이, 평범한 용린 효과와는 다르다는 점에 걸어본 것이다.
회피와 방어가 불가능한 상황인 그람보다, 이미 공격 태세에 들어간 실바르드에게 《가속》을 거는 것이 더 효과적이다.
그 결과, 원래라면 유리하게 작용했을 《가속》에 의해 공격 타이밍이 빗나가면서 꼬리에 정통으로 맞는 것을 면했다.
(마법의 유해성을 자동으로 식별하는 걸까……. 방금은 기습적으로 써서 통했지만, 다음에도 맞출 수 있으려나…….)
그것보다, 신경 쓰이는 점이 있다.
"벨 수 있는 타이밍이라고 확신했는데, 방금 그건 뭐야?"
"아지랑이 뛰기다."
"아지랑이 뛰기?"
"주위 에테르의 움직임을 흐트러뜨려 아지랑이 같은 잔상을 남기며 상대의 머리 위를 점하는…… 누님께서 인간 모습으로 창안한 체술이니라. 그리고 싸움을 가르쳐주는 자에게 처음으로 보여주는 기술이기도 하지."

벨토르의 설명을 들은 실바르드가 우쭐대듯 가슴을 폈다.

"뭐, 연회용 장기자랑 같은 것이지. 마키나도 체술로는 따라 할 수 없다면서 일부러 마법으로 재현했던가."

별것 아니라는 투로 말하지만, 저것은 체술로 마법을 쓰는 거나 다름없다.

그람조차도 쓸 수 없는 기술이다.

전설과 싸우고 있다는 실감이, 그람의 입꼬리를 올렸다.

◆

(제법이구나…….)

실바르드는 마음속으로 찬사를 보냈다.

그람에게 말이다.

기본적인 움직임, 뛰어난 눈썰미와 감, 모든 면에서 수준이 높다. 즉, 전투 기교가 뛰어나다.

게다가 평범하게 뛰어나기만 한 것이 아니다.

그람이 노리는 부위는 급소가 아니라 눈이나 관절, 사지의 말단 부분이다. 상대의 행동을 일시적으로 봉쇄하려 하는 것이다. 그것은 불사자와의 싸움에 익숙하다는 것을 뜻했다.

그리고 실바르드를 상대하면서도 손발과 꼬리가 닿는 범위 밖에서 움직이고 있다. 용과의 싸움에도 익숙하다는 증거다.

겨우 500년 정도 산 애송이 주제에, 건방지기 짝이 없다.

"성검의 힘에 기대서 벨토르를 토벌한 게 아닌 건가……."

벨토르를 쳐다봤다.

실바르드는 자기 동생의 쇠락에 다소 낙담하고 있었다.

귀여운 동생이긴 하다. 그 점에는 변함이 없다.

실바르드도 한때는 신으로 숭배되면서 신의 영역에 반쯤 발을 들였던 몸이기에, 신앙력의 영향을 받고 있다.

하지만 신앙력에 따른 능력의 증감을 벨토르보다 덜 받았다. 따지자면 오차 범위 수준이다.

하지만 벨토르는 다르다.

불멸의 존재가 된 그의 영혼은 육체를 얻은 신에 가깝기에, 신앙력에 따라 그 힘이 크게 오르락내리락한다.

그리고 지금의 벨토르는 500년 전보다 훨씬 약해져 있었다. 신앙력이 떨어졌으니 당연했다.

벨토르가 지닌 힘의 원천은 긍정과 부정의 신앙력이다. 악의 수괴로서 온 세상 사람이 두려워하던 시대와는 다르다.

실바르드도 오룡대전 당시보다 힘이 약해졌지만, 벨토르의 쇠락은 전성기 시절을 아는 자로서 도저히 못 봐줄 지경이다.

(나를 놀라게 할 정도의 힘을 지니지 못한 거냐. 기대가 과했던 거겠지.)

그녀는 자기 동생을 생각했다.

——인간의 몸으로, 유일하게 자신의 강함에 도달할 가능성을 지닌 귀여운 동생.

강함은 고독을 의미한다. 그 고독을 메워주고, 나눌 수 있는 이는 그뿐이었다.

——세계 평화를 위해, 세계를 지배하겠다고 생각하는 어리석은 동생.

그보다 먼저 세계를 지배했었기에 안다. 세계 평화는 불가능하다. 생물의 본질은 투쟁이다. 그렇기에 그 꿈은 어리석으면서도 아름답다.

그녀는 그를 좋아한다.

그것이 인간이 애완동물을 아끼는 감정에 가까운지, 혹은 같은 용을 향한 애정인지는 이제 알 수 없다.

"여봐라, 벨토르여."

싸움을 멈춘 실바르드는 물었다.

"나를 다시 같은 편으로 삼아서, 대체 무엇을 할 생각이냐?"

"무엇을 할 생각이냐고요?"

"또 부모 형제, 가신, 백성을 죽일까? 아아, 그건 즐거웠지. 실로 즐거웠어. 벨토르, 네가 태어나서 자란 나라를 네 손으로 부수겠다고 했으니 말이야!"

벨토르를 제외한 모두가 그 말을 듣자마자 그를 쳐다봤다.

그것은 벨토르가 말한 적 없는, 그녀만이 아는 옛날 일이다.

"그래서 나는 네 말에 넘어간 거다! 불사자가 된 너를 추방하고, 벗을 해한 그 청렴한 조국 알템드를 멸망시킬 때는 참 즐거웠을 테지!"

"누님……."

벨토르는 작디작은 목소리로 말했다.

"여봐라, 벨토르여."

방금까지의 목소리로 그렇게 말한 실바르드는 쓸쓸한 미소를 머금으며 고개를 숙였다.

"나는 너와 함께할 수 없다. 나한테는 너와 함께 갈 자격이 없어……. 필멸자와 불사자, 그 운명을 가를 싸움에 '내 도움 없이 이길 수 없어선, 불사자에게 미래는 없다' 라며 간섭하지 않은 바람에 네 꿈을 짓밟았으니 말이다."

그것은 두 번째 억지.

실바르드는 불사자에게 있어서, 아니 세계에 있어서 차원이 다른 존재다.

불사자를, 그리고 벨토르를 아낀다면, 운명의 분기점에 자신이 개입해선 안 된다고 판단했다. 그것이 옳았는지, 틀렸는지는 알 수 없다.

하지만 오랜 세월을 산 그녀가 자신의 선택을 후회한 것은, 그때가 처음이었다.

그런 도리는 상관없다며, 이 남자와 함께 날뛰면 됐을 것을.

"그만하면 되지 않았느냐, 실바르드."

조용히, 타이르듯이.

그러면서도 의연하게.

그것은 동생이 누나에게 건네는 말이 아니라, 마왕이 육마후에게 건네는 말이었다.

"그때도…… 그대가 최종 결전의 참전을 거부한 이유를 밝히지 않았느냐……. 짐은 그 일로 그대를 탓하지 않느니라. 짐이 패배한 것은 그대 탓이 아니다. 용사 그람이 강했을 뿐이지."

마왕은 추가로 흑룡후에게 고했다.

"게다가 그대가 어떻게 생각하든 상관없노라. 짐은 그대를 원한다. 다른 이유는 필요 없지. 그렇지 않으냐? 그러니 돌아오거라, 실바르드. 짐은 그대가 필요하노라."

침묵.

긴 침묵 끝에, 실바르드는 목소리를 쥐어짠 듯이 말했다.

"그래……."

실바르드는 고개를 들었다.

"그렇다면…… 우선 나를 쓰러뜨려 봐라."

"처음부터 그럴 작정이었습니다, 누님."

마왕은 용사에게 눈짓하고, 용사는 고개를 한 번 끄덕이기만 했다.

무언가를 하려는 게 명백했다.

상관없다. 전부 짓밟아버리겠다.

봐줄 생각도, 상대를 헤아려줄 마음도 없다.

벨토르가 자신도 이기지 못한다면, 그 휘하로 돌아가도 의미가 없다.

맨손으로 불사자를 죽이는 방법은 한정되어 있다. 실바르드일지라도 완전히 죽이는 건 매우 어렵다.

하지만 죽이지는 못해도 맨손으로 제압하는 것은 가능하다.

예를 들자면 관절기.

인체의 중요 가동 부위인 관절을 파괴 혹은 고정하면 소멸시키지 않고도 무력화할 수 있다. 하지만 이것은 재생이 느리고 약한 불사자의 이야기다. 힘이 줄어들었다고 해도, 벨토르 수준의 불사자는 금방 재생할 테니 효과가 작다.

그렇다면 가장 효과적인 것은 조르기다.

뇌로 가는 혈액의 공급을 끊으면 인간은 간단히 의식을 잃는다. 중요한 점은 죽이지 않고 기절시키는 것이다. 죽으면 즉시 부활하지만, 기절한다면――필멸자보다 복귀가 빠르기는 해도――그동안은 완전히 무방비 상태가 된다.

종합하자면, 굳히기 기술이야말로 맨손으로 불사자를 상대할 때의 가장 나은 수단이다.

그렇기에, 결판을 짓기 위해 돌진했다.

“《얼어라(아시바)》!”

실바르드는 포효를 토하며 돌진했다.

그녀가 내디딘 발을 기점으로 부채꼴 형태로 냉기가 퍼지더니, 에테르를 대량으로 함유해서 얼지 않아야 하는 물에서 성에가 솟구쳤다. 실바르드는 그대로 수면을 내달린다.

목적은 마왕과 용사의 분단이다.

“으헉!”

“크……!”

두 사람은 옆으로 몸을 날리면서 얼음 기둥을 피했고, 처음 목적대로 그 얼음을 경계로 둘을 분단하는 데 성공했다.

우선 성가신 용사를 먼저 해치우기로 했다.

실바르드는 날개를 펼치며 날아올랐다.

물 위에서는 자신의 움직임에 용사가 대응하기 시작했다. 다시 물속에 뛰어든 후, 아직 익숙하지 않을 수중에서의 기습으로 용사를 공격하기로 마음먹었다.

급강하해서, 물속에 뛰어들었다.

바로 그때였다.

"《워터 워킹》!"

용사의 마법이 발동했다.

하지만 그 마법의 대상은 자기 자신이나 아군이 아니었다.

바로 실바르드에게 쓴 것이다.

그녀의 비늘은 자신을 해하려 하는 마법을 쳐낸다.

하지만 강화 혹은 보조로 분류되는 마법인 《워터 워킹》은 통한다. 그것은 아까 강화 마법이 걸림으로써 증명됐다.

결과적으로, 실바르드는 물속에 들어가지 못한 채 수면에 부딪히고, 미끄러지면서 한가운데에 있는 발판으로 되돌아갔다.

"흥, 이 정도로……."

갑작스러운 이변에 놀라긴 했지만, 곧바로 태세를 정비했다.

그동안 용사는 다음 행동을 취하고 있었다.

"《빛》, 《소리》, 《터져라》!"

생략 영창법, 발동된 것은…….

"《도발(프로보크)》!"

그람이 내민 손끝에서, 빛의 구슬이 발사됐다.

"흥, 그 어떤 마법이라도……."

용에게는 통하지 않는다. 그렇게 말하기도 전에……

빛의 구슬이 터지면서 막대한 빛과 소리가 격리 제사장을 가득 채우고, 허를 찔린 실바르드의 시각과 청각이 봉쇄됐다.

"쳇, 약아빠졌구나!"

《프로보크》는 빛과 소리로 적의 주의를 끌기만 하는 비살상 마법이다. 하지만 그람이 전력으로 발동시킨 그 마법은 섬광 수류탄을 능가하는 효과를 발휘했다.

아무리 용일지라도, 시각과 청각에까지 용린 효과가 미치지는 않는다.

실바르드는 등 뒤에서 에테르의 흔들림을 느꼈다. 벨토르의 마력 반응은 아니다.

이 상황에서 벨토르는 무시해도 된다. 이 좁은 공간에서 아군에게 피해를 주지 않고 실바르드를 상처 입힐 수단은, 마검 베르날을 지닌 용사 그람뿐이다.

시야가 서서히 회복되는 가운데, 실바르드는 앞으로 나섰다.

눈앞에 있는 용사——위화감——의 복부에 발차기를 꽂아서 뒤로 날려버렸다.

곧 위화감의 정체를 눈치챘다.

용사는 마검을 가지고 있지 않았다.

그리고, 어느새 등 뒤에 있던 벨토르의 기척이 사라졌다.

(벨토르는…….)

시선을 돌리고, 귀를 세우고, 공기의 흐름을 살폈다.

(어디에…….)

검은 바람이 불었다.

두려움.

그녀가 태어나서 지금까지 살아오는 시간 동안, 거의 느껴보지 못한 감각이다.

녹룡(라스벤트)처럼 위압적이지도 않다.

백룡(팔리아)처럼 타락적이지도 않다.

청룡(시바)처럼 광기적이지도 않다.

적룡(발무니르)처럼 파멸적이지도 않다.

기억 속 그 어느 것과도 다른 기묘한 마력이 머리 위에서 느껴지자, 실바르드는 고개를 들었다.

"벨토르, 너……."

놀란 나머지, 눈을 치켜떴다.

그곳에는 마검 《베르날》을 쥔 벨토르가 있었다.

벨토르가 펼친 것은 마법, 《아지랑이 뛰기》. 그것만으로는 실바르드의 눈을 속일 수 없다. 하지만 전위인 그람을 미끼로 써서 시선을 유도하고, 《아지랑이 뛰기》가 일으키는 에테르 진동을 교란 목적으로 이용해서 머리 위를 점한 것이다.

그녀가 창안한 기술로, 그녀를 쓰러뜨린다. 벨토르다운 보답이다.

그람에게 마검을 줘서 전위로 고정시키고, 자신은 지원에만 전념함으로써, 실바르드에게 벨토르는 후위라는 고정관념을 심었다. 그리고 전후위를 스위치(교대)하는 포석을 둔 것이다.

《베르날》과 검은 갑옷은 벨토르의 영혼으로 만들어낸 혼백병장이다. 그것은 벨토르의 뜻에 따라 얼마든지 넣고 꺼낼 수 있다.

그람이 쥐고 있을지라도, 즉시 자신의 손으로 가져올 수 있는 것이다.

전후위 교대를 지시하거나 신호를 주고받는 듯한 낌새는 없었다.

그것은 진심으로 사투를 벌였던 두 사람이기에 가능한, 말을 주고받지 않고도 수행할 수 있는 작전이다.

하지만 실바르드가 놀란 점은 그것이 아니다. 전술은 큰 문제가 아니다.

"그 모습은……."

벨토르는 비틀린 두 개의 뿔이 달린 용의 두개골 같은 가면을 쓰고 있었다.

그것은 용사 그람이, 혈술후 마르큐스가 상대했던 마왕의 제2형태가 아니다.

몸집과 갑옷은 평소의 벨토르 그대로이면서, 용의 두개골 같은 가면만 쓰고 있다.

격리 제사장 내부의 에테르 농도는 제2형태 이행을 위한 기준치를 만족하지만, 신앙력이 부족한 상황이어서 한정적인 제2형태로 이행한 것이다.

마왕 벨토르 제2형태의 한정 현현.

그 지속 시간은 단 1초.

"——놀이를 끝낼 때다, 실바르드."

그람과 전후위를 교대한 것도, 이 1초를 최대한 활용하기 위해서다.

처음부터 쓰지 않은 건, 함부로 한정 현현을 보여주면 실바르드가 대응할 수 있어서다.

제2형태에서만 쓸 수 있는 비기인 무선언법에 의해, 마명의 선언 없이 무수한 검은 창이 허공에 출현했다.

실바르드의 용린 효과마저 꿰뚫고, 검은 창이 그 몸에 꽂혔다.

순식간에 패색이 짙어졌다. 하지만 실바르드는 웃고 있었다.

“아아! 이래야 내 동생, 이래야 마왕 벨토르지! 하지만……!!”

머리 위쪽에 있는 벨토르를 올려다보면서, 실바르드는 숨을 크게 들이마셨다.

“《불타라(고아르)》!”

용의 포효와 함께, 검은 불꽃이 쏟아졌다.

흑룡후 실바르드가 뿜은, 진정한 용의 숨결.

그저 순수하게 마력을 열로 만들어 쏟아내는 마법의 기원.

검은 불꽃에 휘말린 가면 일부가 떨어져 나가더니, 벨토르의 한쪽 눈이 드러났다.

실바르드와 벨토르의 시선이 맞부딪쳤다.

흑룡은, 자신의 패배를 깨달았다.

“은천(銀天)에 뽐내라──《베르날 딜》.”

그리고 마왕은 은빛의 마검을, 흑룡의 목── 역린에 꽂았다.

마왕의 일격이 승리를 부른다.

◇

『약한 인간이여, 불사의 동포여. 이름을 대는 것을 허락하마.』

“지금은 벨토르라고 한다.”

오래된 기억이다.

용의 시대가 끝나고, 거인과 영웅의 시대도 저물기 시작하던 시절이다.

갓 불사자가 된 인간 애송이가, 검은 바람과 함께 자신의 둥지를 찾아왔다.

인간에게는 너무나도 가혹한 환경과 지형, 그리고 거기에 사는 마물과 용을 돌파한 끝에 이 남자는 용의 신 앞에 당도했다.

『흉조(벨토르)? 흥, 괴상한 이름이구나.』

거대한 흑룡이 말했다.

『이곳에 인간이 온 것은 처음이다. 흑룡산맥(베르바)을 넘어서 내 앞까지 온 것만으로도 인간에게는 전설이 될 위업이지. 용사 벨토르여. 너는 어째서 여기에 온 것이냐?』

물리적으로 조그마한, 앞발을 조금만 움직여도 짓이겨 버릴 수 있을 듯한 조그마한 존재.

콧김만 불어도 날아갈 듯한 그 남자는, 그녀 앞에서 이렇게 말했다.

“짐의 휘하에 들어와라, 실바르드.”

그 불손함이, 그녀는 기분 좋게 느껴졌다.

『크하.』

용이 웃었다.

『아하하하하하하하하하하! 벨토르, 너는 재미있는 소리를 하는구나!』

그녀가 웃기만 해도 바람이 소용돌이치고, 에테르가 흐트러지면서, 남자의 긴 머리카락이 휘날렸다.

『하찮은 소리를 하면 잡아먹을 생각이었는데, 내 역린을 제대로 긁는구나! 내 앞에서도 두려움에 사로잡히지 않는 그 담력, 마음에 들었다! 최상위 포식자인 용은 만물의 영장 역할을 마쳤지. 지상을 활보하던 거인은 영웅들에게 패배해서 하나도 남김없이 제거됐으니, 이윽고 인간의 시대가 찾아올 것이다. 우리는 이제 재앙이 아니라, 생물로 추락했지. 그렇다면 인간의 휘하에 들어가는 것도 재미있을지 모르겠구나.』

"인간이 아니다."

남자는 당당히, 두려움을 느끼지 않으며 용을 주시했다.

"짐의 휘하에 들어와라."

『정말 재미있는 녀석이구나……. 그런데, 어째서 나를 아군으로 삼으려는 것이지?』

"그대처럼 강대한 존재는 언젠가 패도(覇道)의 걸림돌이 될 것이다. 그렇다면 미리 같은 편으로 삼는 게 최선이지 않겠느냐."

『나와 싸우는 것을 피하고 싶다는 말이냐?』

"짐은 자신의 소원을 성취하기로 결심했노라. 그 어떤 치욕을 겪게 될지라도 말이다."

『나는 그런 탐욕적인 자세를 싫어하지 않지.』

좋다, 하고 흑룡은 말했다.

『하지만 조건이 있다. 내 억지를 세 번 들어다오. 이것은 서약이다.』

"억지, 라고?"

그는 미심쩍어하며 되물었다.

『딱히 적룡의 번개를 가져오라는 것 같은 말도 안 되는 소리를 할 생각은 없다. 단순한 유희에 지나지 않아.』

"좋다. 서약을 맺겠노라."

『그렇다면 첫 번째 억지다. 나를 네 누나로 모시며 공경해라.』

"누나……? 그걸로 되는 것이냐?"

『공경하라고 했을 텐데?』

"알겠습니다, 누님."

그렇게 말한 그는 공손히 고개를 숙였다.

『오냐. 그렇다면 나를 아군으로 삼아서 뭘 할 것이지? 하찮은 짓거리라면 통째로 삼켜버리겠다.』

"우선 한 나라를 멸할 겁니다."

『나라라고? 어느 나라지?』

"저의, 조국입니다."

◆

핀으로 바닥에 고정한 것처럼, 은빛 마검이 용의 역린에 박혀 있었다.
영혼을 찢는 불사용 처형검에 꿰뚫렸는데도, 실바르드는 소멸하지 않았다.
그것은 그녀가 불사자로서 그 영혼이 범상치 않은 강하기 때문이며, 처형검을 쓴 것 또한 이 정도로는 실바르드를 소멸시킬 수 없다고 벨토르가 확신했기 때문이다.
벨토르는 팔로 실바르드를 안은 채, 천천히 검을 뽑았다.
"이것으로, 전부 불문에 부치노라."
죄인인 불사자를 벌하기 위한 처형검을, 불사자에게 썼다.
그것은 죄인에게 벌을 내렸다는 것을 의미했다. 벌을 받았으니, 그녀에게는 죄가 없다.
"누나에게 너무한 것 아니냐……."
"더 정중하기를 원하신다면, 그렇게 해드리겠습니다만?"
"크크큭…… 조금 난폭한 쪽이 내 취향이다."
벨토르의 품에서 벗어난 실바르드는 그 자리에 털썩 앉았다.
"졌나."
——짐은 이미 승리하는 미래가 보이고 있느니라.
싸우기 전, 벨토르가 그람에게 한 말을 실바르드는 떠올렸다.
이미 그 순간, 벨토르는 이 상황을 상상하고 있었으리라.
마왕 벨토르와 용사 그람.
전성기의 자신이라도, 어쩌면 졌을지도 모른다.
무엇보다, 벨토르가 숨기고 있던 힘. 용의 두개골 모양의 가면. 그것은——.

"마치 나를 보는 것 같더군."

그 가면은 용의 모습이 된 실바르드와 흡사했다.

벨토르의 제2형태는 인간이 지닌 원초적 공포를 구현한 모습이다. 즉, 최상위 포식자인 흑룡 실바르드에 대한 사냥감의 영혼에 새겨진 공포다.

용의 모습이 된 실바르드와 흡사한 그 가면은, 그녀를 향한 벨토르의 경의였다.

"생명의 원초적 공포를 구현한 것이니, 당연히 누님의 모습이지 않겠습니까."

(아아, 그렇구나…….)

주군이자 동생인 벨토르에게 품고 있는 감정의 정체.

그것이 한 개인을 향한 대등한 사랑이라는 것을, 이제야 깨달았다.

"그리고 용사 그람. 대단하구나. 벨토르를 토벌한 것도 이해가 된다. 너야말로 진정한 용사가 틀림없어."

한 명의 검사로서, 용사로서, 전설의 용에게 받을 수 있는 가장 큰 찬사였다.

이보다 더한 명예가 있을까.

그렇기에 그람 또한 전설의 용왕에게 경의를 표했다.

한쪽 무릎을 꿇고, 고개를 숙였다.

"과분한 말씀입니다."

실바르드는 편히 앉으며 말했다.

"그래도 내가 깨어난 지 얼마 안 되어서 비몽사몽인 상태가 아니었다면, 둘 다 자근자근 밟아줬겠지만 말이지.”

“아뇨. 누님은 잠에서 깬 직후에도 멀쩡한 분이니 결과에는 변함이 없을 겁니다.”

“용의 모습이 됐다면 이겼을 거라고~! 여기가 좁기도 하고, 진심으로 싸우면 너희가 불쌍할 것 같아서 안 그런 거야!”

“어른스럽지 못하십니다…….”

“너희는 닮았는걸…….”

벨토르는 실바르드에게 손을 내밀었다.

“그렇다면 가시죠, 누님.”

“아~ 그게 말이야…….”

실바르드는 거북한 표정을 지으며 손을 들어 보였다.

“이런 소리를 하기 진~짜 뭐한데…… 게다가 져놓고…… 화내지 말고 들어……. 절대로 화내지 마. 너희와 싸워보고 싶기도 했지만~ 억지를 부린 데는 하해와 같은 사연이 있거든~.”

몸 앞쪽으로 든 양손으로 손가락을 톡톡 맞대고, 벨토르를 올려다보며 꼬리 끝을 꼼지락거리는 그 모습은 정말 말하기 힘들어 보였다.

“화낼지 말지는 누님의 말에 달렸습니다만…….”

“그렇겠지.”

거북한 표정을 지으며 거북한 듯이 고개를 돌린 실바르드는 작은 목소리로 이렇게 말했다.

“나는 여기서 나갈 수가 없다…….”

“어……?”

"뭐……?"
벨토르와 그람은 서로 얼굴을 쳐다본 후, 고개를 갸웃거렸다.
"그게…… 무슨 말씀입니까? 누님."
"으음, 간단히 설명하자면 말이지? 불사전쟁 후에 정처 없이 떠돌아다니다 보니, 이 땅에서 내 신도들이 사는 마을을 발견했거든."
"네."
"척박한 토지이기도 했고, 나도 벨토르를 잃어서 낙심한 데다, 아직도 내 신도가 있다는 게 기쁜 나머지……. 영맥을 활성화해서 이 땅을 풍족하게 만들기 위한 주춧돌이 된 것이다."
"그랬습니까……. 요코하마시의 에테르 흐름과 대규모 결계로 볼 때, 시조는 누님이 활성화한 영맥을 이용하고 있는 것이겠군요."
"고아르는 원래 용 신앙이 존재하던 풍족한 토지란 말을 들은 적 있어. 그건 실바르드가 여기서 주춧돌이 된 덕분일 거야. 고아르 시내에서 용 조각상도 봤어. 그게 여기서 나갈 수 없는 이유야?"
그람이 묻자, 실바르드는 고개를 끄덕이면서 자신의 가슴팍에 새겨진 각인을 손가락으로 두드렸다.
"언젠가 내 가호가 필요 없어지는 날이 오면, 무녀가 나를 해방해 주기로 서약을 맺었다. 그러니 무녀의 혈족이 아니면 내 봉인을 완전히 풀 수는 없는 것이지."
"방금 싸움은 대체 뭐였냐고오오!!"

그람의 딴지가 격리 제사장에서 메아리쳤다.
"역시 화내는 거냐! 나도 질 생각은 없었거든?! 이긴 다음엔 어물쩍~ 넘어갈 생각이었거든?!"
실바르드는 미안해하는 투로 허둥지둥 말을 이었다.
"잠깐만 있어 봐라. 절대로 나갈 수 없다는 건 아니다. 신도가 전부 죽었다면, 나는 자유로워질 수 있는데…… 그렇지 않다는 건 아직 살아있다는 거겠지. 그자를 데려오면 된다."
"제사장을 벽으로 격리한 봉인, 그것도 신도와 맺은 서약의 봉인 같은 거야? 어라? 하지만 사슬 봉인은 대체 뭐지?"
그람의 의문에, 실바르드가 답했다.
"꾸벅꾸벅 조느라 정확하게 기억하는 건 아니지만, 아마 마르큐스 짓일 거다. 그놈이 뭔가 했다는 건 기억하지."
벨토르는 검지의 관절 부분을 자기 입술에 댔다.
"확실히 그 봉인 술식에는 마르큐스의 버릇이 남아 있었느니라……. 불사로의 장작으로 쓰고 싶었겠지만, 누님은 여기서 다른 곳으로 옮길 수가 없지. 그러니 하다못해 자신을 방해하지 못하도록 봉인을 더한 건가. 흠, 정말이지 적으로 돌아선 것이 아쉬운 남자로다."
"그나저나 어쩔 거야? 실바르드를 이대로 둘 수도 없잖아."
"어떻게 한다……."
세 사람은 으음, 하고 신음을 흘리며 골똘히 생각했다.
"신도와의 서약……."
생각에 잠겨 있던 벨토르가 퍼뜩 고개를 들었다.

"그람, 저 두 사람을 감싸고 있는 결계를 풀어라."
"뭐? 그래, 알았어."
그 말에 따라 그람은 타카하시와 아오바를 감싼 결계를 풀었고, 두 사람은 한가운데에 있는 발판으로 걸어왔다.
"왜 그래~? 승패는 갈린 것 같은데 말이야."
"무슨 일 있나요?"
벨토르는 아오바의 정면에 서더니, 그녀의 손을 잡았다.
"아오바."
"아, 네."
갑자기 손을 잡힌 아오바는 얼굴을 붉혔다.

"그대가 마지막 열쇠다."

그 말의 의미를 이해하지 못한 아오바는 당혹스러워했다.
"어? 네?"
"누님. 그녀는 호문쿨루스입니다."
"흠? 그래서?"
"그 영혼은, 소울 클로닝을 통해 원래 영혼의 소유자로부터 복제한 것이지요. 즉……."
"설마……."
벨토르가 하려는 말의 의도를, 실바르드는 눈치챘다.
"네. 아마도 500년 전 누님과 서약을 맺은 흑룡 신앙 무녀의 후예, 그자의 육체와 영혼을 복제한 존재일 겁니다."

실바르드의 신도 중 고위 무녀의 혈족만이 봉인을 완전히 풀 수 있다.

하지만 아오바에게 실바르드 신도의 영혼이 복제된 상태라면, 마법학적으로 봤을 때 실바르드의 신도로 판정된다.

"아오바 양의 원본이 무녀의 후예라고……?"

그람이 그렇게 말하자, 벨토르는 고개를 끄덕였다.

"그럴 가능성이 크지. 아오바, 짐이 말하는 대로 해보거라."

벨토르는 그렇게 말한 후에 아오바에게 뭔가를 알려줬다.

아오바는 벨토르가 가르쳐준 대로, 실바르드를 향해 손을 뻗으며 읊조렸다.

"흑룡 실바르드. 제 영혼을 걸고, 서약의 이행이 완료되었음을 고합니다."

아오바가 내민 손이 실바르드의 가슴에 있는 각인에 닿은 순간, 아오바의 머릿속으로 기억이 흘러들었다.

그것은 한 소녀의 기억이다.

아오바의 원본이 된 영혼과 그 조상들에게 전해진, 500년 전의 오래된 기억.

그녀는 소녀의 시점에서 보고 있었다. 눈앞에는 인간의 모습이고, 가슴에 주춧돌의 각인이 새겨진 실바르드가 있었다.

기억 속 소녀—— 무녀가 아름다운 제사장 중앙에 앉아 있는 소녀에게 말을 건넸다.

"실바르드, 정말 괜찮겠어요?"

"너도 참 끈질기구나……. 자기만족에 불과해 속죄도 안 되겠지만, 나를 신봉하는 자들에게 조금이라도 보답한다면 내 기분도 풀릴 것 같거든. 게다가…… 그래. 좀 지치기도 했다. 직접 내린 결정이라고는 해도, 소중한 것을 잃은 게 이번으로 두 번째니까 말이지."

"어머나! 흑룡 실바르드나 되시는 분께서 말인가요? 할머님의 할머님의 그 할머님도 흑룡 실바르드라면 정말 용맹하고 이 세상에서 가장 강한 용이라고 하셨는데, 실은 이렇게 조그마하고 섬세한 여자아이였군요."

"흥. 내가 용의 모습으로 이곳에 내려왔을 때는 다리에서 힘이 풀려서 주저앉았던 주제에, 잘도 그딴 소리를 내뱉는구나."

"그야 난생 처음으로 용을 봤으니까요. 지금 모습도 참 귀여우시지만, 저는 용의 모습이실 때도 참 늠름해서 좋아한답니다. 그 모습이 되시는 게 어떨까요?"

"그 모습이 되기엔 여기는 너무 좁다."

"그것도 그러네요. 그런데…… 이 책은 어떻게 할까요?"

"응? 아~ 나한테는 이제 필요 없는 것이거든."

"아. 그렇다면 이런 걸 원할 것 같은 괴짜 행상인을 아니까, 팔아서 푼돈이라도 챙길게요."

"팔 거냐! 이럴 때는 보통 네가 간직하겠다고 말해야지! 뭐, 됐어……."

그런 대화를 나눈 한 인간과 한 용은 함께 웃음을 터트렸다.
"자, 슬슬 작별하도록 할까. 네 자손이 나를 깨우는 것보다, 핏줄이 끊겨서 나를 향한 신앙이 끝나는 게 더 빠르려나. 필멸자는 약해빠졌으니 말이다."
그럴 리가 없다고, 무녀는 말했다.
"당신을 향한 신앙은, 설령 세상이 바뀌어도 이어질 거예요."

◆

——그리고 의식이 되돌아왔다.
아오바의 눈앞에는, 기억 속과 똑같은 용의 소녀가 있었다.
"서약의 이행을 완료했다. 이제 내 날개를 속박하는 것은 없노라."
살얼음이 깨지는 듯한 맑고 고운 소리와 함께, 실바르드에게 걸렸던 봉인의 서약이 해제되면서 가슴의 각인이 사라졌다.
"네가 내 봉인을 풀 마지막 열쇠일 줄이야……. 사람의 얼굴은 기억하지 못하지만…… 그래. 확실히 그 애를 닮은 것 같구나. 그 어떤 형태일지라도, 이 시대까지 이어지다니……. 고맙구나, 무녀의 후예 아오바여."
"실바르드."
아오바는 상냥한 목소리로 말했다.
"저는 분명, 당신을 만나고 싶었던 거예요."
생명의 모조품이 아니라, 한 소녀로서 환하게 웃으며…….

막간

모두 죽었다.

엘프, 드워프, 고블린, 오크, 세리안, 오거.

인간과 다른 종족은 모두 죽었다.

종족이 다르다는 것은, 배척할 이유로 충분했다.

나라가, 말이, 피부색이, 신앙의 대상이 다르다는 것만으로 다툼이 일어난다. 그러니 극한의 상황에서 압도적 다수파인 인간을 우선하는 건 지극히 당연한 결과다.

인간이라는 분류만으로 끝까지 단결할 수 있었던 것은, 다른 종족이 존재하는 덕분이라고도 할 수 있다.

이 섬에서 삶을 이어가는 것도, 탈출하는 것도 무리라면 하다못해…….

남은 건 그를 포함한 열아홉 명의 인간뿐이다.

그 열아홉 명 중에 멀쩡히 살아있는 자는 거의 없다. 살아남기 위한 자원 대부분을, 남자를 살리기 위해 쓰였기 때문이다.

옆에서 그를 계속 지탱해 온 여자가 말했다.

"다들, 당신의 이상에 자신을 바쳤어요."

마법사인 여자는, 연금술과 혼백술에 능했다.

"다들, 당신의 가르침에 자신을 바쳤어요."

이 섬에서, 인류가 살아남을 방법도 정했다.

"하다못해, 이 세계를……."

영혼의 복제, 호문쿨루스의 제조.

"세계가 평화롭기를. 그것을 바라며, 저도 저 자신을 바치겠어요."

인간 열여덟 명의 영혼과 육체의 정보를 지닌 호문쿨루스를 두 종류씩 만들고, 늘려서, 그가 운영하는 이 마지막 낙원의 운영을 돕게 한다.

그리고 신앙의 힘으로, 그를 유일신(마지막 인간)으로 승천시킨다.

그것이 바로, 낙원 계획.

영맥 활성화의 주춧돌이 된 흑룡을 봉인한 제사장을 발견해서 다행이었다. 활성화된 영맥의 이용은 계획의 토대다. 그곳을 더 일찍 발견했다면, 희생을 줄일 수 있었을 거라는 사실이 아쉽다.

시곗바늘을 되감을 수는 없다. 후회는 없다. 모두의 마음을 헛되이 하지 않기 위해서라도, 나아갈 수밖에 없다.

"그래. 모두의 마음을 이어받은 내가, 반드시 세계를 평화롭게 만들겠어."

제5장 그리고 남자는 낙원에 이른다

"실바르드 경! 실바르드 경!"

한 남자가 하얀 돌이 깔린 긴 복도를 걸으며 말한다.

키가 큰 남자였다.

매서운 외모를 지닌 그는 언뜻 보면 인간 같지만, 머리에 두 개의 늑대 귀가 달려 있을 뿐만 아니라 허리 뒤로는 꼬리가 달려 있었다.

그것은 그가 인간과 세리안의 혼혈인 반수인(半獸人)이라는 증거다.

반수인 남자는 의전용 갑주를 걸쳤으며, 또한 칼날이 얇은 의전용 검을 허리춤에 차고 있었다.

왼쪽 창문에서는 상쾌한 햇살이 스며들고 있었으며, 햇빛에 비친 먼지가 빛나고 있었다.

"음. 모습을 감춘 그녀를 찾긴 쉽지 않은데…… 그렇다고 폐하의 칙명을 내팽개칠 수는 없고…… 차라리 전장에서 공을 세우는 게 더 쉽겠는걸."

투덜대고 있는 남자의 정면, 복도 모퉁이에서 한 남자가 후들거리는 발걸음으로 모습을 드러냈다.

긴 은발과 뾰족한 귀, 그리고 갈색 피부, 다크 엘프이자 흡혈귀이며 붉은색 로브를 걸친 이 신경질적이고 심약해 보이는 남자에게, 반수인 남자가 말을 건넸다.

"아, 마르큐스 경."

마르큐스라 불린 다크 엘프 남자는 반수인 남자를 보더니 환한 표정을 지었다.

"오오! 제노르 경 아닙니까! 마침 잘 만났습니다!"

반수인 남자── 제노르는 마르큐스를 보며 미심쩍어했다.

"실례지만 마르큐스 경, 저기…… 귀공은 지금 뭘 하고 있는 거지……?"

제노르가 미심쩍어하는 것도 무리는 아니었다.

마르큐스는 새장과 비슷한, 세로로 길쭉한 패밀리어 케이지를 머리에 쓰고 있었다.

"잘 물어보셨습니다. 제노르 경!"

그 말을 들은 마르큐스가 창살 사이로 환한 미소를 짓더니, 제노르를 향해 부리나케 달려갔다.

하지만 도중에 벽에 달린 촛대에 패밀리어 케이지가 걸린 마르큐스는 그대로 넘어졌다.

"으갸악?!"

몸을 일으킨 마르큐스는 여전히 환하게 웃으며 달려오더니, 이렇게 말했다.

"이건 제가 새롭게 개발한 마도구, 마법 보조 장치의 시제품입니다! 이름은 아직 없죠! 오거나 오크들과 동맹을 맺는 이야기가 나오고 있으니, 그들이 마법을 손쉽게 쓸 수 있게 되면 저희에게 큰 전력이 될 겁니다! 하지만 너무 큰 데다, 아직은 마법을 쓸 수 있는 자에게 약한 마법 지팡이 정도의 역할밖에 못하지만…… 마법 그 자체에 새로운 기술적 관점이 더해지지 않는 한, 몇백 년이 흘러도……."

제노르는 마법을 잘 모른다.

남들만큼 쓸 줄은 알지만 마르큐스 같은 천재의 이야기는 이해하지 못하며, 마르큐스 또한 개의치 않으며 자기 이야기를 늘어놓기만 했다.

이 동료는 설명하는 걸 즐기는 것이다.

"이야기가 너무 전문적이라 이해하지 못하지만, 귀공의 지혜와 헌신을 폐하께서도 정말 기쁘게 여기시겠지. 하지만 그런 모습으로 폐하의 어전에 서는 건 좀 그럴 것 같군."

"폐하의 어전에……? 라고요? 제가 또 사고를 쳤습니까?"

"아니다. 소생과 마르큐스 경, 실바르드 경, 라르신 경, 마키나, 그리고 새로 들어온, 폐하께서 찾은…… 이름이 뭐더라."

"아, 저도 이름은 까먹었습니다. 그래도 누구를 말하는 건지 알겠군요. 그 추방자 말이죠?"

"폐하께서 우리 여섯 명을 소집하셨다. 즉시 왕궁으로 가라."

"으음, 이 여섯 명을 왜 부르신 걸까요……. 일전에 이야기하셨던 지하 마왕성 건설 사업 건은 아닐 것 같군요……. 실바르드 경과 제노르 경을 소집하셨다면 화기애애한 이야기가 아니겠죠…….”

“그건 폐하만이 아시겠지.”

“확실히 이 모습으로 주군을 알현하는 건 불경하기 짝이 없겠군요. 빨리 옷을 갈아…….”

마르큐스는 자신이 머리에 쓰고 있는 패밀리어 케이지를 손으로 잡았다.

위아래로 흔들어 봤지만, 덜컹덜컹 소리만 나면서 빠지지 않았다.

“안 빠지는군요.”

“그렇다면 마르큐스 경은 그걸 벗고 나서 와라.”

그렇게 말한 제노르는 마르큐스의 옆을 지나치려 했다.

“엇?! 자, 잠깐! 잠깐만요! 어어어어어, 어쩌면 좋죠, 제노르 경! 이래서는 주군께 꾸중을 들을 겁니다!”

“농담이니까 좀 진정해라, 마르큐스 경. 벗을 수 없다면 부술 수밖에 없다만, 괜찮나?”

“아, 네. 어차피 실패작이니까요.”

“그렇다면…….”

제노르가 허리에 찬 의례용 검에 손을 얹었다.

“아무리 죽지 않는다고 해도, 목을 자르지는 말아주세요!”

“안심해라.”

세 번, 소리가 났다.

바람을 가르는 소리.

검이 검집에 들어가는 소리.

그리고, 수직으로 두 동강이 난 패밀리어 케이지가 복도에 떨어지는 소리다.

"오오, 역시 아르네스 제일의 대검호…… 의전용 검으로 이렇게 멋진 발검술을…… 제 눈에는 보이지도 않았습니다. 하긴, 저는 검술은 꽝이니……."

마르큐스는 놀란 표정으로 찬사를 보냈다.

"날이 없는 검이기는 해도, 이 정도는 할 수 있지. 그리고 아르네스 제일이란 말은 소생에겐 아직 과분해. 검성 아르티아의 발끝에도 못 미치니 말이지."

"하하, 아르티아는 전설 속 영웅 아닙니까. 너무 자신을 낮추지 마시길. 아무튼 덕분에 살았습니다. 제노르 경! 저의 맹우! 그렇다면 폐하께 가보도록 할까요!"

바닥에 떨어진 패밀리어 케이지를 옆구리에 낀 마르큐스가 그대로 달려갔다.

"마르큐스 경은 기술자로서는 일류인데, 너무 덤벙대는 게 흠이지. 폐하 앞에서는 냉철한 신하처럼 보이려고 하지만…… 아, 실바르드 경이 어디 있는지 물어보는 걸 깜빡했는걸……."

어쩌면 좋을지 생각하고 있을 때, 제노르의 등 뒤에서 누군가가 청초한 목소리로 말을 건넸다.

"제노르 경?"

뒤를 돌아보니, 두 사람이 있었다.

"아, 마키나. 그리고……."

붉은색 드레스 아머 차림에 길고 아름다운 은발을 평소와 다르게 옆으로 땋은 소녀는, 자신의 이름을 부른 제노르에게 공손히 예를 표했다.

작위는 아직 없지만, 전장에서 뛰어난 공을 세워서 제노르도 주목하고 있는, 비교적 신인인 불사자다.

마키나의 등 뒤에는 아담한 체구인 마키나보다 몸집이 더 작은, 파란색과 흰색으로 된 예장용 갑주를 걸친 얌전해 보이는 소녀가 있었다.

"저기, 메이. 제노르 경에게 인사하세요."

얌전해 보이는 소녀, 메이는 마키나의 등에 찰싹 달라붙은 채 제노르를 힐끔힐끔 보고 있었다.

이렇게 보면 자매 같지만, 불사자로서는 마키나보다 훨씬 젊다. 주군의 말에 따르면, 외모와 비슷한 나이라고 한다.

"……."

마키나가 메이의 등을 살며시 밀었지만, 메이는 다시 마키나의 등 뒤로 숨었다.

"메이도 참! 실례했습니다, 제노르 경……. 예절을 가르치는 중인지라…… 나중에 제가 따끔하게 꾸짖을 테니, 부디 용서해 주시길……."

"하하. 아냐. 여성에게 먼저 이름을 밝히라고 하는 게 예의에 어긋나지."

제노르는 한쪽 무릎을 꿇더니, 메이와 시선을 마주하며 미소를 머금었다.

"소생은 제노르, 폐하께 검후의 작위를 받았지. 아가씨, 이름을 가르쳐주지 않겠니?"

"……좋아."

메이는 결심을 한 것처럼 제노르의 앞에 섰다.

"메이야."

"메이, 좋은 이름인걸. 같은 주군을 모시는 만큼, 폐하의 뜻에 따라 함께 전장에 설 때도 있겠지. 잘 부탁하겠어."

"……응."

메이는 고개를 끄덕이더니, 다시 마키나의 등 뒤에 숨었다.

"옷차림을 보니, 소집 소식은 들었나 보군."

"네. 라르신 경께 들었답니다. 갑옷도 마련해 주셨죠……. 지금 궁전으로 향하던 참이에요."

"그래. 그런데 물어볼 게 하나 있는데, 실바르드 경을 못 봤나? 폐하께서 불러오라고 하셨거든."

"실바르드 경, 말인가요? 죄송하지만, 저도 못 봤어요."

"아침에 큰 소리로 웃으면서 대로를 뛰어가는 모습을 봤어."

마키나의 뒤에서, 메이가 작은 목소리로 그렇게 말했다.

"대로인가. 그렇다면 성 밖으로 나가봐야겠군. 고마워. 그렇다면 가볼까."

"저기, 저희도 실바르드 경을 찾는 것을 도울까요?"

"아냐. 이건 폐하께서 소생께 내린 칙명이지. 너희는 먼저 폐하께 가보도록 해."

"알겠습니다."라고 말한 마키나와 메이는 인사한 후, 제노르와 헤어졌다.

따뜻하고 상냥한 햇살이 쏟아지고 있는 창밖을 쳐다보며, 제노르는 말했다.

"이 평화로운 나날이 영원히 이어질 수 있도록, 폐하께 헌신해야겠지."

그것은, 아주 먼 과거의 이야기.

◆

현재 고아르 시내의 라멘 가게는 크게 세 파벌로 나뉜다.

《로우》 계통.

《이에》 계통.

그리고 그 밖에—— 왕도 중화면, 산마멘, 탄멘 등——이다.

마키나와 히즈키가 찾은 가게는 《이에》 계통의 라멘 가게다.

밖에서도 합성 돼지뼈 수프 냄새가 나는 가게로 들어갔다.

"어서 오십쇼————————!"

점원의 힘찬 목소리가, 가게 안에 울려 퍼졌다.

가게 안은 매우 혼잡했으며, 점원도 바빠 보였다.

가게 구석에 있는 식권 자판기에서 패밀리어를 이용해 주문했다. 색깔이 들어간 조그마한 플레이트가 나오자, 손에 쥐었다.

마키나는 보통, 히즈키는 곱배기에 밥 추가를 주문했다.

"여전히 많이 주문하네요. 그렇게 먹다간 살찔걸요?"

"음~ 나는 아무리 먹어도 살이 안 쪄."

그런 말을 주고받을 때, 오크 점원이 웃으면서 다가왔다.

"죄송합니다! 현재 빈자리가 없어서 합석도 괜찮다면 안내해 드릴 수 있는데, 어떻게 할까요?"

"히즈키, 어쩔래요?"

"뭐, 나는 괜찮아. 배고프거든."

"그러면 합석으로 부탁드려요."

그렇게 말한 두 사람은 점원에게 플레이트를 줬다.

"감사합니다! 주문 받겠습니다!"

"나는 면발은 꼬들하게, 국물은 진하게, 기름 왕창으로 해줘."

"저는 전부 보통으로 부탁드려요."

"손님 두 분 안내합니———다!"

"감사함——————다!"

점원이 안내한 곳은 별로 넓지 않은 이 가게의 안쪽 자리였다. 4인용 테이블의 왼쪽 자리에는 인간 여성으로 보이는 손님이 먼저 앉아 있었다.

머리카락을 목덜미 근처에서 묶은, 정장을 입은 여자다.

"저기, 앉을게요."

"그래요. 괜찮아요."

히즈키는 정장 차림의 여자에게 말을 건네며 맞은편 자리에 앉고, 마키나는 그 옆자리에 앉았다.

그리고 라멘을 먹으면서 이쪽을 보는 여자 손님과 눈이 마주쳤다.

"아."

"아."

그 여자는 마키나가 아는 인물이었다.

"다, 다, 다, 당신은……!"

"으읍! 마아으 우아인……!"

"다 먹고 말하세요!"

여성은 면을 삼키고, 테이블에 놓인 물병을 쥐고 컵에 물을 따라서 벌컥벌컥 들이켰다.

그 후, 두 사람은 서로를 손가락으로 가리켰다.

"그…… 마르큐스의 부하였던……! 이름이 뭐였죠……."

"그…… 마왕의 부하인……! 이름이 생각 안 나……."

서로의 존재는 인식하고 있지만 마키나는 애초에 상대의 이름을 몰랐고, 정장 여자 또한 마키나의 이름을 기억하고 있지 않은 것 같았다.

그녀는 신주쿠에서 불사로를 둘러싸고 벌어진 IHMI와의 싸움에서 벨토르, 그리고 마키나와 싸웠던 IHMI의 사장이자 육마후 중 한 명인 혈술후 마르큐스의 비서였던 키노하라였다.

전투태세에 들어갈지 아니면 라멘 가게란 장소를 생각해 관둘지 마키나가 고민하는 사이, 자리에서 일어난 키노하라는 가슴 호주머니에서 명함을 꺼내더니 정중히 마키나에게 건넸다.

"키노하라라고 합니다. 잘 부탁드립니다."

"아…… 감사히 받겠어요. 저는 마키나라고 해요."

완전히 독기가 빠진 마키나는 명함을 봤다.

일본어로 성과 이름, 그리고 회사 명칭과 연락처인 2차원 코드가 기재되어 있었다.

히즈키도 명함을 받더니, 거기에 적힌 회사 이름을 읽었다.

"용사 파견 회사 《발하라》……?"

"애완동물 수색부터 잠입 수사 및 불륜 조사에 야쿠자 길드 박멸까지, 각종 분야를 따지지 않으며 다양한 업무의 아웃소싱을 맡고 있습니다."

"즉, 만능 해결사인 거군요?"

"매크로한 관점에서 보자면, 그렇다고 할 수 있을지도 모르겠군요."

"흐음…… 그런데 이 사람은 마키나의 지인이야?"

"네! 맞아요!"

갑자기 큰 소리를 낸 바람에 주위의 손님과 점원의 시선이 자신에게 쏠리자, 마키나는 목소리를 낮췄다.

"참고로 지인이냐는 질문에 대한 '맞아요!' 가 아니라 엇나간 이야기를 원래대로 돌려놓기 위한 '맞아요!' 예요."

"아, 응. 알았으니까 계속 말해 봐."

"지인 같은 건 아니에요. 히즈키한테도 전에 신주쿠에서 있었던 사건 이야기를 했었죠?"

"불사자를 연료로 삼는 그거 말이구나."

"이 여자는 그 주모자 일당이에요!"

마키나는 그렇게 말하며 키노하라를 손가락으로 가리켰고, 키노하라 또한 마키나를 노려봤다.

"저는 당신이나 마왕에게 딱히 원한은 없습니다. 사장님께는 은혜를 입기도 했고, 실각해서 지금 생활을 하게 된 것에 나름대로 감정이 없는 바도 아니죠. 하지만…… 그 리절트에 원한을 품는 건 루저들이나 할 짓입니다. 복수 같은 건 크리에이티비티한 행위가 아니니까요. 물론, 당신이 싸울 마음이라면 상대해 드리죠."

"……."

마키나의 뇌리에 제노르의 얼굴이 떠올랐다. 오르나레드와 팜록, 그리고 다른 불사자도.

그녀가 직접 해친 것은 아니리라. 어디까지나 마르큐스가 원흉이자 주범이다.

하지만 키노하라가 마르큐스를 도왔다는 것도 사실이다.

하지만 지금 이 자리에서 전투를 자중할 정도로는 이성이 남아 있었다.

"곱배기 면 꼬들, 국물 진하게, 기름 왕창에 밥 추가와 보통 나왔습니~다!"

히즈키와 마키나 앞에, 라멘이 놓였다.

돼지뼈 간장 베이스의 수프, 중간 굵기의 고불고불한 콩면, 녹색 식용 필름, 합성 김, 반숙 달걀, 메르니우스, 매우 표준적인 《이에》 계통의 라멘이다.

일단 의식이 키노하라에게서 라멘으로 넘어갔다. 라멘 앞에서는 진지하고 싶다.

새로운 손님이 온 것인지, 점원의 목소리가 들려왔다.

"죄송합니다! 현재 빈자리가 없어서 합석도 괜찮다면 안내해 드릴 수 있는데, 어떻게 할까요?"

"상관없어."

"알겠습———다! 한 분, 안내 하겠습니———다!"

또 뜻밖의 인물과 합석하게 됐다.

얼굴을 마주한 순간, 마키나와 그 인물은 동시에 입을 열었다.

"아."

"아."

안 그래도 키노하라라는 이레귤러가 있는데, 더 심한 이레귤러가 가게 안에 들어왔다.

검은색 바이저를 착용하고, 수녀복처럼 검은 옷을 입은 소녀.

검을 껴안은 용의 문양, 《길드》의 구성원, 《천사(안제)》로 불린 자.

육마후 중 한 명—— 천기후(天忌侯) 메이다.

히즈키는 대각선 건너편에 앉은 인물을 쳐다보며, 라멘을 후르륵 먹었다.

키가 작은 여자아이다.

얼굴 절반을 바이저(아이마스크)로 가렸지만, 자기보다 어려 보였다. 그래도 불사자이니, 외모로 나이를 판단할 수는 없을 것이다.

서툰 젓가락질로 라멘을 조그마한 입으로 가져가고 있었다.

(이런 애도 라멘 같은 걸 먹는구나. 왠지 마기노로이드 같은 느낌인데 말이야.)

눈앞에 있는 소녀는 자기 원수와 같은 조직에 속해 있으며, 자신이 전에 다녔던 학교를 점거했던 테러리스트다.

(——진정해.)

심호흡하면서, 면을 먹는 작업에 집중했다.

마늘이 왕창 들어갔다. 딱히 사람과 만날 일은 없으니 괜찮을 것이다. 어차피 자신이 만날 사람은 얼마 없다.

하지만 마늘 냄새를 풀풀 풍기면서 벨토르와 이야기하면 좀 부끄러울 것 같다. 그런 생각을 하면서, 열심히 면을 먹었다.

자신이 복수할 상대는 그녀가 아니며, 현시점에서는 방해가 되는 존재도 아니다.

마키나에게 들은 바에 따르면 그녀는 마키나의 오랜 지인 혹은 동료이며, 세뇌나 최면 같은 것에 의해 마키나가 아는 인물과는 다른 상태가 됐다고 하는, 특수한 사정이 있는 듯했다.

그렇다면 지금 여기서 힘을 써도 의미가 없다.

마키나에게 협력해 《안제》를 포획한 후, 정보를 캐내는 것이 가장 효율적이다.

히즈키는 머릿속으로 계속 그런 생각을 했다.

하지만 《페이스리스》에 관한 정보를 지금 바로 손에 넣을 수 있을지도 모른다고 생각하니, 가만히 있을 수가——.

"히즈키."

마키나가 시금치 위에 놓인 식용 필름을 합성 김으로 싸면서 히즈키의 이름을 불렀다.

"알아요. 하지만 지금은 그럴 때가 아니에요. 우선 식사를 마저 하죠."

"응……."

마키나의 말을 듣고, 펄펄 끓어오르는 듯한 히즈키의 사고회로가 냉정함을 되찾았다.

마키나 또한 《안제》를, 메이를 되찾는 것이 목적이다.

히즈키와 마키나의 도달점은 동일하다.

마키나가 메이를 구출한다면, 히즈키는 《페이스리스》에 관한 정보를 손에 넣을 수 있을지도 모른다.

그렇다면 지금 자신이 해야 할 일은 배를 채우면서, 기운을 북돋는 것이다.

과식했다간 전투가 벌어졌을 때 퍼포먼스가 떨어질지도 모른다. 하지만 염분, 수분, 식이섬유, 단백질, 마늘을 섭취할 수 있는 완전 영양식인 《이에》 계통 라멘을 먹고 퍼포먼스가 떨어질 리가 없다.

그렇게 믿으며 수프를 들이키고, 수프를 듬뿍 들이킨 합성 김으로 식용 필름과 인공 쌀밥을 싸서 입에 가져갔다.

지금은 다른 것을 신경 쓰지 않겠다. 라멘을 먹으며 밥을 먹는다. 먹어야 한다.

며칠 동안 라멘만 먹었지만, 체중은 가슴과 엉덩이로 가니 괜찮다고 히즈키는 결론을 내렸다. 전에 미기나에게 그렇게 말했더니, 말없이 히즈키의 가슴에 박치기를 날렸다.

"메이……."

속삭이듯, 혹은 매달리듯, 마키나는 《안제》를 향해 말했다.

하지만 《안제》는 대답하지 않았다. 그녀는 메이가 아니기 때문이다.

"《안제》."

"왜?"

"하나만 물어봐도 될까요?"

"상관없어."

스푼 위에 미니 라멘을 만드는 《안제》에게, 마키나는 물었다.

"아키하바라에서 저와 싸웠으면서도, 지금의 당신에게서는 전투 의지가 느껴지지 않아요. 이유가 있나요?"

"나는 지금 다른 임무를 맡고 있어. 너와의 전투는 그 임무에 포함되지 않아."

"임무가 아니라면 싸울 생각은 없다는 건가요?"

《안제》는 고개를 끄덕였다.

"제가 공격할 거라고는 생각하지 않는 건가요?"

"마주친 시점에서 이미 그걸 예상했어. 하지만 지난번 전투에 비춰볼 때, 가게 안에서 전투를 벌이지 않을 거라고 판단했어. 네 마력 용량 및 마력 방출량의 예측 데이터로 고찰할 때, 너는 주위에 최대한 피해가 발생하지 않도록 싸울 것으로 예상되거든."

"식사를 마치면 따라오세요. 할 이야기가 있어요."

"승낙. 그것도 예상했어. 나도 '너무 눈길을 끌지 마' 라는 명령을 받았으니까, 지금은 영양 보충 시간이야."

그대로 두 사람은 침묵했다.

(조그마한 여자아이가 이상한 차림에 투박한 바이저를 쓰고 걸어 다니면 엄청 눈길을 끌지 않을까……?)

복수 대상의 관계자 상대로도 괜한 걱정을 하는 것이 바로 야마다 레이너드 히즈키란 여자다.

"그건 그렇고."

젓가락을 내려놓은 마키나는 자리에서 일어나더니, 《안제》를 내려다보며 말했다.

"이쪽의 요구에 따를 마음이 있나요?"

"내용에 달렸어."

"그렇다면, 항구로 가죠. 여기는 사람이 많으니까요."

"……승낙."

알고 지낸 지 얼마 안 되는 히즈키도 알 수 있었다.

지금 마키나가 어떤 생각을 하는지를.

——지금 바로 《안제》에게서 메이를 되찾고 싶다.

하지만 《안제》를 바로 메이로 되돌리긴 어려울 것이다. 그러니 마키나는 《안제》의 신병을 확보할 생각이다. 벨토르라면, 《안제》를 메이로 되돌릴 수 있을지도 모르니까.

조금이라도 친구의 도움이 되기 위해, 히즈키도 자리에서 일어섰다.

가게 안쪽 테이블의 긴장된 분위기를 이 가게 안에서 감지한 자는, 제2차 도시전쟁을 경험한 가게 주인장뿐이었다.

◆

키노하라는 자기 자신에게 물었다.

(어라, 제가 왜 여기 있는 거죠?)

그 질문에 답하자면, 분위기에 휩쓸려서. 그렇게 말할 수밖에 없다.

어쩌면 짭짤한 건수가 굴러들 가능성도 있다.

IHMI의 마스코트 캐릭터, 이시마루군의 판권을 산다는 야망을 이루려면 돈이 필요하다.

그리고 왠지 재미있을 것 같기도 했다.

키노하라는 세 사람의 뒤를 따르며 맨 뒤에서 걸었다.

마키나가 선두고, 그다음으로 바이저를 착용한 소녀——《안제》가 걷고 있으며, 금발 하프 엘프 여자애가 그 뒤를 따르고 있었다.

금발 소녀는 뉴스에서 본 적이 있다.

아키하바라에서 일어난 3대 가문 소동의 중심인물인, 레이너드 가문의 외동딸이다. 패밀리어로 검색해 보니 야마다 레이너드 히즈키란 이름이 나왔다.

관련 이미지에 가운뎃손가락을 세운 사진과, 그것을 섞은 다양한 합성 이미지가 나왔다. 아무래도 인터넷에서 밈이 된 것 같았다. 젊은 나이에 고생이 많을 것 같았다.

바이저를 쓴 소녀는 잘 모른다.

아무래도 자신보다도 마키나와 인연이 있는 것 같았다. 라멘 가게에서 마주친 마키나와 그렇게 불똥을 튀겼는데, 갑자기 인연이 더 깊은 상대가 나타난 바람에 관심 밖으로 밀려난 키노하라는 약간 씁쓸했다.

하지만 그것도 이제는 사소한 일이며, 지금 신경 쓰이는 건 저 소녀가 착용한 바이저가 어디서 만든 것이냐는 점이다.

적어도 G6의 카탈로그에서는 본 적이 없으니, 신형 혹은 마이너 메이커의 제품일 거라는 결론을 내렸다.

네 사람이 향한 곳은 인적 없는 부두였다.

부두 끝부분에서 바다를 등지듯이 《안제》가 섰고, 그녀와 대치하듯이 마키나와 히즈키가 나란히 섰다. 그리고 키노하라는 그 두 사람의 뒤에 섰다.

방파제를 때리는 파도가, 적막한 음색을 자아냈다.

"《안제》."

"왜?"

"잠자코, 우리를 따라올 생각은 없나요?"

마키나의 목소리는 차분했지만, 키노하라에게는 마치 간절히 애원하는 것처럼 들렸다.

"어디까지?"

"제가 질문을 잘못했군요. 우리 동료가 될 마음은 없나요?"

"그럴 수 없어."

"어째서죠?"

"그런 임무는 못 받았으니까. 그리고……."

이어지는 한마디가, 결정타였다.

"너는 적이니까."

마키나는 한숨을 푹 쉬었다.

열기.

피부를 따끔거리게 하는 열기를, 키노하라는 느꼈다.

마키나의 마력에 반응해서, 주위의 에테르가 열기를 머금으며 빛을 흩뿌리고 있다.

마키나가 한 걸음 내딛자, 바닥에 불탄 듯한 발자국이 남았다.

"경고."

살갗을 찌르는 듯한 차가운 바닷바람에 치맛자락이 휘날리는 가운데, 《안제》가 말했다.

"적대 행동에 대해서는 요격 조치를 취하겠어."

"네, 이야기가 간단해서 좋군요. 당신을 이 자리에서 제압하겠어요."

마키나와 《안제》, 서로가 적의를 드러냈다.

(잠깐만요. 혹시 싸우는 건가요? 그러고 보니 가게에서도 위험한 소리를 했으니, 이렇게 될 것은 포캐스트(예상)했어야 하지 않을까요? 대체 뭐 하는 거예요, 저. 호기심이 고양이를 죽인단 말도 있잖아요.)

키노하라는 혼란에 빠졌다.

히즈키도 말리기는커녕, 의욕을 내비치며 한 걸음 앞으로 나섰다.

이해득실 게이지가 손해 쪽으로 기울고 있었기에, 키노하라는 몰래 돌아갈지를 생각하기 시작했다.

마키나와 《안제》, 두 사람이 전투를 시작하려는 바로 그때.

그것을 가장 먼저 눈치챈 사람은 키노하라였다.

"위쪽입니다!"

키노하라가 경고를 하며 몸을 날리자, 마키나는 아직 눈치채지 못한 히즈키를 안아서 크게 후퇴했다.

고속으로 하늘에서 날아온 그것은, 방금까지 마키나 일행이 서 있던 장소에 격돌했다.

굉음을 내면서 지면이 부서지더니, 흙먼지가 휘날렸다.

"대, 대체 뭐야?!"

히즈키의 의문에 누구도 답하지 않았다.

그 대신이라는 듯이, 흙먼지가 가라앉았다.

칠흑의 갑옷이, 그 자리에 존재했다.

지면에 검은 대검을 꽂고, 《안제》에게 등을 보이며 한쪽 무릎을 꿇고 있었다. 갑옷의 『눈』과 함께, 온몸에 존재하는 회로 같은 문양이 빛났다.

키노하라는 그 칠흑색 갑옷이 눈에 익었다.

"《얼터너티브》……?!"

"《얼터너티브》……?"

마키나가 키노하라를 쳐다보며 물었다.

"IHMI제 5세대 프로토타입 MG(마기노 기어)입니다. 하지만 이건……."

《얼터너티브》는 《제로베이스》와 같은 시기에 만들어진 프로토타입 MG다.

견실함을 추구한 《제로베이스》와 다르게 《얼터너티브》는 개발 현장에서 심심풀이 삼아 극한의 스펙을 추구했기에, 특수 강화 갑주 면허를 소지한 A급 드라이버인 키노하라와 육체적으로 강인한 오거조차도 몸에 가해지는 부담이 강했다. 결국 인간이 다룰 수 없는 기체로 평가된 《얼터너티브》는 《제로베이스》와의 사내 경연에서 패배한 후, 봉인 처리가 된 것으로 안다.

《제로베이스》와 《얼터너티브》, 양쪽을 다 테스트해본 숙련된 MG 탑승자인 키노하라이기에 안다. 풀스펙을 발휘하는 저것을 자유자재로 조종하는 자가 있다면, 그건 인간이 아니다.

(그건 그렇고, 형태가 꽤 바뀌었군요…….)

바탕은 IHMI의 《얼터너티브》가 틀림없다. 《제로베이스》와 마찬가지로 몸에 딱 달라붙는 형태이며, 갑옷보다는 그냥 옷이란 표현이 걸맞을지도 모른다.

하지만 전체적인 실루엣과 장비는 키노하라가 기억하는 것과 매우 달랐다.

IHMI제 듀얼 센서 위에 MAGTEC제 바이저 센서를 장착했고, 소체의 흉부 장갑이 증설됐다. 갑옷 위로는 페이노르 공방제 검은색 공세방열 드래곤셀코트를 걸쳤으며, M&B제 제노 런처가 좌우 어깨에 하나씩 탑재되어 있다. 그것은 순정이 아니며, 메이커에서 보증하지 않는 개조가 되어 있었다.

다양한 기업의 다양한 병기가 탑재된 그 모습은 키메라라고 해도 과언이 아니었다.

몸을 일으킨 《얼터너티브》는 지면에 꽂힌 대검을 뽑더니, 어깨에 걸쳤다. 아니, 그것을 검이라고 불러도 될지 의문이었다.

포신에 칼날이 달린 듯한, 그런 무기였다.

저런 영문 모를 기괴한 형태의 무기는 대체로 『무기상』제라고 키노하라는 생각하지만, 확신할 수는 없었다.

『야, 《안제》.』

가라앉은 기계 음성이 《얼터너티브》에서 흘러나왔다.

『왜 이 자식들과 같이 있는 거냐. FEMU 상대로 한 임무는 어떻게 했지? 애초에 전투 행동은 금지했을 텐데? 선배 말 좀 똑바로 들으라고, 후배.』

"이쪽에서 공격하지는 않았어. 라멘 가게에서 마주쳤고, 여기서 요격 태세에 들어갔을 뿐이야. 그리고 임무는 완료했어. 연맹군은 이미 움직이기 시작했지. 그러니 문제없어, 선배."

『흠, 그래? 그런데 너는 그 꼴로 라멘을 먹으러 간 거야……?』

"긍정. 무슨 문제 있어?"

『우리 쪽 제복 차림으로 밖을 싸돌아다니면서 라멘을 먹으러 가도 되는 거야……?』

"이 옷차림으로 음식점에 들어가면 안 된다는 말을 들었던 건 아키하바라야. 고아르에서 그러지 말란 말은 못 들었어."

『하아…… 들은 말의 표면적 의미만 받아들이는 타입의 여자냐……!』

"애초에 규정에 없으니 문제없어."

『규정에 없으니 괜찮을까……. 괜찮은 거 맞겠지?』

기묘한 복장을 한 두 사람이 맥 빠지는 대화를 나누자, 키노하라는 얼이 나갔다.

하지만 그 대화를 통해 《얼터너티브》의 탑승자가 젊은 남자임을 알 수 있었다.

"당신은 대체 누구죠. 대답 여하에 따라선——."

『어이, 여자.』

마키나의 말을 무시하면서, 그녀를 쳐다본 《얼터너티브》가 말했다.

『벨토르에게 전해. 너를 죽이는 건 바로 나, 제노르라고 말이야.』

"네?!"

마키나는 눈을 치켜뜨더니, 입을 쩍 벌리며 얼이 나간 듯한 목소리를 냈다.

제노르.

그 이름은 키노하라도 안다.

500년 전 마왕군 최고 간부인 육마후의 일원, 업검후 제노르.

용사 그람의 직접적인 원수이자, 불사전쟁에서 그람과 일대일로 싸워서 패배한 불사자.

그리고 신주쿠에 있는 불사로의 『장작』이 된 불사자의 이름이다.

"제노르 경?! 아니, 그럴 리가…… 게다가 제노르 경은 이런 분이……."

마키나는 혼란에 빠진 채 말을 이었다.

『장작』이 됐을 터인 인물이 눈앞에 있으니, 혼란에 빠지는 것도 무리는 아니었다.

『곧 요코하마시에서는 신에 의한 낙원 계획이 발동할 거고, 그러면 저 섬은 사라지겠지.』

제노르를 자칭한 상대는 이번에도 마키나의 말을 무시하더니, 자기가 하고 싶은 말만 했다.

"신……? 낙원?"

제노르의 말에 반응한 이는 히즈키였다.

『일단 조직의 속한 몸인지라 신비에 도달한 녀석을 직접 막을 수는 없어. 하지만 개인적으로는 벨토르가 패배하는 사태를 가능하면 피하고 싶거든. 내 손으로 그 녀석을 꼭 죽여야 하는 이유가 있어서 말이지.』

"너, 아까부터 혼자서 멋대로……."

히즈키의 말이 아예 들리지 않는 것처럼, 제노르는 하던 말을 계속했다.

『그러니 조언해 주겠어. 도우러 갈 거면, 서두르는 편이 좋을 거야.』

"《검사(소드맨)》."

뒤편에 있던 《안제》가 갑옷에 말을 걸었다.

"선배의 발언은 정보 관리 규정에 저촉돼. 게다가 이름을 밝히면 코드를 쓰는 의미도 없어."

『뭐야. 꾸짖는 거냐?』

"부정. 그저 후배의 충고야. 그런 임무는 못 받았거든."

『그렇다면 됐네. 가자고.』
마키나도, 히즈키도, 키노하라도, 머릿속으로 정보를 처리하느라 바빠서 입을 열 여유가 없었다.
『잘 있어라, 빌어먹을 불사자(이모탈).』
두 사람의 발밑에서 마법진이 전개됐다.
키노하라는 모르지만, 그것은 마키나 일행이 아키하바라에서 본 공간 전이 마법진이다.
“잠깐……!”
말을 끝까지 잇기도 전에, 두 사람의 모습이 사라졌다.
“뭐가 어떻게…… 된 거죠……?”
마키나의 시선은 먼 곳을 향하고 있었다.
검은 바다 너머, FEMU군의 비공정이 날아다니는 강철 섬.
바다 건너편에서도 느껴질 만큼, 에테르가 불온하게 맥박치고 있는 요코하마시를…….
마키나의 등을 쳐다보며, 키노하라가 말했다.
“상황을 완전히 파악한 건 아닙니다만, 저 비공정을 보니 클라이언트인 FEMU가 저희와 미팅도 없이 강제 사찰을 실행하려는 것 같군요. 저곳에는 제 부하가 있으며, 이런 비상사태에 대비해서 저는 저곳으로 건너갈 수단을 마련해 놓았습니다.”
그렇게 말한 키노하라는 옷 안쪽의 호주머니에서 카드키를 꺼냈다.
“그리고, 비즈니스 파트너로서 저희의 이해관계는 일치한다는 판단을 내렸습니다.”

그것은 개인용 비공정의 키다.

"어텐드(동행)하시겠습니까?"

◆

격리 제사장에서 빠져나온 벨토르 일행은 좁고 긴 석조 통로를 걸었다.

다섯 명, 아니, 네 명과 한 마리의 발소리가 바위로 된 바닥 위에 울려 퍼졌다.

"그런데, 우리는 이제 뭘 할 것이냐?"

일행의 가장 뒤편에 있는 실바르드가 느긋한 어조로 하는 말을, 타카하시가 등 너머로 듣고 있었다.

벨토르와 그람이 앞장을 서고, 타카하시와 아오바가 그 뒤를 따르고 있으며, 최후미는 실바르드가 맡고 있다.

"그 이야기라면 아까 했잖아, 할머니."

타카하시가 그렇게 말했다.

"당초의 목적은 달성했으니까, 다음은 시조를 쓰러뜨리고 이 섬을 차지해서 섬 사람들에게 걸린 수명의 저주를 풀 거야!"

"그리고 내 목적도 달성해야겠지."

"그람 씨의 목적이 뭐였더라?"

"어……? 아, 응……. 스크림이 요코하마시에서 제조되고 있을 가능성이 있으니까, 그걸 조사……하는 건데……."

"그런 말을 들었던 것도 같고…… 못 들은 것도 같은데……."

"스크림은 어떤 건가요?"

아오바가 그렇게 묻자, 왠지 풀이 죽은 듯한 그람이 대답했다.

"스크림은 불법 약물이야. 밖에서는 그 약물의 만연이 문제시 되고 있지."

"그 말은, 바깥세상 분들이 괴로워하고 있는 건가요?"

"뭐, 그래."

"그런가요."라고 말하며 어두운 표정을 짓는 아오바를 본 타카하시가 일부러 밝은 어조로 말했다.

"아무튼, 드래곤 씨께서는 이제 상황 파악이 좀 됐으려나~?"

"흥, 너를 시험했을 뿐이다. 처음부터 알고 있었지. 알고 있었단 말이다! 그런데, 그 시조란 자식은 어디 있는 것이냐?"

이 드래곤은 정말…… 하고 생각한 타카하시는 어처구니없다는 눈길로 실바르드를 쳐다봤지만, 늙은 용은 전혀 신경 쓰지 않았다.

"얼마 전까지 상층의 주민이었던 아오바도 어디 있는지 모르는 만큼, 저희도 상세한 위치는 파악하지 못했습니다. 하지만 상층 혹은 이 섬의 중추에 있는 게 틀림없을 테니, 우선 아틀라스의 바로 밑으로 가보잔 이야기를 아까 누님께 했지요."

"그랬나?"

"이 속성 과적 드래곤은 정말……."

"닥쳐라, 계집! 신을 자칭하는 멍청이를 날려버리고 여기를 차지하겠다는 거 아니냐."

실바르드가 현재 목적을 대략적으로 늘어놨다.

"얼추 맞습니다만, 폭력은 최종 수단입니다. 상대가 대화에 응한다면, 말이지요. 그러니 누님께서도 자중해 주시면 감사하겠습니다."

"일을 참 답답하게 푸는구나."

"도, 도움이 못 되어서…… 죄송해요……. 시, 시조님…… 시조가 어디 있는지를 제가 몰라서……."

"괜찮다. 아오바가 사과할 일은 아니지."

풀이 죽은 아오바의 오른팔을, 실바르드가 휘감듯이 감싸쥐었다.

무녀의 후예, 그 영혼을 복제한 인물이자 자신을 봉인에서 해방해 준 아오바에게 신세를 졌다고 생각하는 건지, 실바르드는 아오바에게는 묘하게 자상하고 친근했다.

마치 귀여운 손녀를 대하는 할머니 같았다.

"정말~ 아오바가 곤란해하잖아~."

타카하시도 아오바의 왼팔을 끌어안았다.

"닥쳐라, 이 아무짝에도 쓸모없는 계집! 떨어져라! 아오바는 내 거다!"

"흥, 좀 있다 이 슈퍼 미소녀 천재 해커의 실력을 발휘해서 네 콧대를 확 눌러줄 거야!"

타카하시와 실바르드는 아오바를 사이에 두고 눈싸움을 벌이며, 혀를 쏙 내밀었다.

가운데에 있는 아오바는 기쁨과 부끄러움과 가능하면 둘이 친하게 지냈으면 좋겠다는 감정을 한꺼번에 느끼는 것 같았다.

"저, 저기, 지금 어디쯤인지…… 알 수, 있나요……?"

실바르드와 타카하시의 압력을 견디다 못한 건지, 아오바는 도움을 청하듯 다른 사람에게 말을 건넸다.

"위치상 아틀라스 아래쪽이려나."

"그, 그람은 지금 어디쯤 있는지 파악하고 있나요?"

"뭐, 그래. 건조물의 구조를 3차원적으로 머릿속에 그리는 게 특기랄까…… 특기가 될 수밖에 없었달까……."

그람은 말을 이으면서 점점 공허한 눈빛을 띠었다.

아무래도 가능하면 떠올리고 싶지 않은 일이 있는 것 같았다.

"고생이 많았나 보네요……."

"나도 옛날에는 이런저런 일이 있었거든……."

"그람의 옛날이야기를 더 듣고 싶어요."

"그래, 좋아. 이 일이 끝나고 나면 질리도록 말해주겠어. 이래 봬도 에피소드가 나름 많은 편이거든."

"훗, 짐한테는 안 되지만 말이지."

"당연하잖아! 그리고 네가 왜 끼어드는 건데?!"

"뭐?! 내가 더 많거든? 너희는 나 말고 다른 용들을 본 적 없지?! 라스벤트 본 적 없지? 이따만—— 하거든?! 이따만—— 하다고! 애송이들은 입 다물어라! 자, 안됐지만 내 승리다~!"

"확실히 누님을 앞지를 만한 에피소드는 없습니다만……."

"대부분 신화 시대의 이야기인 건 반칙이잖아……. 그것보다 이 마족들은 왜 이렇게 경쟁심이 강한 건데……."

"이 드래곤, 진짜 유치하네~!"

"푸, 우후후."

무심코 웃음을 터뜨린 아오바의 얼굴을 보면서, 타카하시는 생각했다.

(아아, 즐거워~.)

아오바와, 벨토르와, 그람과, 그리고 덤으로 실바르드와 함께 있는 게 참 즐겁고 참 행복했다.

세계를 지배할 발판 삼아 나라를 세우겠다는 건 너무 고차원적 이야기라 타카하시는 실감이 나지 않았지만, 벨토르라면 실현할 수 있을 것이다.

그것은 정말 즐거운 것이다.

새로운 친구가 생겼고, 그 친구가 안고 있는 비극도 어찌어찌 해결할 수 있을 것 같다. 분명 이대로 전부 잘 풀릴 게 틀림없다.

아무 근거 없이, 그런 확신이 들었다.

바로 그때, 낡은 석조 통로가 끝나더니 리놀륨과 콘크리트로 된 현대적인 통로로 바뀌었다.

격리 제사장에서도 느꼈던, 이 장소에 어울리지 않는 것이 존재하는 듯한 이질적인 느낌이 이 통로에 감돌고 있었다.

그리하여 일행이 도착한 곳은 아틀라스 바로 밑에 있는 한 방이었다.

그 방 앞에는 구식 마기노로이드 두 대가 총화기로 무장한 채 경비를 서고 있었다.

통로 가장자리에 숨어서 마기노로이드를 살핀 벨토르가 작은 목소리로 말했다.

"경비가 있다……는 건, 저기가 중요 시설이 틀림없다는 의미겠지. 항구에서 마주쳤던 마기노로이드가 왜 마도총으로 무장하지 않은 건지 의아했다만, 아마 에테르 농도가 희미한 구역을 경비하기 위해 일반 화기로 무장한 것 같구나. 에테르 농도가 희박한 장소에서는 그게 더 유효할 테니 말이다."

"기계인형이냐. 우리 시대에는 더 잡다했는데 말이야. 이런 데서 어물쩍거리지 말고 빨리 가자꾸나."

"네. 하지만 발견됐다간 지원군이……."

벨토르가 말을 마치기도 전에, 실바르드의 모습이 사라졌다.

벽을 달리며 천장으로 올라서더니, 구조상 인간과 마찬가지로 머리 위가 사각지대인 마기노로이드의 머리를 꼬리로 베듯 비틀어 끊었다. 그리고 몸통의 중심부에 있는 마동기(魔動機)를 맨손으로 꿰뚫어 무력화시키는 그 일련의 동작은 거의 소리를 내지 않으며 순식간에 이뤄졌다.

"아앗! 아까 벨토르처럼 머리가……!"

"저건 기계니까 괜찮아, 아오바……. 뭐, 벨짱도 괜찮았지만 말이야."

떨어져 나간 마기노로이드의 머리를 과일이라도 으스러뜨리듯 움켜쥐어서 부순 실바르드는 느긋한 발걸음으로 돌아왔다.

"지원군을 부를 수도 있다면, 눈에 띄지 않게 부수면 되지 않느냐."

"신속하고 정확한 판단이라고 생각하지만…… 누님, 아까 싸웠을 때보다 움직임이 더 매끄러워지신 것 같군요……."

"무서워라~……."

실바르드의 움직임을 본 벨토르와 그람이 식은땀을 흘렸다.

마기노로이드가 경비하는 방의 자동문에는 배양실이라고 적힌 플레이트가 붙어 있었다.

"그렇다면, 가자."

긴장에 사로잡히며 연 자동문 너머에는, 넓은 공간과 그곳에 같은 간격으로 배치된 대량의 철제 선반이 있었다.

5단으로 된 선반에는 화분이 놓여 있으며, 강렬하고 새하얀 빛을 뿜는 에테르 네온이 화분 안을 비추고 있었다. 그리고 그 옆을 기계 팔이 달린 자동화 기계가 바쁘게 움직이고 있었다.

화분 안에는 수경재배로 길러지는 붉은 잎이 달린 식물이 있었다.

"이건……."

그람이 붉은 잎을 잡고 화분에서 단숨에 뽑자, 얼굴과 손발처럼 보이는 형태의 적자색 뿌리줄기가 모습을 드러냈다.

"틀림없어. 레드 만드라고라야."

고아르를 중심으로 만연한 약물, 스크림의 원료가 되는 식물이다.

"이 멍청아, 함부로 만드라고라를 뽑지 마라! 비명이라도 지르면 어쩌려는 것이냐! 상식이 없는 것이냐?"

"만드라고라는 품종개량이 이뤄져서, 100년 넘게 옛날부터 비명을 지르지 않게 됐어. 만약 야생에서 비명을 지르는 녀석을 뽑더라도 바로 입 부분을 잘라버리면 되잖아."

손가락으로 귓구멍을 막은 채 항의하는 벨토르에게, 그람은 성가신 투로 그렇게 대꾸했다.

팔이 달린 자동화 기계가 만드라고라에게 물과 영양제를 주고 꽃이 달린 만드라고라를 수확하는 기계화된 모습을 보면서, 그람은 말했다.

"여기가 레드 만드라고라 재배 플랜트구나……. 레드 만드라고라의 재배만으로도 FEMU가 개입할 물적 증거와 대의명분이 돼. 환경 측면으로도 이걸 재배하기에 최적이잖아. 무엇보다 들킬 염려가 거의 없어."

"이것을 재료로 스크림을 제조한 건가."

벨토르가 그렇게 말하자, 그람은 레드 만드라고라를 되돌려놓으면서 고개를 끄덕였다.

"응. 아마 어딘가에 스크림을 제조하는 설비도 있을 거야."

"이 섬의 지배자인 시조는 그 수익을 이 도시의 운영에 쓰고 있는 것이냐."

"그렇겠지. 이 규모의 플랜트면 상당한 금액을 벌 수 있을 거야. 저기, 벨토르."

"왜 그러느냐."

벨토르는 그람이 되돌려놓은 만드라고라를 손에 들고 뚫어지게 쳐다봤다.

"이 섬을 손에 넣으면, 이 시설을 어떻게 할 거지?"

"물론 당장 폐기 처분할 것이니라. 그런 것을 만드는 것도, 이용하는 것도, 위정자에게는 성가시기만 할 뿐이니 말이지."

"그래……."

그람은 약간 안심한 것처럼 한숨을 쉬었다.

아오바는 벨토르가 들고 있는 레드 만드라고라를 지그시 응시했다.

"이것이…… 바깥 사람들을 괴롭히는…… 역시 우리가 지금껏 믿던 것에, 정의는 없었군요……."

자신이 신앙하던 존재의 진짜 모습을 보게 된다는 것은, 자기 인생을 부정당하는 것과 같으리라.

그 모습이 금방이라도 사라질 것처럼 약하게 느껴진 타카하시는, 하다못해 버팀목이 되어줄 생각으로 아오바의 손을 힘껏 잡았다. 떨어지지 않도록, 사라지지 않도록…….

"저기, 저쪽에도 문이 있어."

타카하시는 통로 정면을 손가락으로 가리켰다.

그 방 옆에는 격리 제사장과 마찬가지로 콘솔이 있었으며, 플레이트 또한 붙어 있었다.

타카하시가 글자를 읽었다.

"재봉사 구역……."

도시에서 봉사할 수 없게 된 자가, 마지막에 보내지는 장소다.

벨토르가, 손가락으로 턱을 만지며 말했다.

"재봉사 구역이야말로 이 도시의 중추일 것이니라. 레드 만드라고라의 재배 플랜트라는 최고 중요 비밀 시설을 관리하려면,

중추에 가까운 곳에 배치하는 편이 여러모로 좋을 테니 말이지. 보물을 숨길 거면 용의 둥지에, 라는 말도 있지 않느냐."

"어이, 벨토르. 내 옛날 둥지에 보물을 숨겨둔 건 아니겠지?"

"……."

"내 눈을 봐라!"

"다들 여기로 가는 거구나. 이즈미 영감님도 여기 있을까?"

"그, 글쎄요……."

그렇게 말한 아오바는 재봉사 구역 앞에서 긴장했다.

아니, 아오바만 긴장한 것이 아니다. 타카하시도, 다른 이들도 생각에 잠기거나 경계하는 것 같았다.

아마 여기까지 너무 순조롭게 왔기 때문이리라.

경비도, 침입자에 대비한 보안 장치도 거의 존재하지 않았다.

벨토르는 재봉사 구역의 문에 손을 대며 말했다.

"이 문도 봉인 처리가 되어 있구나. 격리 제사장보다는 수준이 떨어지니 억지로 부수고 나아갈 수 있을 테지만……."

"귀찮구나. 앞을 가로막는 건 전부 부수고 나아가면……."

실바르드가 말을 끝까지 잇기도 전에, 마치 그들을 초대하는 것처럼 재봉사 구역의 문이 자동으로 열렸다.

"어? 뭐가 어떻게 된 거냐?"

"아무래도 들어오라는 것 같네."

일행은 재봉사 구역에 발을 들였다.

그곳은 어둠에 휩싸여 있었다.

"어둡네……."

"기다려라. 지금 불빛을……."

벨토르가 마법으로 불빛을 만들려고 한 바로 그때였다.

재봉사 구역 전체에 환한 빛이 켜졌다.

재봉사 구역은 격리 제사장의 4분의 1 정도 되는 넓이였다.

그 빛에 드러난 물체를 본 순간, 타카하시는 눈을 크게 떴다.

"이게, 뭐야……."

재봉사 구역의 벽면에는, 내부에 무언가가 들어 있는 병 같은 용기가 대량으로 놓여 있었다.

"저건…… 인간의 뇌구나."

실바르드의 말대로, 용기 안에 있는 것은 인간의 뇌였다.

붉은 액체 안에, 수많은 케이블이 꽂힌 뇌와 척수 일부가 둥둥 떠 있었다.

용기의 측면에는 라벨이 붙어 있었다.

라벨에는 '카나가와033M' 이라고 적혀 있었다.

그런 용기가 이 구역의 벽면을 뒤덮듯이 잔뜩 놓여 있었다.

타카하시는 그중 하나의 용기를 주시했다.

용기 안에는 둥글둥글한 뇌가 아니라, 스펀지 같은 열매가 있다. 비슷한 상태인 것이 몇 개나 존재했다.

타카하시는 저것을 본 적이 있다.

고아르 항구에서 낚시하던 노인의 옆에 놓여 있던 물체다.

열매가 든 용기에는 『이소고085F』라는 라벨이 붙어 있었으며, 용기 상부에 비치된 램프가 빨갛게 깜빡였다.

용기는 벽면에 비치된 기계 팔에 의해 회수되더니, 새로운 용기가 보충됐다.

그 용기 안에는 열매가 아니라, 인간의 뇌가 들어 있었다.

(아아, 그래. 항구에서 본 그것은 열매가 아니라, 쓰레기처럼 바다에 버려져서 해류를 타고 흘러온——.)

타카하시는 떨리는 목소리로 중얼거렸다.

"이게, 뭐야……."

타카하시의 말에 대답하는 자가 있었다.

"재봉사 구역입니다. 그렇게 적혀 있었을 텐데요?"

타카하시는 목소리가 들린 방향을 쳐다봤다.

"어?"

답한 사람은 바로 아오바였다.

하지만 어딘가 이상했다.

눈을 깜빡이지 않으며 차렷 자세를 취하고 있을 뿐만 아니라, 눈동자에서 파르스름한 빛이 뿜어져 나오고 있었다.

"아오바……?"

아오바는 천천히, 네 사람 앞으로 이동해서 말했다.

"늦었군요. 기다리고 있었습니다."

"잠깐만. 왜 그러는 거야, 아오바……."

"아뇨. 저는 아오바100F가 아닙니다."

아오바의 입에서, 아오바의 목소리로…….

"저는 이 도시의 관리자, 시조라고 불리는 자입니다."

그런 말이 흘러나왔다.
"시조라니…… 아, 아오바. 너, 대체 무슨 소리를……."
"진정해라, 계집."
실바르드가 타카하시의 어깨에 손을 얹으며 말했다.
그녀는 온몸으로 공기를 일그러뜨릴 정도의 적의를 뿜으면서, 아오바를 응시하고 있었다.
"지금의 저 아이는 아오바가 아니다."
"그래요. 지금 저는 아오바100F의 육체를 통해, 여러분에게 말하고 있습니다."
"아오바의 몸을?! 멋대로 무슨 짓을 하는 거야! 헛수작 부리지 마! 돌려줘!"
"멋대로? 돌려줘?"
타카하시는 분노한 나머지 침을 튀기며 소리쳤지만, 시조의 목소리는 평온하기 그지없었다. 마치 길잃은 어린아이를 인도하는 것처럼, 혹은 장난꾸러기를 타이르는 것처럼.
"말이 심하군요. 이 몸과 마음은 시조인 제가 만든 제 소유물이니, 제가 자유롭게 사용하는 것을 가지고 당신에게 불평을 들을 이유는 없습니다. 하지만 흥미롭군요. 같은 혼백을 복제해서, 같은 그릇에 넣고, 같은 교육을 받게 하며, 같은 환경에 뒀는데도 어째선지 조금씩 차이가 발생합니다……. 쾌활한 자, 내성적인 자, 순종적인 자, 반항적인 자, 비슷한 것 같으면서도 하나하나 다르고, 그래서 전부 다 좋군요."

"시조여."

벨토르가 상대의 말을 끊고 입을 열었다.

"기다리고 있었다고 했느냐? 마치 짐들이 이곳에 올 것을 알고 있었다는 듯한 말투구나."

"네, 알고 있었습니다. 신은 모든 것을 감시하고 있죠. 그 감시 시스템의 이름이 《위대한 형제》입니다. 에테르가 매우 희박한 곳에서도 작동하는 《위대한 형제》로 시민의 눈에서 직접 영상을 전송받아서, 관리 시스템과 시각 정보를 공유하는 겁니다."

"전부 보고 있었다는 건가. 그렇다면 어이하여 짐들을 이곳까지 들어오게 둔 것이지?"

"이유는 두 가지입니다."

"두 가지……?"

"하나는 실바르드의 결계를 당신이 깨게 하는 것입니다. 이 땅의 주춧돌인 실바르드는 에테르 라인을 활성화합니다. 그녀가 활성화한 에테르 라인에서 에테르를 빨아올려서 도시 운영에 이용해 왔습니다만, 주춧돌의 힘은 토지 자체에 작용하고 있기에 제 계획에 필요한 마법의 발동을 저해합니다. 그러니 배제해야만 하는 존재였죠."

계획에 필요한 마법. 그 말을 들은 벨토르의 눈썹이 움직였다.

시조는 계속해서 말했다.
"하지만 제가 봉인을 풀고 배제하기엔, 그녀는 지나치게 강대한 존재입니다. 제 계획이 파탄 날 가능성마저 있죠. 그래서 당신들을 이용해 봉인을 푼 것입니다."
"나를 이용하고 있었을 줄이야……. 그렇다면 다른 하나는 뭐냐?"
"다른 하나는, 그 밖의 계획은 당신들이 실바르드의 봉인을 푼 시점에 전부 달성됐기 때문입니다."
"뭐라고……?"
"실바르드의 봉인만 푼다면, 당신들이란 존재는 제 계획에 그 어떤 영향도 끼칠 수 없다. 그렇게 판단했습니다. 그러니 내버려두든 말든, 전혀 상관이 없죠. 당신들은 처음부터, 제 손바닥 위에 있었던 겁니다."
그람이 한 걸음 앞으로 나서면서 물었다.
"혼자서 이 도시의 모든 주민의 시각 정보를 처리하고 있는 거야……?"
"그럴 리가요. 저도 그 정도로 만능의 존재는 아닙니다. 혼자서 이 도시의 시각 정보를 전부 처리하는 건 불가능하죠. 《위대한 형제》만으로도 상당한 처리 능력이 필요하니까요. 그래서 모두에게 맡기고 있는 겁니다."
"모두……?"
타카하시가 그렇게 말하자, 시조는 고개를 끄덕였다.
"보일 텐데요?"

시조는 아오바의 몸을 이용해 두 손을 활짝 펼쳤다.

"이 병렬화된 시민들의 뇌, 이것이야말로 이 도시의 통합 관리 재정기구《어머니들》입니다."

"이게…… 전부…… 도시의……."

타카하시는 목소리를 쥐어짜면서, 벽면에 대량으로 놓인 용기 속 뇌를 쳐다봤다.

이것들이 전부, 이 도시 주민들의 뇌라는 것을 실감할 수 있을 리가 없다.

"도시에, 그리고 저에게 봉사할 수 없게 된 자가 육체를 버리고 재봉사하기 위한 시설이 이곳, 재봉사 구역입니다. 영혼의 설계상, 그들의 노화 진행은 매우 빠르죠."

시조는 말을 이었다.

"하지만 뇌의 노화만은 달랐습니다. 뇌만은 노화 진행의 영향을 적게 받았어요. 그래서 재이용한 겁니다. 피 한 방울까지 봉사하는 게 의무니까요. 처리 부하가 너무 걸리면 뇌가 쪼그라들어서 폐기해야 하는 게 문제지만 말이죠. 이렇게 되면 식용으로도 쓸 수가 없어요."

"그렇다면…… 이즈미 영감님도……?"

"네. 물론 당신들과 한 방을 쓰던 이즈미012M도 여기 있습니다. 지금도 한창 재봉사 중이죠. 다들 기쁜 마음으로 봉사하고 있을 겁니다. 정신이 고양되는 스크림, 그 용액 안에 담가져서 항상 뇌가 쾌감으로 가득 찬 상태로 기존의 몇 배나 되는 기능을 발휘하고 있으니까요. 극락이란 이것을 말하는 거겠죠. 스크림은 정말 멋진 약입니다. 외부에서 자금을 벌 뿐만 아니라, 그들이 죽을힘을 다해 재봉사하는 것도 도와주고 있어요."

"어……어떻게…… 그런 짓을……."

시조의 소행을 들은 타카하시는 두 손으로 얼굴을 감쌌다.

"그래서?"

벨토르가 그렇게 말했다.

"일단 물어는 보겠노라. 시조여. 그대의 목적을 말이다. 설마 이런 조그마한 섬에서 신 행세를 하는 것은 아니겠지?"

"제 목적이라면 당신도 알고 있을 텐데요, 벨토르."

"뭐……?"

벨토르는 알고 있다.

교전의 옆표지에 적혀 있는 성스러운 구절.

그것이야말로 시조의 계획, 위대한 목적.

"세계 평화입니다."

그렇게, 어딘가의 마왕과 똑같은 말을 했다.

"세계 평화인가. 재미있구나."

벨토르는 자조적인 웃음을 흘리며 말을 이었다.

"어떻게 실현할 생각이지?"

"세계 평화를 실현할 방법이라면 하나밖에 없지 않습니까? 완전한 존재에 의한 지배, 그것 말고는 세계 평화를 실현할 수 없죠. 비웃을 겁니까?"

"그럴 생각은 없느니라. 짐도 같은 뜻이 있으니 말이다."

"그런가요. 그렇다면 저희는 같은 목적을 지닌 동지군요. 어떻습니까? 당신이 협력해 준다면 계획을 더 빠르게 진행할 수 있을 것 같군요."

"……."

일행 중에서 오직 한 명, 그람만이 시조가 아니라 벨토르를 쳐다봤다.

"어리석은 것."

벨토르는 내뱉듯이 그렇게 말했다.

"짐이 바라는 것은, 짐의 치세를 통한 평화이니라. 신조차 아닌, 백성을 도구로만 보는 그대가 평화로운 세계를 실현할 수 있을 것 같으냐."

"마치 당신은 다르다는 듯이 말하는데, 거참 이상하군요. 당신도 마찬가지 아닙니까?"

"뭐라고?"

"당신은, 당신을 신앙하는 자들 모두에게 어떤 식으로든 보답한 적이 있습니까? 그들을 아낀 적이 있습니까? 진심으로 감사한 적은 있습니까?"

"……."

벨토르는 대답하지 않았다.

어쩌면, 대답할 수 없었던 걸지도 모른다.

"없죠? 당연합니다. 물과 산소에 진심으로 감사하는 사람은 없으니까요. 신앙을 받는다는 건, 식사 같은 겁니다.』

시조는 말을 이었다.

"산 제물인 양에게. 식용으로 도축당하는 마가르에게. 공물을 받은 자가, 자신에게 바쳐진 공물에게 특별한 감정이 생길 리가 없습니다. 신앙을 받는다는 건, 그들의 기댈 곳이 되어 준다는 것을 뜻하죠. 존재하는 것만으로도 상부상조하고 있는 만큼, 감사할 필요는 없습니다."

"신 행세를 하며, 짐에게 설교하는 것이냐?"

"호오, 말을 돌리는군요. 찔리는 구석이 있는 겁니까? 뭐, 좋습니다. 확실히 지금의 저는 영적 상위 존재인 신이 아니죠. 지금의 저는 인간으로부터 신앙력을 얻을 수 없으니까요."

"무슨 짓을 하려는 건지 모르겠다만, 그대의 흉계는 짐이 뭉개겠다. 그대를 타도하고, 이 섬을 전부 손에 넣겠노라."

"좋습니다. 이 섬은 마음대로 하시죠. 당신에게 드리겠습니다. 저는 이제 필요 없으니까요."

"뭐라고……?"

시조가 그렇게 말하자, 벨토르는 미간을 찌푸렸다.

"하지만 제 흉계를 뭉개버리겠다고요? 그 말은 틀렸습니다. 아까 말했을 텐데요? 제 계획은 이미 완료됐다고 말이죠. 신앙은 가득 찼고, 용은 해방됐습니다. 남은 건, 진정한 신이 되는 것뿐이에요."

"무슨 소리를……."

"나의 친애하는 1만의 시민이여. 경청하세요."

선언했다.

더러운 세상을 멀리하고 깨끗한 세상을 반기라
"《염리예토 흔구정토(厭離穢土 欣求淨土)》."

마명 선언에 따라, 마법이 발동됐다.

원격으로 발동하는 그 마법은, 아틀라스가 상층과 하층에서 빨아들이듯 모은 에테르의 해방에 맞춰 순식간에 요코하마시 전체를 휘감았다.

그렇기에 그 효과 또한 순식간에 드러났다.

아오바의 몸이 푸른 빛에 휩싸였다.

"어."

시조의 영향에서 해방된 아오바가, 자기 몸에 일어난 비상 사태를 눈치챘다.

"타카하시."

아오바가 타카하시에게 도움을 청하며 반사적으로 손을 뻗자, 타카하시 또한 아오바의 손을 잡기 위해 손을 뻗었다.

"도와……."

하지만 그 손은 영원히 닿지 않았다.

아오바의 몸이 빛의 입자가 되어 사라졌다.

머리카락이 사라지고, 눈꺼풀이 사라지면서 안구가 노출되더니, 입술이 사라지면서 치아가 훤히 드러났고, 피부가 사라지면서 근육이 드러났으며, 그것들도 사라지며 내장이 흘러나오더니, 남은 신경과 뼈는 버팀목을 잃은 탓에 무너져 내리면서 땅에 닿기도 전에 입자가 되어 사라졌다.

입고 있던 죄수복이 바닥에 떨어졌다.
아오바의 흔적이 이 세상에서 완전히 소실됐다.
순식간에 일어난 일이었다.
"————."
마지막 말조차 남기지 못한 채, 아오바의 육체는 에테르가 되어 사라졌다.

◆

요코하마시 상층, 대교회.
시조의 특명에 따라 모여 있던 약 2천 명의 시민.
기도를 드리고 있던 모든 인물이, 빛이 되어 사라졌다.
자기 안위를 위해서 아오바100F를 법무국에 밀고한 개체, 아오바022M은 차례차례 사라져가는 시민들 사이에서 자기 육체와 의식이 소실되는 것을 자각하며 말했다.
"이것이 타인을 밀어낸 자가 받는 벌이군요……."
상층에서 생명이 사라지고, 종소리만이 울려 퍼졌다.

◆

요코하마시 하층.
한곳에 모여 있는 하층의 모든 죄수, 약 8천 명과 소수의 법무관 사이에서 다툼이 일어났다.

벨토르라는 이분자에게 영향을 받아, 반란이라는 씨앗이 싹튼 소수 시민이 소소하면서도 최초의 반란을 일으켰다.

"시조님께서 말씀하십니다! 조용히 하세요! 조용!"

"벨토르가 사고를 당했다는 게 정말입니까!"

"그들을 징벌방에서 꺼내 주십시오!"

"어라? 몸이……."

하지만 그것은 아무런 의미도 없었다.

하층에 있던 자들 모두 한 명도 남김없이 사라졌다.

◆

"어……? 왜……?"

방금까지 이 자리에 있었던 아오바가 빛이 되어 사라졌다.

타카하시는 비틀거리면서, 바닥에 떨어진 아오바의 죄수복을 주워 들었다.

죄수복에는 아오바의 온기가 아직 남아 있었다.

"이게…… 대체……."

타카하시는 힘없는 목소리로 그렇게 말했다.

『최종 봉사입니다.』

타카하시의 말에 답하듯, 재봉사 구역 어디선가 남자의 목소리가 들려왔다.

"최종…… 봉사?"

『인간은 어째서 다투는 걸까요.』

남자—— 시조는 가르침을 설파했다.

『거기에는 다양한 이유가 있습니다. 굶주림 때문이기도 하고, 타인과의 차이, 격차 때문이기도 하죠. 그런 것에 대한 성가신 고민이야말로 다툼의 환부입니다. 인간의 고질병인, 업(業). 그 번뇌가 기인하는 것은 즉, 영혼이 예토(穢土)에 사로잡혔기 때문입니다.』

"어? 뭐?"

『그렇다면, 어떻게 하면 좋을까요. 그렇습니다. 해탈하면 됩니다. 육체란 굴레를 벗어 던지는 거죠. 그렇게 하면 예토에 사로잡힌 영혼은 번뇌에서 해방되고, 모두가 같은 신앙 아래에 모이며, 자아의 경계가 허물어지고, 무리가 뒤섞여 하나가 된다면, 세계는 평화로워질 것이란 논리입니다. 이것이 제가 인간을 번뇌에서 건져 극락세계로 이끄는 길이자 그들의 최종 봉사. 이 모형 정원은 그 예행연습입니다.』

"영문 모를 헛소리 좀 작작 늘어놔! 뭐가 어떻게 된 건지나 말하란 말이야!"

『흑룡 실바르드가 해방되면서 발동할 수 있게 된 마법으로 그들의 혼에 걸린 저주를 기동해서, 1만의 육체를 에테르로 바꾸고, 영혼을 추출해, 정보로 변환한 겁니다.』

"뭐?! 사람의 혼을 정보로 변환해?! 그딴 게……."

"가능하노라."

발끈한 타카하시의 말을 끊은 이는 바로 벨토르였다.

평소와 다름없는 듯한 그 목소리는, 듣는 자에게 공포를 안겨 줄 만큼 차가웠다.

“영혼을 정보로 변환하는 기술에는, 500년 전에 이미 도달했지.”

『그렇습니다. 당신의 지인이 가르쳐 줬죠. 불멸전생의 마법, 《전륜법(메테노엘)》. 거기서 착상을 얻었습니다.』

“마르큐스인가. 부활 의식을 알려준 만큼, 그놈이라면 한정적으로나마 짐의 《메테노엘》을 해석할 수 있겠지.”

『1만 시민의 육체를 에테르로 바꾸고, 청렴한 아틀라스 내부의 육도(六道) 기관에 수납. 거기서 영혼을 정보로 변환하고, 신앙에 강제적인 지향성을 가해 신앙력을 무한히 자아내는 연료로 삼습니다. 그에 따라 아틀라스에 탑재된 제 영혼은 신의 계위로 올라설 겁니다.』

“아틀라스에 영혼을 탑재…… 그대 자신도 이미 영혼을 정보화시켰다는 건가.”

『네. 아틀라스의 메인 시스템으로 탑재된 저는, 1만 시민의 봉사를 통해 신에 이를 겁니다. 그와 동시에 아틀라스 자체도 영원불멸한 신의 몸이 되는 거죠. 그리고 이것은 사전에 정해진 일입니다. 당신들도, 꿤에 넘어와 이 섬을 포위하고 있는 FEMU군도, 그리고 《길드》도, 전부 늦었습니다.』

“뭐? FEMU군이라니…….”

그람이 질문을 던지려던 바로 그때였다.

재봉사 구역이 흔들렸다.

"지진……?!"

그람은 타카하시의 몸을 감쌌다.

흔들림은 멎기는커녕, 점점 커져만 갔다.

『안녕히 계세요, 제 정원에 침입한 자들이여. 그리고 마지막으로 축복하십시오. 이 세상에 강림하는, 다음 세대의 신을. 공포와 파괴를 통한 지배 너머에 있는, 제가 관리하는 완전한 세계 평화의 실현을.』

재봉사 구역의 천장이 무너졌다.

굉음과 함께 크고 작은 건물 파편이 쏟아지더니, 진동 탓에 뇌 용기가 바닥에 떨어져서 깨졌고, 빠져나온 내용물은 건물 잔해에 깔려서 짓뭉개졌다.

무너진 것은 재봉사 구역만이 아니다.

요코하마시 전체가 붕괴했다.

막간

요코하마시 하층 중앙에 세워진, 하층 플레이트를 지탱하는 296미터의 탑.

그 탑의 이름은 아틀라스.

어스(지구)의 신화에서, 주신에게 하늘을 짊어지는 벌을 받은 거인의 이름이다.

탑의 표면에 붉은빛이 흐르더니, 그것을 뒤덮은 외벽이 벗겨지며 떨어졌다.

그리고 모습을 드러낸 것은, 탑과 마찬가지로 몸길이가 296미터에 이르는 강철의 기계신.

초거대 MG, 기계신 아틀라스.

외부의 눈을 속이기 위해 탑으로 위장했으며, 불법 약물의 원재료를 재배 및 판매해서 얻은 막대한 이익을 투입해서 탑 내부에 극비리에 건조한 시조의 몸.

요코하마 시민 1만 명의 육체를 에테르로 분해하고 그 영혼을 통째로 흡수해 동력으로 삼음으로써, 기계신은 깨어났다.

아틀라스가 기동함에 따라, 이를 중심으로 전개되던 '상층을 떠받치는 결계'가 소멸하고, 상층이 중간에서 부러지며 붕괴

및 낙하했다.

붕괴한 상층은 철을 쌓아 만든 하층을 뭉갰고, 요코하마시라는 인공섬이 파괴에 휩쓸리자, 모형 정원 도시는 붕괴했다. 최초의 소원과 함께…….

1만의 공물로 깨어난 기계신과 의식을 동화한 남자가 간다.

자신의 목적을 달성하기 위해, 세계 평화를 성취하기 위해.

누구를 위한 것인지, 무엇을 위한 것인지, 그 목적의 근간은 망각의 저편으로 사라졌다.

그렇다면 나아갈 수밖에 없다. 남자는 과거의 기억도, 목적의 이유도 잃었다.

자신이 누구인지조차, 이제는 모를지도 모른다.

지금 남자를 움직이는 건, 광기에 가까운 목적의식뿐이다.

세계 평화, 그것만이 자신을 이루는 레종 데트르(존재이유).

강철 우리 안에서, 영적 상위 존재── 신이 된 남자는 싱겁게 웃었다.

『자, 시작합시다. 세계 평화를 실현하는 낙원 계획을.』

누군가를 위해서였을 그 말은, 이제는 누구를 위한 것인지도 기억하지 못한다.

모든 인류의 번뇌를 끊고, 이 부정한 세계에서 해방하는 중생제도(衆生濟度)의 시작.

기계신은, 고래의 울음소리와 흡사한 탄생의 울음을 토했다.

제6장 기계장치의 신

고아르 항만지구.

그곳에서 홀로 밤낚시를 하는 드워프 노인이 있었다.

요코하마시로 가는 비공정이 많다고 생각한 직후였다.

"어, 어어……."

노인은 봤다.

붕괴하는 강철 섬의 한가운데에서, 지금 막 깨어난 것을.

노인은 들었다.

일그러진 밤하늘 아래에서, 강철 섬이 붕괴하는 소리와 탄생의 울음을.

바다에 빠져들며, 물보라를 일으키는 강철 섬의 잔해.

그 한가운데에——.

"거인……?"

키가 약 300미터는 될 법한 기계 거인—— 아니, 기계 거신이 서 있었다.

고아르와 요코하마를 가르는 공간 왜곡의 영향으로 흐릿하게 보였지만, 그것이 인간 형태를 하고 있다는 것은 알 수 있었다.

기계신은 몸이 앙상하고, 팔다리가 길었으며, 가부키 배우의 화장을 연상케 하는 문양이 온몸에서 반짝이고 있을 뿐만 아니라, 자신의 키만 한 검을 한 손으로 쥐고 있었다.

그 등 뒤에는 흉흉하면서도 신성한 느낌의 붉은 반사광이 존재했고, 그것이 서서히 속도를 올리며 회전하며 빛의 고리를 형성했다.

다음 순간.

기계신의 왼쪽 눈에 해당하는 부분에서 붉은 광선이 나갔다.

기계신이 고개를 돌리자, 광선도 움직이면서 섬 주위를 선회하는 비공정을 쓸어버렸다.

10여 대의 비공정 대부분이 빛에 삼켜지더니, 그대로 폭발하며 사라졌다.

남은 비공정은 몇 대뿐이었다.

기계신이 자비를 베풀어서 그들을 공격하지 않은 게 아니다.

그저 무장하지 않은 비공정이어서 공격하지 않았을 뿐이다.

"어……아……아아……."

그런 신의 사정을, 노인이 알 리 없었다.

낚싯대를 내던지고, 걷어찬 용기의 뚜껑이 열리면서 내용물이 바다로 흘러드는 가운데, 노인은 구르듯이 도망쳤다.

그저 뇌리에 떠오른 것은, 저 섬에 가고 싶다고 말했던 흑발 남성의 얼굴뿐이다.

기계신이 걸음을 내디딘다.

시조의 이름 아래, 인류가 하나 되는 세계 평화를 성취하고자.

◆

요코하마 주민 모두의 육체를 에테르 변환하고 영혼을 정보로 변환해 흡수하면서, 기계신 아틀라스는 기동했다.

아틀라스라는 버팀목을 잃은 요코하마시는 순식간에 붕괴했다. 그 대량의 잔해 아래에서 벨토르, 그람, 실바르드, 그리고 그람에게 안긴 타카하시가 탈출했다.

대량의 잔해에 깔리기 전에 공격 마법으로 위에 구멍을 뚫은 후, 잔해를 발판 삼으며 지상으로 나간 것이다.

네 사람은 봤다.

아틀라스의 눈에서 뿜어진 붉은 광선이 먹구름 아래에서 선회하고 있는 비공정을 삼키는 광경을.

그 빛에는 이름이 있다.

그 이름은――.

"《궁니르》?!"

그람이, 그 빛의 이름을 외쳤다.

"《궁니르》?"

실바르드가 의아한 목소리로 그렇게 말하자, 벨토르와 그람이 답했다.

"궁니르…… 들은 적이 있느니라. 어스의 신화에 등장하는 신이 가진 창의 이름이던가."

"그래. 신의 창이란 명칭을 지닌, 제2차 도시전쟁 때 개발된 대공 방위 마도병기야."

별칭, 마력가속포.

초장거리를 정확하게 저격할 수 있는 사거리와 정밀도, 발사와 거의 동시에 명중하는 속도, 그리고 파괴력을 겸비한 병기다. 도시전쟁에서는 두꺼운 오염 구름과 함께 항공병기의 유용성을 저하해서 그 발전을 늦춘, 제2차 도시전쟁을 개판으로 만든 요인이기도 했다.

"발동하려면 방대한 마력이 필요해서, 에테르 리액터와 직접 연결하지 않으면 운용할 수 없어. 그러니 이동할 수 없고, 발사 각도도 제한적이라서 거점 방어용 병기……일 텐데……."

"지금의 저놈은 1만의 시민을 흡수한 육도기관이란 것의 신앙력을 통해 방대한 마력을 갖춘, 움직이는 포대인 것이냐."

벨토르가 그렇게 말하자, 그람은 고개를 끄덕였다.

"격추된 것은 FEMU의 비공정인가……. 내 조사 결과를 기다리지 않고 강제 사찰을 실행할 작정이었나 보네."

비공정은 아직 남아 있지만, 아틀라스는 남은 비공정을 향해 《궁니르》를 쓰지 않고 걸음을 옮겼다.

그 발은 바닷물에 잠기지 않았다. 《워터 워킹》 같은 마법이 걸린 건지, 해수면 위를 걷고 있었다.

진행 방향에는 고아르 시내가 있었다.

"저, 저기! 그것보다……!"

타카하시는 말을 이으면서 주위를 둘러봤다.

"호, 혹시…… 살아 있는 사람은……."
주위에 있는 것이라고는 흙먼지, 강철, 파편, 모든 것이 파괴되어 가루처럼 흩날리고 있는 황량한 경치뿐이다.
설령 영혼의 정보화를 면한 자가 있더라도, 저 붕괴에서 살아남을 순 없으리라.
그렇듯 절망적인 광경이 펼쳐져 있었다.
타카하시는 무너지듯 무릎을 꿇었다.
"아, 아아…… 왜…… 이렇게…… 아오바…… 아오바……."
고개를 숙인 타카하시는 자신을 덮치는 무력감과 상실감에 괴로워하면서, 바닥의 파편을 으스러뜨릴 듯이 움켜쥐었다.
눈을 감자, 사라지기 직전의 겁먹은 아오바의 얼굴이 눈앞에 어른거렸다.
만난 지 며칠밖에 안 됐다.
짧디짧은 시간이지만, 자신들은 틀림없이 친구였다.
피를 흘리지도, 시체가 되지도 않았다.
눈앞에서 빛이 되며 사라졌을 뿐이다.
이해는 하고 있다. 하지만 실감이 나지 않았다.
그저 공허한 상실감만이 가슴속에 맴돌았다.
"일어서라, 타카하시. 아직 아무것도 끝나지 않았느니라."
그것은 듣기에 따라서는 잔혹할 수도 있는, 질타에 가까운 말이었다.
초췌해진 10대 소녀에게 하는 말로는 너무나도 잔혹했다.
하지만 타카하시를 단순한 10대 소녀가 아니라, 한 명의 동료로 인정하기에 건넨 말이다.

"신을 죽여서, 벗의…… 아오바의 넋을 위로하겠다."

타카하시는 고개를 들어서 벨토르를 쳐다봤다.

그 눈은 기계신을 똑바로 쳐다보고 있었다.

다른 두 사람도 말없이 아틀라스를 쳐다보며, 어떤 감정을 드러내고 있었다.

분노, 그리고 살의다.

세 사람은 숨김없이 드러낸 분노를 내뿜고 있었다.

아오바의 육체를 에테르로, 영혼을 정보로 변환했다는 것은 사실상의 죽음을 뜻한다.

벨토르의 부활에 쓰인 마법, 에테르를 육체로 재구성하는《메테노엘》은 타카하시도 안다. 그렇기에《메테노엘》로 아오바의 육체를 재구축해서 부활시킬 수는 없는지 벨토르에게 물어보고 싶은 마음이 가슴속에서 샘솟았지만, 차마 물을 수 없었다.

벗을 구할 가능성이 소수점 이하라도 있다면, 이 남자는 그 어떤 수를 써서라도——그야말로 오물에 범벅이 되더라도, 숙적에게 고개를 숙이고서라도——구하려고 할 것이다. 그런 남자가 '넋을 위로하겠다' 는 말을 입에 담았다.

그 사실이, 타카하시가 아오바의 죽음을 그 무엇보다도 실감하게 했다.

타카하시는 몸을 일으키고, 노려봤다.

친구의 원수, 기계장치의 신을.

벨토르가 마력을 기동했다.

주위의 파편과 먼지를 날릴 정도로 마력이 샘솟고, 몸 주위에 검은 번개가 휘몰아쳤다.

벨토르는 다섯 손가락을 펼친 손을, 하늘로 내밀었다.

발동한 것은 마왕 벨토르가 지닌 마법 중에서도 최대 규모의 광역 섬멸 마법.

신앙력의 상승으로 해금된, 보는 자들을 절망으로 인도하는 멸망의 별.

하늘을 향해 뻗은 다섯 손가락을 쥐면서 허공을 움켜쥐더니, 하늘을 잡아당기듯 팔을 휘두르면서 마명을 선언했다.

"《델 스텔》!"

별이 떨어졌다.

두꺼운 먹구름을 밀어내고, 검은 불꽃을 두르고 방대한 질량과 속도에 의해 압축된 대기와 에테르가 검게 빛나는 가운데, 거대한 암석이 하늘에서 떨어졌다.

이것이 마왕 벨토르만이 쓸 수 있는 대마법, 《델 스텔》.

방대한 마력으로 만들어낸 거대 암석을 성층권에 소환한 후, 중력 제어로 속도를 붙이며 낙하시켜서 속도와 질량과 마력의 상승효과를 통해 광범위를 파괴하는 마법이다.

대질량 물체를 고고도에서 떨어뜨린다.

간단하면서도 강력하다. 그렇기에 막기 어렵다.

하지만 아틀라스는 막지도, 피하지도, 저항하는 기색도 보이지 않았다.

그 힘을 과시하듯, 관심이 없는 것처럼 그저 걸음을 옮겼다.

《델 스텔》이 아틀라스에 정통으로 명중했다.

폭발이 아틀라스를 감싸더니, 충격과 소리가 벨토르 일행에게 전해졌다.

하지만——.

"멀쩡한가……."

아무 일도 없었던 것처럼, 아틀라스는 폭발 속에서 당당히 걸음을 옮기고 있었다.

벨토르는 한쪽 무릎을 꿇었다.

다양한 마법을 복합한 대마법이기에, 아무리 벨토르라도 어마어마한 마력을 소비했다. 한정적이기는 해도 제2형태 현현이 가능할 만큼 신앙력이 커진 지금도 대부분의 마력을 소모할 정도다.

"벨토르의 《델 스텔》을 맞고도 멀쩡하다고……? 대체 어떻게 막은 거지……?"

"저 마법을 정통으로 맞고도 멀쩡하다니, 말도 안 돼."

《델 스텔》을 아는 실바르드와 그람이 경악하는 게 당연했다.

저 정도의 마력, 속도, 질량이 명중했는데도 흠집 하나 나지 않는다는 건 말도 안 된다. 뭔가 트릭이 숨겨져 있다고 생각하는 게 지극히 자연스러우리라.

"방금 일격으로, 이해했다. 저건 막아낸 게 아니다. 애초에 먹히지가 않았노라."

일시적으로 마력 부족 상태가 된 벨토르가 어깨를 들썩이며 말했다.

"먹히지 않았어……? 그게 무슨 소리야, 벨토르."

벨토르는 그람의 말을 들으면서 몸을 일으켰다.

"저것은 기계의 몸으로 영적 상위 존재, 그러니까 신이 된 것이니라. 그리고 기계의 몸이면서도 독립해서 의지를 지닌, 아틀라스란 이름의 살아있는 마법이라고도 할 수 있는 존재이지. 보아하니 술식 규모와 논리 강도는 에테르 네트워크에도 필적하는 것 같구나."

에테르 네트워크란 마법을 파괴하려면, 별을 파괴할 정도의 힘이 필요하다.

거기에 필적하는 술식 규모를 지녔다면 물리적, 마법적 파괴가 불가능하다는 뜻이다.

"저것이 말한 육도기관. 신앙력을 한 방향으로 정하고, 쉴 새 없이 신앙을 보내게 해서 믿기지 않을 정도의 신앙력을 손에 넣은 것이겠지. 500년 전의 짐 이상으로 말이다. 그렇다면 저 규모의 술식이 유지되는 것도 설명이 되느니라."

"잘은 모르겠다만, 그런 걸 대체 어떻게 해치울 것이냐?"

"아무래도 우리만으로 저걸 상대하긴 어렵겠는걸."

"그렇다면 어떻게 할 것이지? 꼬리 말고 도망칠 것이냐?"

"괜찮아……."

그 말을 한 사람은 타카하시였다.

"벨짱…… 저 자식은 내가……."

그녀는 망설임 없이, 말을 이었다.
"죽일 거니까."
그 목소리는, 얼음장처럼 차가웠다.
"승산은 있느냐?"
"응. 하지만 나 혼자선 무리야. 저 자식에게 다가갈 수 없고, 패밀리어도……."
바로 그때였다.
비공정 한 대가, 고아르 쪽에서 공간 왜곡을 넘으며 날아왔다.
그리고, 그 비공정에서 소리를 지르며 낙하하는 것이 있었다.

"꺄아아아아아아아아아아아아아아아아아아아아아아아아아아아아아아아아!"

사람이 두 명이다.
히즈키를 안은 마키나가, 상공에서 낙하하고 있었다.
마키나는 마력으로 낙하의 충격을 없애며 착지했다.
"주, 죽는 줄 알았어……."
"키노하라가 비공정을 조달해 줘서 살았어요. 그 사람, 재주가 참 좋네요. 비공정도 조종할 줄 알고요."
"그렇다고 뛰어내릴 필요는 없잖아!"
"어쩔 수 없잖아요……. 갑자기 섬이 붕괴해서 착륙할 장소가 없어졌는걸요. 키노하라도 공중에서 대기시켜야 하고요."
"그것보다 저 거대한 건 뭐야? 비공정이 거의 다 떨어지고, 우리도 죽을 뻔했잖아. 그리고 모르는 얼굴이 보이는데, 누구신가요?"

"벨토르 님! 그리고 실바르드 경! 무사하셨……."

이 자리에 있는 네 사람에게 감도는 긴장된 분위기가 재회의 기쁨과 놀람, 그리고 안도를 능가한 탓에 마키나와 히즈키는 입을 다물었다.

실바르드에게 인사하지도, 자신들이 이곳에 온 경위도, 무슨 일이 일어나고 있는지도 물어보거나 말하지 않았다. 그저 마키나는 주군 앞에서 한쪽 무릎을 꿇었으며, 히즈키는 자연스럽게 차렷 자세를 취했다.

"명령해 주십시오, 벨토르 님."

"그래……."

기계장치의 신을 쳐다보며, 벨토르는 말했다.

"신을 죽이겠다."

"저 거대한 덩치에, 비행 능력은 없다. 바다를 건너도 이동 자체는 걸어서 하고 있지. 아틀라스라도 공간 왜곡을 돌파하는 데는 시간이 걸린다고 믿자."

벨토르의 말을 들은 그람이 고개를 끄덕였다.

"아틀라스의 《궁니르》는 포구를 기점으로, 에테르를 매개로 하는 마도병기야. 무시무시할 정도로 정밀하고, 사거리가 길며, 화력이 어마어마하지. 아틀라스에게 접근하기 위해서는 우선 저 《궁니르》를 공략할 필요가 있어."

"에테르를 이용하는 병기라면, 대처할 수 있다. 마키나."

"네."

"그대의 '화살' 해방을 허락하마."

"알겠사옵니다, 벨토르 님."

"화살?"

히즈키가 물었다.

"그게 마키나의 비장의 수야?"

"네."

마키나는 고개를 끄덕였다.

"과거의 싸움에서는, 억지력으로 쓰였어요."

◆

마키나는 신을 죽이는 작전 회의에서 나눈 대화를 조용히 떠올렸다.

마키나가 팔을 휘두르자, 영혼에 격납 중이던 무장이 의식 동작에 따라 소환됐다. 온몸이 불길에 휩싸이면서, 검은 갑옷이 생겨났다.

발동한 마력이 백은색 머리카락과 연홍색 눈동자에 흐르자, 활활 타오르는 진홍색으로 변했다.

마키나는 적을 주시했다.

인간 형태를 한 거대한 강철 덩어리다.
그저 곧장, 금속이 삐걱거리는 소리를 내면서 고아르 시내를 향해 바다 위를 걷고 있다.
저것이 무엇인지, 마키나는 모른다.
경애하는 자신의 스승이자, 경외해야 마땅한 불사자 선배이며, 동료이자, 벗인 실바르드와의 재회를 기뻐할 틈도 없다.
어째서 용사 그람이 주군과 함께 있는지, 마키나는 모른다.
어째서 주군과 벗들이 저렇게 분노의 불꽃을 불태우고 있는 것인지, 마키나는 모른다.
저 섬에서 다른 사람들에게 무슨 일이 있었는지, 마키나는 모른다.
지금은 알 필요가 없다.
"주군의 명이라면, 그저 따를 뿐."
그렇기에 그녀는 자기 자신에게 내려진 명을 실행했다.
"흑천(黑天)을 채워라──."
마키나는 단문 영창 후 자신의 혼백병장을 소환했다.

"《벨 솔레지아》."

그 왼손에 생겨난 것은 자신의 키보다 큰, 시위가 없는 칠흑색 활이다.
마키나의 영혼으로 주조한 혼백영장, 마장궁(魔杖弓)《벨 솔레지아》.

벨토르의 《베르날》과 마키나의 《벨 솔레지아》 같은 특수한 병기는 의식 동작만으로 불러낼 수 있는 갑옷과 달리, 단문 영창이 필요하다.

활 아래쪽에 달린 창날을 지면에 꽂아서 고정한 후, 마력으로 생성한 붉은 시위를 활에 걸었다.

하지만 시위에 걸 화살은 존재하지 않았다.

"《재와 검댕》《뼈와 흙》《재를 긁어내》《붉은 쇠구두를 신고 춤춘다》."

마키나가 영창하며 시위를 당기자, 그 손에 불꽃의 화살이 생겨났다.

패밀리어를 장착하고 있지만, 무영창 기능을 끄고 마법 제어에 처리 능력을 돌리고 있다.

그 혼백병장은 단 하나의 마법을 화살로써 발사하기 위한 전용 무기다.

활 모양의 지팡이인 셈이다.

"《달아오른 강철은 메마르고》《끓어오른 하늘은 무너지며》《불타버린 바다는 스러질지니》."

구축된 술식을 하나하나 전개하고, 즉시 보조 영창으로 존재를 확립 및 안정시켰다.

그러지 않으면 술식이 폭주 및 붕괴하면서, 최악의 경우에는 이 일대를 휩쓰는 폭탄이 된다.

원래 이 마법은 혼자서 쓸 수 있는 것이 아니다.

마키나 이외에도 구축, 전개, 영창을 보조해 줄 보좌관이 있어야 발동할 수 있는 대마법이다. 하지만 그것을 담당하던 그녀의 부하, 오르나레드와 팜록은 이 세상에 없다.

"《찬란히》《불사르며》《해를 집어 삼켜라》."

활에 건 불꽃 화살에 마력을 집중하자, 열량과 빛의 상승과 함께 그 색깔이 붉은색에서 하얀색으로 변했다.

거기에 호응하듯, 불꽃처럼 빛나는 마키나의 머리카락과 눈 또한 새하얗게 빛나기 시작했다.

그리고 동시에 검은 갑옷이 떨어져 나가더니, 열 방출을 보조하기 위해 새하얗게 빛나는 드레스로 변했다.

"《나의 적》《모조리》《멸해라》."

영창을 진행할수록 화살을 쥔 팔의 팔꿈치 아래가 영창에 따라 생겨난 열기에 의해 탄화되고, 불사의 힘이 그 팔을 재생하는 행위가 반복되면서 금이 가더니, 그 상처에서 불꽃이 타올랐다.

"윽……."

고통에 둔감한 불사자의 몸도, 뇌를 휘감고 신경을 태우는 듯한 열기와 고통은 느낀다.

"《잿더미》《재탄》《죽음으로의 비상》."

그것은 즉, 이 마법의 발동 자체에 불사성을 위협할 힘이 동반된다는 증거였다.

평범한 인간이라면 미쳤을지도 모르는 고통을 견딜 수 있는 건, 주군을 향한 충성심이 뒷받침하는 정신력 덕분이었다.

"《목숨이 다할 때까지 소용돌이쳐라》!"

그녀가 영창을 마치고 마법을 발동하기 전.

《델 스텔》에도 관심을 보이지 않았던 아틀라스가, 마키나를 돌아봤다.

아틀라스의 온몸에 《궁니르》 발사의 전조인 가부키 배우의 화장 같은 빛의 문양이 떠오르더니, 눈의 포탑으로 집중되기 시작했다.

마키나가 펼치려는 마법의 특이성을 눈치챈 것일까. 아니면 신에게 맞서려 하는 어리석은 자를 벌하려는 것일까.

마키나의 마법은 아직 완성되지 않았기에, 먼저 공격할 수는 없다.

아틀라스의 눈에 붉은빛이 집중됐다.

마키나의 마법이 발동하기도 전에 《궁니르》가 마키나에게 발사되면, 작전은 실패한다.

그러니——.

"부탁하죠."

한 남자가, 그녀의 앞에 섰다.

"용사 그람."

"마키나의 화살이 막히면, 그 시점에서 접근하기 몹시 어려워질 것이니라. 하지만 발동할 때까지 시간이 걸릴 뿐만 아니라, 그동안은 완전히 무방비해지지. 만에 하나, 놈이 마키나를 노

린다면 손쓸 방법이 없다."

그런고로.

"그람, 네놈이 마키나를 지켜라. 그 광경을 본 네놈에게는 맡길 수 있다. 신의 창이라는 것을 막아 보여라."

"그래."

조용하게, 그리고 분노에 떨리는 차가운 목소리로, 용사는 말했다.

"나도 알아."

◆

그람은 등 뒤의 열기를 느꼈다.

마왕과 함께 싸우고, 지금은 그 가신인 육마후를 지키려고 한다.

정말이지 운명이란 이해할 수 없다.

하지만 지금은 그런 생각에 잠길 때가 아니다.

"와라――《이크사솔데》!"

은빛 태양의 이름을 지닌 녹슨 성검이 소환에 응하면서 구름을 꿰뚫더니, 빛의 궤적을 남기며 하늘에서 날아와서 용사 앞에 꽂혔다.

아틀라스의 눈에 빛이 어렸다.

발사된 신창은 용사와 황작후를 순식간에 증발시킬 것이다.

하지만 그런 사태가 벌어지기 전에, 성검의 칼자루에 손을 얹은 용사가 어떤 말을 입에 담았다.

이크사솔데 시그나리아
“《봉검(封劍)》!”

그 말에 따라, 건물 파편으로 뒤덮인 지면에 꽂힌 성검이 빛을 뿜었다.

빛이 원형으로 퍼져나가며 전방에 기하학적인 문양이 그려진 장벽이 전개됐다.

아틀라스에게서 발사된 붉은 《궁니르》는 그 장벽에 막히면서 거대한 폭발이 일으킨다. 하지만 건물 파편이 날아갈 뿐, 그람과 마키나에게는 생채기 하나 입히지 못했다.

《이크사솔데 시그나리아》.

《이크사솔데》를 봉인 상태로 만드는 성검이 갖춘 기능이다.

봉인 상태가 된 성검은 주위 일대를 불가침 성역으로 만든다. 그리고 성검과 성역은 온갖 물리적, 마법적, 개념적, 신위(神威)에 의한 간섭조차도 전혀 받아들이지 않는다.

그리고 성역화에 따라 일시적으로 형성된 장벽 또한 같은 효과를 지니며, 그람은 그것을 이용해 《궁니르》를 막았다.

일단은 한 발.

하지만 이것으로 끝이 아니다. 아틀라스는 즉시, 그리고 인정사정없이 다음 공격 준비를 시작했다.

그람은 칼자루를 움켜쥐었다.

“나는 지금…… 친구를 잃은 분노만으로 검을 휘두르겠어……!”

자신의 눈앞에 꽂힌 성검을 뽑고, 봉인을 해제한다.

『용사인증(디노아 루스)』.

『구세성검기구 한정해제(아스트라 로스 아란)』.

성검을 해방하기 위한 태고의 문자가 칼날에 떠올랐다.

『발검거부(디스)』.

하지만 문자는 빨간 에러 메시지로 변화했다.

성검에게 승인을 거절당했다.

실패 이유는 안다. 개인적 분노 탓이다.

성검 《이크사솔데》는 진정한 용사만을 사용자로 고른다. 선정 조건이 가장 엄격한 성검이다.

진정한 용사는, 개인적인 분노에 사로잡혀 싸워서는 안 된다.

신주쿠에서는 타인을 구하려 한다는 이유에 성검이 응했다.

아틀라스를 타도하지 않으면, 세계는 시조가 관리하게 된다. 그것은 성검을 뽑기에 충분한 이유다.

"하지만, 지금은 그것보다도……"

친구를 잃은 분노가 앞서고 있었다.

성검이라는 인증 시스템상, 이크사솔데가 정의하는 『용사』와 『정의』를 벗어나는 이유로 검을 뽑을 수 없다.

개인적 분노에 사로잡힌 한, 《이크사솔데》의 시스템은 성검 사용을 거절할 것이다.

『발검거부』, 『빌검거부』, 『발검거부』, 『발검거부』, 『발검거부』, 『발검거부』, 『발검거부』, 『발검거부』, 『발검거부』, 『발검거부』, 『발검거부』, 『발검거부』, 『발검거부』, 『발검거부』, 『발검거부』, 『발검거부』, 『발검거부』, 『발검거부』, 『발검거

부』, 『발검거부』, 『발검――.
영원히 들려올 듯하던 거절의 문자가 멎었다.
거절을 뜻하는 빨간 글자가 사라지고, 다른 글자가 뜬다.

『발검승인(레스 이크사솔데)』.

분노는 사라지지 않았다.
여전히 그 내면에서 타오르고 있다.
하지만 발검 승인은 났다.
『상위 권한으로 구세성검기구 강제 해제. 발검을 허가합니다.』
그람의 머릿속에 직접 전해진 것은, 몇 번이나 들었던―― 그리고 언제부터인가 들리지 않게 되었던 성검의 목소리였다.
"고마워, 파트너."
주인한테 너무 친절한 이 검에게, 용사는 감사의 말을 건넸다.
『특별히 허가해 드리겠습니다. 그만 흑천마(몽둥이)행보다 제가 낫다는 것을 증명해 주시길. 그리고 당신이 믿는 정의를 수행해 주시길.』
"그래, 물론이야."
용사가 성검을 하단으로 들었을 때, 기계신은 궁니르를 조준했다.
"내 목소리에 응해서, 빛나라――《이크사솔데》!"
그 목소리에 응답하듯 녹슨 검에 금이 가더니, 거기서 빛이 흘러나왔다.

금이 커지면서, 녹이 부서져 떨어지자, 눈부신 백은색 검날이 모습을 보였다.

“깨달아라, 거짓된 신이여! 자신의 극악무도함을! 그리고 눈에 새겨라! 이 빛은, 친구를 잃은 나의 분노다……!”

아틀라스에서 두 번째 《궁니르》가 발사됐다. 파멸의 창이 적을 멸하기 위해, 순식간에 대기를 가르며 목표를 향해 뻗었다.

《궁니르》는 발사와 거의 동시에 명중한다.

하지만 그게 전부다. 용사가 그딴 것도 베지 못할 리가 없다.

성검 《이크사솔데》가 지닌 능력, 온갖 사상을 양단하는 《절대참격(絕對斬擊)》. 그 빛의 이름을, 그람은 외쳤다.

아루윙

“《백천극광(白天極光)》!”

하단에서 포물선을 그리듯 그어 올린 검이 자아낸 은빛 참격이, 붉은 신창과 격돌했다.

“오오오오오오오오오오오오오오오오오오오오오!”

기합을 지르며, 분노를 터뜨리며, 성검을 휘둘렀다.

개념조차 절단하는 은색 빛.

그저 찰나보다 빠른 초고속으로 날아오기만 하는 강력한 빛의 창 따위는 그 성검 앞에서 아무런 의미도 지니지 못하고, 용사 앞에서 간단히 잘려 나갔다.

신주쿠에서 휘둘렀을 때보다 몇 배는 강력한 빛을 뿜는 그 공격의 궤도에 있는 에테르와 함께, 붉은 광선은 잘려 나가면서 안개처럼 흩어졌다.

"대단하군요."

그리고 마키나의 마법이 완성됐다.

육마후 중에서 최대 전력이 실바르드라면, 육마후 중에서 가장 뛰어난 마력 방출량으로 자아내는 최고 화력이 바로 마키나다.

이것이 바로 마키나의 비밀―― 비장의 수.

그람은 그리움에 가까운 감각을 느끼며 떠올렸다. 『나라를 불태우는 자』 황작후.

개인이 지니기에는 지나칠 정도로 강력한 화력을 보유한 그녀가 자신의 포텐셜을 가장 발휘할 수 있는 상황이 바로, 주위의 피해를 무시해도 될 때다.

『철벽』, 성채도시 반 베른을 일격에 함락한 파멸의 구현.

500년 전 불사전쟁에서 벨토르의 《델 스텔》과 어깨를 나란히 하며, 필멸자의 군대가 쓰지 못하게 하는 것에 가장 힘을 쏟은 마법.

발사된 시점에서, 패배가 확정되고 마는 멸망의 불꽃.

그녀가 불사자로서 역사에 등장한 후로 단 세 번밖에 관측되지 않은, 혼백병장 《벨 솔레지아》에 메겨진 화살.

그것이 바로――.

델 솔레이쥬
"《멸화(滅火)》!"

새하얀 화살이 시위를 떠났다.

화살을 쏜 순간, 화살을 메기고 있던 마키나의 탄화된 팔이 그 반동 탓에 불똥을 튀기며 부서졌고, 팔을 태우던 잉여마력이 피보라 혹은 용암처럼 상처에서 뿜어져 나왔다. 그리고 달군 바위에 뿌린 물처럼 마키나의 드레스가 증발하더니, 원래 모습으로 돌아온 그녀는 무너지듯 무릎을 꿇었다.

밤의 어둠을 찢으며, 새하얀 불꽃 화살이 날아갔다.

저 찬란한 하얀 불꽃에, 얼마나 많은 용맹한 전사들이 삼켜졌을까.

하지만 아틀라스도 가만히 있지 않았다. 신앙심으로 회전하는 육도기관의 마력 공급을 통한 《궁니르》는 냉각도, 재충전도 필요로 하지 않는다. 몇 발이든 연사할 수 있다.

또다시 기계신의 눈에 빛이 모여들더니, 하얀 화살을 격추하고자 신창이 발사됐다.

"소용없어요. 그 정도로는 제 화살을 막지 못해요."

《델 솔레이쥬》와 《궁니르》가 격돌했다.

하지만 붉은 광선은 잠시도 버티지 못하더니, 하얀 불꽃 화살에 삼켜졌다.

그대로 화살은 아틀라스를 향해 뻗어서, 멸망의 불꽃이 거신에게 정통으로 명중했다.

폭발.

상공을 뒤덮은 두꺼운 구름이 흩어지는, 똑바로 바라봤다간 눈이 멀 것만 같은 막대한 빛과 함께, 300미터 가까이 되는 아틀라스의 온몸이 불꽃으로 된 꽃잎에 휩싸였다.
그 빛과 열기는 지상에 나타난 태양을 연상케 했다.
그와 동시에…….
굉음과 충격파가 도달하기도 전에, 《워터 워킹》을 쓴 그람이 혹한의 바다를 질주하며 아틀라스를 향해 나아갔다.
"고마워요."
그 등을 향해, 한쪽 팔을 잃은 채 무릎을 꿇고 있는 마키나가 감사의 말을 건넸다.
그것이 과연 그녀를 《궁니르》로부터 지켜준 것에 대한 감사일까, 아니면 신주쿠에서 벨토르와 협력해서 그녀를 구해준 것에 대한 감사일까, 혹은── 둘 다일까.

◆

《델 솔레이쥬》의 폭발 탓에 해수면이 끓어올랐고, 상승기류가 발생하더니, 충격파가 수면을 크게 뒤흔들면서, 버섯구름이 발생했고, 두꺼운 구름이 걷히면서 해가 뜨기 직전의 하늘이 드러났다.
순간적으로 가열된 대기와 에테르가 플라스마로 변하고, 마키나의 마력 속성에 영향을 받아 붉은 섬광이 번뜩였다.
『대단한 힘입니다.』
기계의 신은 순순히 찬사를 보냈다.
그 정도로 대단한 파괴력이었다.

『하지만…… 제 몸에 상처를 내는 건 불가능합니다. 아아, 유감이군요. 그 결사의 일격조차, 아무 의미가 없었으니. 모든 것은 무의미합니다. 세상은 평화롭습니다.』

하지만 아틀라스에게는 통하지 않았다.

원래는 금속이며, 기계로 된 몸이다. 《델 솔레이쥬》의 열량을 견딜 리가 없지만, 그 장갑에서는 흠집조차 나지 않았다.

육도기관을 통해 신앙력을 얻음으로써, 그 구성은 거의 마법이 되었다. 그렇기에 물리적인 대미지는 전혀 통하지 않고, 에테르 네트워크와 동등한 규모 및 논리강도를 자랑하기에 마법적 효과 또한 전혀 통용되지 않는다.

대마법인 《델 스텔》이나 《델 솔레이쥬》도 예외는 아니다.

육도기관에 들어 있는 요코하마 시민 1만 명의 영혼은 시조를 향해 강제로 신앙을 바치고 있으며, 기존의 43억 2000만 배의 속도로 영혼의 탄생과 소멸을 반복하고 있다. 그리고 소멸에서 다시 환생할 때 발생하는 신앙력을 마력으로 변환하며 관측됨으로써, 아틀라스라는 마법을 확립시키고 있다.

환생을 되풀이하는 모든 영혼이 전부 닳아 없어져서, 정보의 가치를 완전히 잃을 때까지—— 즉, 육도기관이 정지할 때까지 걸리는 시간은 약 311조 400억 년.

평화로운 세계를 만들기에 충분한 시간이다.

신의 섭리란 세계의 섭리.

개인이 뒤집을 수 있을 리가 없다.

『신벌을 내리도록 하죠.』

신에게 맞선 어리석은 자에게, 이번에야말로 신벌을 내린다.

온몸에 빛의 문양이 떠올랐다.

하지만 《궁니르》는 발동하지 않았다.

『아니……?』

육도기관도, 아틀라스의 눈에 탑재된 《궁니르》의 발사 장치도 정상적으로 가동되고 있다.

즉시 스캔해 보자, 상황이 판명됐다.

문제가 있는 것은 아틀라스가 아니었다.

문제가 있는 것은—— 주위의 에테르였다.

요코하마시 상층과 하층처럼 에테르 농도가 희박한 것이 아니다.

에테르가 완전히 사라졌다.

그것이야말로 《델 솔레이쥬》의 부수적 효과이자, 벨토르가 고안한 작전이다.

즉, 에테르의 소각이다.

《델 솔레이쥬》가 명중한 순간, 반경 수 킬로미터에 존재하는 대기 중의 에테르는 연쇄적으로 소각되며, 순간적이기는 하지만 주위의 에테르가 완전히 사라지고 만다.

《궁니르》는 직선상의 에테르를 매개로 발동하는 마법이다. 아틀라스의 주위에서 에테르가 사라지면 당연히 발동하지 않는다.

《델 솔레이쥬》는 아틀라스를 해치우기 위해서가 아니라, 처음부터 《궁니르》를 발동할 수 없는 상태로 만드는 포석이다.

일시적으로 주위의 에테르가 사라져서 무효화된 마력 탐지 기능이, 에테르가 돌아오면서 다시 기능했다.

표시된 것은, 무수한 마력 반응이다.

『뭐지……?』

반응은 상공에 감지됐다.

하늘을 올려다본 아틀라스는, 그것을 보았다.

『쓸데없는 짓을…….』

멸망의 불꽃에 의해 구멍이 뚫린 하늘에서 쏟아지고 있는, 시꺼먼 유성군을.

그것은 수없이 분할된 《델 스텔》이었다.

그리고 그 유성군에 섞여 있는 것이 있었다.

용이다.

한 마리의 거대한 용이 세 사람을 태우고, 기계신을 향해 낙하하고 있었다.

신을 죽이기 위해서.

"《궁니르》의 발동을 막더라도, 저 검은 어떻게 할 거야?"

그람이 그렇게 말했다.

"아틀라스의 검…… 검이라고 불러도 될지 의문이지만…… 저건 평범한 검이 아니야. 마법이 부여되어 있다고 생각하는 편이 좋겠지."

"내가 몸으로 막아 볼까?"

"아뇨, 그건 안 됩니다."

실바르드가 제안하자, 벨토르가 말렸다.

"무엇이 부여되어 있을지 모르는 만큼, 정통으로 맞아 주는 건 악수입니다. 게다가 누님은 완전한 상태를 유지해 주셨으면 합니다."

"그렇다면 역시 내가 막을 수밖에 없나?"

"용사 그람은 제가 마법을 발동할 때까지 지켜야 하잖아요."

"마키나의 말이 옳다. 누님의 돌격을 《델 스텔》의 마력으로 감추기로 한 만큼, 짐에게도 쿨 타임이 필요하겠지. 그 틈을 어떻게든 메워야 한다만……."

용사, 마왕, 흑룡후, 황작후가 열띤 논의를 하고 있을 때…….

자신 없는 듯이, 그리고 머뭇거리며 손을 드는 사람이 한 명 있었다.

"저기……."

◆

용이 낙하한다.

멸망의 불꽃에 의해 구멍이 뚫린 하늘에서, 검은 별들과 함께 검은색의 거대한 용이 낙하하고 있다.

분할된 《델 스텔》을 미끼로 삼으면서, 거대한 흑룡이 기계신을 향해 상공에서 하강하고 있었다.

그 용의 코끝에는 긴 금발을 휘날리고 있는 소녀가 서 있었다.
소녀—— 히즈키는 강철의 거신을 주시하고 있고, 그 뒤에는 벨토르와 타카하시가 있었다.
벨토르가 건 마법 덕분에, 실바르드와 접촉한 이상 공중으로 내던져지는 일은 없다.
"자……."
히즈키는 그렇게 말하면서 머리카락을 쓸어올리더니, 목덜미를 손가락으로 만졌다. 거기에는 패밀리어가 없었다. 패밀리어는 현재 타카하시에게 빌려줬다.
히즈키의 임무는 실바르드가 급접근할 때 날아들, 300미터 가까이 되는 강철의 기계신 아틀라스의 일격을 막는 것이다.
히즈키는 작전회의 때의 대화를 떠올렸다.

"저기……."
히즈키는 자신 없는 듯이, 머뭇머뭇 손을 들었다.
"저 커다란 검을 막기만 하면 되지? 그 정도라면 나도 할 수 있을 거야……."
"괜찮겠어요?"
머뭇거리며 손을 든 히즈키에게, 마키나가 물었다.
이 자리에 있는 멤버 중에서 마키나가 히즈키의 실력을 가장 잘 안다. 그러니 마키나가 이 문제를 해결할 수 있다고 말하는 히즈키에게 묻는 건 당연한 일이었다.
"으, 응. 아마도, 분명…… 아니."

처음에는 말끝을 흐리던 히즈키는 곧이어 굳은 의지가 어린 목소리로 말했다.

"할 수 있어. 나를 믿고, 전부 맡겨줘."

서로 색깔이 다른 두 눈에는 불안과 두려움, 그리고 자신감이 있었다.

"알겠다."

그 말을 들은 벨토르는 조용히 고개를 끄덕였다.

"그렇다면 히즈키, 그대에게 맡기겠노라."

그 뒤로는 마키나도 참견하지 않고, 그대로 결정이 내려졌다.

주군인 벨토르가 내린 결정이기에, 신하인 마키나는 토를 달지 않는다.

의심이나 협의도 없는 즉단. 이의를 제기하는 자도, 수단을 묻는 자도 없었다.

그들 사이에는 신뢰만이 존재했다.

냉정하게 생각해 보면, 10대 소녀가 어찌할 수 있는 문제가 아니다.

전투 경험이 거의 없는 히즈키도, 저 거신이 상상을 초월하는 존재임을 알고 있다.

이기거나 쓰러뜨리거나 하는 차원의 상대가 아니다.

하지만 '300미터 가까이 되는 거인이 들고 있는, 빌딩처럼 커다란 검을 막는 것' 에 있어선, 히즈키는 불가능하다는 생각이 전혀 들지 않았다.

할 수 있다. 아마도, 분명, 정말로, 할 수 있을 것이다.

무리라고는 생각하지 않지만, 확증도 없다. 그저 막연하게, 할 수 있다는 느낌만이 내면에 존재했다.

하지만 누구 하나, 그런 어마어마한 일을 해낼 수 있다고 말한 히즈키를 의심하지 않았다.

어째서, 어떻게, 같은 것을 누구도 히즈키에게 묻지 않았다.

"무엇보다 벨토르가 맡긴다고 했으니까, 실패할 수 없단 말이지……."

사정은 모르고, 물어볼 여유도 없었다. 거대한 용을 타고 있는 것 또한 지금은 사소한 일이다.

하지만 친구들의 분노는 느껴졌다.

그것은 히즈키가 목숨을 걸기에, 전혀 부족하지 않은 이유다.

자신의 안에 있는 『힘』이 외치고 있다.

가능하다고. 할 수 있다고.

어째선지, 자신의 안에 있는 『힘』이 좋아하는 남자 앞에서 멋진 모습을 보이고 싶다면서 엄청 의욕을 내고 있다는 것도 알 수 있었다.

"《화복(禍福), 내 수중에 들어와라》——."

짤막한 축언[영창].

행운과 불운을 관장하는, 자기 내면에 자리한 『힘』의 이름을 불렀다.

"《여신천생[메르디아 인스톨](女神天生)》!"

머리에 왕관[크라운]을 썼고, 오른쪽 안구에 있는 왕주[오브](王珠)가 황금색 빛을 뿜는다. 손에는 왕검(王劍)(블레이드)을 쥐었다.

“저건…….”

“메르디아의 힘이 남긴 것인가.”

등 뒤에서 타카하시와 벨토르의 목소리가 들려왔다.

그것들은 여신의 분령(分靈)(복제품). 히즈키의 영혼에 수납된 세 개의 신기를 동시에 현현시켜, 행운과 불운을 관장하는 여신의 힘을 몸에 깃들게 하는 강령술.

히즈키의 내면에 희미하게 남아 있는 여신 메르디아의 힘을 육체에 일시적으로 내린 영향으로, 붉은색 눈동자가 금색으로 변했다.

“자…… 해볼까.”

흑룡의 접근을 눈치챈 아틀라스가 미끼인 《델 스텔》을 맞으면서 손에 쥔 대검을 치켜들었다.

“저것의 일격은 평범한 공격이 아니로군.”

히즈키가 불쑥 중얼거렸다. 그 목소리에는 평소보다 위엄이 있었다.

금색을 띤 오른쪽 눈에는 원래라면 보이지 않을 것까지 세세하게 보이고 있었다.

검을 휘두르면, 그 칼끝에서 부채꼴로 방대한 마력이 방출되는 기능이 부여되어 있었다.

직선상에 있는 에테르를 매개로 삼는 《궁니르》와 다르게 단순히 마력을 방출할 뿐이기에 에테르 소각의 영향이 적고, 사정거리와 정밀도는 《궁니르》보다 못한 대신에 파괴력은 앞선다.

하지만 그녀에게는 아무 상관도 없다.

"신출내기 신 따위가 감히 이 몸을 능가할 것 같더냐……!"

그 말은, 히즈키가 의도하지 않았는데도 자연스럽게 입에서 흘러나왔다.

아키하바라에서 그랬던 것처럼 히즈키가 입은 옷이 변하진 않는다. 자의식도 여신에게 덧씌워지지 않았다. 그러나 그 내면에 있는 것은 여신의 잔재. 히즈키에게 영향을 끼칠 정도의 힘은 있었다.

소녀가 지닌 황금의 검── 블레이드가 더욱 찬란한 빛을 뿜었다.

그러자 칼날이 거대해지기 시작했다. 정확하게는 은은한 황금색을 띤 거대한 칼날이, 블레이드를 감싸듯이 생겨난 것이다.

이 전장에 있는 자, 그리고 멀리서 상황을 지켜보고 있는 고아르 사람들은 거대한 황금색 검의 환영을 봤다.

"우랴아아아아아아아아아아아아아아아아아아아앗!"

밤하늘 아래, 아틀라스의 대검 못지않게 거대하고 찬란히 빛나는 황금검을, 히즈키가 휘둘렀다.

여신 메르디아의 분령인 블레이드와, 아틀라스의 대검이 격돌했다.

대기가 터져나가는 소리가 울려퍼졌다.

그것은 운명을 비트는 힘.

행운과 불운의 절대론.

상대의 주사위에선 가장 작은 눈이, 자신의 주사위에선 원하는 눈이 자유자재로 뜨게 하는 힘. 혹은 상대의 주사위는 한 개로, 자신의 주사위는 열 개로 불리는 야바위.

얼마나 강한 공격력을 지녔더라도, 자신 앞에서는 반드시 패배하게 되는 개념.

병기라면 또 모를까, 신의 격이란 새것보다 오래된 것이 더 높은 법이다.

일어난 것은 아틀라스의 대검에서 발동되어야 하는 마력에 의한 파괴 공격이 불발로 그쳤다는 결과.

검과 검의 격돌에서, 질량과 마력 출력에서 질 리가 없는 아틀라스가 밀렸다는 사실이다.

사람이 벽에 부딪혀서 그대로 통과하는 것에 버금가는 확률. 그 일이 현실에서 일어났다.

그것이 바로 마법이 아니라 신위(神威)로 불리는 것. 신성이 지닌 초현실적 힘이다.

말도 안 된다며 기계신이 놀란 것을, 히즈키는 손바닥 보듯 알 수 있다.

그래서 이렇게 생각했다.

"꼴좋다."

아키하바라에 있을 때는 메르디아를 봉인하는 바람에 히즈키가 보유한 마력이 대부분 줄어들었지만, 원래 마력은 용량만 본다면 육마후에도 필적했다. 거기에 여신 메르디아를 내렸으니까, 육마후조차 능가하는 마력을 획득할 수 있는 것이다.

아키하바라에서 완전히 현현했을 때만큼은 아니다. 하지만 히즈키는 하루에 딱 한 번, 자신의 영혼 깊숙한 곳에 잠들어 있는 여신의 신위 일부를 끌어내는 데 성공했다.

"어디 보자……."

하지만 히즈키가 미숙한 탓에 이 신위에는 결점이 딱 하나 존재했다.

행운을 얻은 만큼, 동급의 불운을 줘서 균형을 맞추려고 한다는 결점이다.

"휴…… 이제 어쩌지……."

신내림이 풀리면서 신기가 사라지자, 신위를 잃은 히즈키는 공중에 붕 뜬 감각에 휩싸였다.

그리고 다음 순간, 자유낙하가 시작됐다.

아틀라스의 일격을 막아낸 대가로, 히즈키에게는 용의 등에서 발이 미끄러져 추락한다는 불운이 찾아왔다.

아래는 혹한의 바다.

"주, 죽을지도 몰라……!"

옛 신이 깃든 소녀가, 추락했다.

◆

실바르드는 날았다.

중력을 거스르지 않고, 아래로.

하지만 추락하는 건 아니다. 아래를 향해, 바다를 향해 날고 있었다.

하늘을 찌를 듯한 두 개의 비틀린 뿔이 달린 용이, 그 거대한 몸으로 날아갔다.

칠흑의 비늘과 갑각, 거대한 두 날개, 날카로운 발톱, 강인한 턱, 길고 두꺼운 꼬리, 금색의 용안.

이 무시무시한 형태야말로, 흑룡후 실바르드.

이것은 소녀의 모습이 아니라, 인간화를 풀고 용으로 돌아간 실바르드 본래의 모습이다.

이 행성의 중력과 대기 밀도를 고려하면, 용의 모습으로 비행할 수는 없다.

그 질량이, 골격이, 날개 형태가, 이 세상에 군림하는 물리 법칙이, 용이라는 존재가 비행한다는 현상을 부정하는 것이다.

날 수 있을 리가 없다. 하지만 실제로 날고 있다는 모순이 발생했다.

그것이 물리 법칙을 무시하는 행위라면, 용의 비행이란 그야말로 마법이다.

즉, 용은 용이기에 날 수 있는 것이다.

날갯짓만 해도 주위의 에테르가 양력(揚力)을 낳으며 비행 마법과 동일한 작용을 해서, 그녀를 중력의 속박에서 해방하고 하늘로 인도한다. 용이 하늘을 나는 게 아니다. 하늘이 용을 날게 한다.

인간은 그것을―― 용익(龍翼) 효과라고 부른다.

『――훌륭하도다.』

실바르드는 비명을 지르며 낙하하는 금발 소녀를 힐끔 보고 속으로 찬사를 보냈다.

공중에서 회수할 시간은 없지만, 저만한 것을 성공시킨 소녀라면 괜찮을 것이라고 믿었다.

히즈키의 공적은 컸다.

그녀 없이 아틀라스의 대검을 막으려면 용사의 성검 혹은 실바르드가 몸으로 직접 막을 수밖에 없었을 것이다.

그람은 마키나를 호위해야 했고, 실바르드가 막으려고 했다면 등에 태운 타카하시와 벨토르가 대검에 휘말리면서 작전이 실패했을 것이다.

인간 여자는 좋아한다. 거기에 강하고 아름답기까지 하다면 나무랄 데가 없다.

실바르드가 좋아한다고 느끼는 인간에게 드러내는 감정은 인간이 애완동물이나 작은 동물에게 느끼는 감정에 가깝다.

털이 부드럽다. 똑똑하다. 강하다. 그래서 마음에 든다.

보호, 혹은 포식의 대상에 지나지 않는다.

한 명을 제외하면, 용과 인간은 결코 대등한 존재가 아니다.

아오바도, 그랬다.

『그래도 말이다.』

자신을 신앙하던 자의 영혼을 계승해 준, 자신의 신도가 틀림없었다.

『그 아이를 죽인 대가는 치르게 하겠다, 가짜 신.』

자신의 목적은, 오로지 아틀라스에게 달라붙는 것.

날개를 펄럭여서, 소리보다 더 빠르게 가속했다.

그 기세를 죽이지 않고, 기계신과 격돌했다.

『그.』

앞다리, 뒷다리, 발톱, 꼬리, 이빨, 모든 것을 이용해 기계신을 공격했다.

『와아아아아아아아아아아아아아아아아아아아아아아아아아!』

포효를 토한 흑룡은 기계신을 깨물고, 발톱으로 할퀴었다.

강철이 찢기는 날카로운 소리가, 바다 위에 울려 퍼졌다.

멸망의 별과 멸망의 불꽃으로도 흠집을 내지 못했던 아틀라스의 몸에, 처음으로 상처가 생겼다.

아득히 먼 태고부터 용신으로서 추앙된 존재의 발톱과 이빨은, 신(세계)의 섭리에도 상처를 냈다.

하지만 신의 몸에 상처를 낼 수는 있지만, 기계신을 해치울 수는 없었다.

뿌리쳐지는 것도 시간문제이리라.

그러니――.

『가라!』

◆

『가라!』

누님의 목소리를 들은 벨토르는 한 손으로 마검을 쥐고, 다른 손으로 타카하시를 안은 채 아틀라스의 머리로 몸을 날렸다.

아틀라스에게 벨토르와 타카하시는 파리 같은 존재다. 무시해도 되지만, 파리가 주위를 자꾸 날아다니면 성가실 것이다.

그래서 기계신은 쳐내려고 하지만, 거대한 용이 들러붙어서 뜻대로 움직일 수가 없었다.

아틀라스의 주위에서 소각되었던 에테르는 대부분 돌아와서, 파리를 해치우고자 《궁니르》를 기동한다.

『그렇게는 안 된다……!』

용이 거대한 주먹으로 아틀라스의 턱을 후려치자, 머리가 위로 꺾인다. 발사된 《궁니르》가 실바르드의 몸 일부를 태우면서 하늘을 꿰뚫었다.

벨토르는 공중에서 바람을 느끼면서 생각했다.

모두가 완벽하게 작전을 수행하고 있다.

작전은 별로 복잡하지 않다.

아틀라스의 공격을 전부 돌파해, 타카하시를 아틀라스에게 접근시킨 후, 아틀라스를 구성하는 마법을 내부에서 파괴한다.

그게 전부다.

벨토르는 이 싸움에서, 큰 의의를 느끼지 않는다.

이 신이 세계를 지배하는 것을 막는 것이 목적이지도 않다.

벗인 아오바의 원수를 갚는다. 그렇듯 지극히 개인적인 감정이, 그를 이 싸움에 임하게 했다.

"은천(銀天)에 뽐내라――《베르날 딜》."

손에 쥔 검은 마검이, 은빛을 뿜는 에테르 칼날로 변모했다.

그리고 착지와 동시에, 아틀라스의 머리에 그 칼날을 꽂아 넣었다. 격리 제사장의 봉인을 해제했을 때와 마찬가지로, 마검을 접속의 매개체로 이용하는 것이다.

불사자처럼 신체 구성을 변환해 에테르 네트워크 규모의 논리 강도를 손에 넣음으로써 물리적 및 마법적으로 그 어떤 공격도 통하지 않게 된 몸에, 에테르의 칼날이 꽂혔다.

만약 살아있는 마법인 아틀라스에게 에테르로 간섭할 수 없다면, 아틀라스 또한 에테르에 간섭할 수 없을 것이다. 즉, 에테르를 매개로 한 《궁니르》도 쓸 수 없는 것이다.

하지만 그것을 쓸 수 있는 만큼, 에테르로 간섭할 수 있는 게 당연했다. 마법이라는 공통 규격에 존재하는, '마법은 에테르로 간섭할 수 있다' 는 보안 결함을 이용한 것이다.

벨토르는 이를 악물었다. 자신이 가장 편한 역할을 맡고 있어서다.

자신이 익힌 에테르 해킹은 옆에 있는 소녀가 지닌 기술에 비하면 갓난아기나 다름없다. 그러니 여기서부터는 타카하시만이 할 수 있다. 하늘이 내려준 재능을 지닌 위저드에게 맡길 수밖에 없다.

그런 마음을 전부 담아, 뒷일을 맡겼다.

"타카하시. 여기서부터는 그대의 독무대다."

"응."

벨토르가 그렇게 말하자, 타카하시는 고개를 끄덕였다.

타카하시가, 마검의 칼자루에 손을 댔다.

제어에 실패하면 죽음으로 대가를 치르는 마검이지만, 그런 제어는 벨토르가 전부 담당했다.
마검을 통해, 타카하시는 아틀라스에게 접속했다.

"그대에게 맡기마."

◆

낙하하면서 느낄 듯한, 몸이 붕 뜨는 감각.
타카하시는 히즈키에게 빌린 패밀리어를 이용해, 《베르날 딜》에 의해 접속된 아틀라스의 술식에 다이브했다.
접속 및 다이브 때 블랙아이스(침입 대항 방벽)를 비롯한 논리 방벽은 존재하지 않아서, 간단히 술식의 중추에 도달할 수 있었다.
생명의 위기를 동반하는 다이브를 할 때는 《스케이프 고트》나 《길가의 작은 돌》 같은 방어용 확장 유닛을 장착하는 게 상식이다. 하지만 준비할 시간이 없었던 만큼, 타카하시로서는 보안이 허술해서 다행이었다.
아틀라스를 구성하는 술식을 시각 정보로 받아, 패밀리어가 표시한 가상공간이 펼쳐졌다.
에테르 네트워크가 혼란스러운 별바다라면, 아틀라스의 술식은 바닷속에 생긴 인공적인 소용돌이다.
저속 촬영한 하늘처럼, 공허한 바닷속에서 빛이 뒤섞이며 고속으로 회전해서 소용돌이를 형성하고 있었다.

아틀라스의 술식이 에테르 네트워크급 규모라면, 에테르 네트워크란 술식을 시각화할 수 있는 소프트웨어와 호환이 가능할 것으로 예상했다.

에테르 네트워크와 다른 점은 그 빛의 소용돌이가 기계 간의 통신이 아니라, 강제적으로 방향성이 부여된 신앙—— 바로 정보화된 요코하마 시민의 영혼이라는 것이다.

『뭐냐……. 너는…… 어떻게 들어온 거냐.』

모습이 없는 시조의, 놀란 듯한 목소리가 타카하시의 머리에 울려 퍼졌다.

당혹스러워하는 게 당연했다. 완벽하다고 생각했던 자신의 내부에 이물질이 들어온 것이다.

『내 안에…… 들어오지 마라!』

그 말에 맞춰, 빛의 소용돌이 일부가 파도처럼 타카하시의 몸을 집어삼켰다.

그것은 뇌가 탈 정도로 방대한 양의 데이터 스톰(정보 폭풍)이었다. 논리 방벽이 없는 시조의 유일한 보안 기능이다.

일반인이라면 뇌가 탈 정도로 휘몰아치는 정보 속에서, 타카하시가 지닌 처리 능력이 그것을 흘려넘겼다. 그것이 마법전 재능이 없는 소녀에게 있는 재능이었다.

『무슨 짓을 하려는 거냐! 멈춰라! 너는 죄를 지으려고 하는 거다! 세계 평화 성취를! 비원 달성을! 방해하지 마라! 이 잔혹하고 혼란스러운 세계를 올바르게 만드는 것이야말로, 정의란 말이다!』

"닥쳐."

그것은 본인조차 이제까지 들어본 적이 없는, 차가운 살의가 어린 목소리였다.

"네 설교 따윈, 돈을 줘도 듣기 싫어. 나는 너를 죽이러 왔고, 너는 순순히 내 손에 죽는 거야. 그렇게 심플한 이야기거든?"

『머, 멈춰라! 나를 죽이면 1만 명의 시민도…….』

타카하시는 시조의 목소리를 차단하더니, 데이터 스톰에서 자신을 지킬 프로텍트 술식을 순식간에 구축했다.

타카하시는 서로의 실력 차이를 완전히 파악하고 있었다. 시조는 에테르 해커 사이의 전투에서는 초짜 중의 초짜다. 기본적인 미끼도, 마스크도, 스푸핑도, 워커맨도, 계략도 필요 없다.

타카하시가 할 일은 단순하다.

"죽여버리겠어."

수많은 타인도, 몇 안 되는 지인도, 한 명의 친구도 죽이는 일.

요코하마시라는 도시에 살던 1만 명의 호문쿨루스들의 혼을 몰살시키는 일.

즉, 이 소용돌이의 파괴다.

"죽여버리겠어……. 너 따위를 죽이는 건 일도 아니야. 자기가 신이니 뭐니 하면서 잘난 듯이 남의 목숨을 가지고 놀지만, 너 같은 건 비열한 쓰레기에 지나지 않아. 센스도 없는 추잡한 술식을 짜기는, 죽여버리겠어……!"

타카하시는 3D키보드와 사고 키보드를 동시 조작해서, 몇 개나 되는 윈도우를 표시했다.

실행하려는 것은 즉석에서 짠 신을 죽이는 독, 술식 개변 바이러스.

술식을 구성하는 주문 일부를 삭제하거나 변경하는 식으로 뜯어고쳐서 마법이라는 프로그램에 에러를 일으키게 하는 멀웨어이며, 마법이라는 모든 사상에 대응할 수 있는 뛰어난 범용성을 지녔다.

요코하마시 밖에서는 흔하디흔한, 에테르 해커에게는 장난감 같은 것이다. 패밀리어에 기본으로 탑재되는 보안 대책 소프트만으로도 막을 수 있다.

"하지만 넌 그렇지 않잖아? 이딴 장난감도 막지 못해……! 너는 이딴 하찮은, 하찮은 장난감에 의해 죽는 거야!"

상대가 모순을 용인하는 제1법을 돌파한 에테르 네트워크라면, 바이러스를 넣더라도 망망대해에 돌멩이 하나를 던지는 것처럼 무의미한 행위일 것이다. 에테르 네트워크 자체가 자동으로 술식을 복구하기 때문이다.

하지만 신앙에 의해 만들어진, 강건하지만 획일적인 논리 강도를 지닌 아틀라스의 완벽한 술식은 제1법을 돌파하지 못한다. 모순을 용납하지 않는다.

접속해 보고 확신했다. 에테르 네트워크와 동일 규모이면서, 에테르 네크워크의 혼돈을 획득하지 못했다.

고작 주문 한 구절이 바뀌기만 해도 마법은 에러를 일으킬 것이고, 도미노가 쓰러지듯 연쇄적으로 파탄이 일어나면서, 소용돌이는 소멸할 것이다.

결과적으로 발생하는 것은 이 소용돌이의 신앙력에 의해 움직이는 육도기관이 정지하고, 마력의 공급이 끊기면서, 아틀라스라는 마법이 사라진다는 것이다.

시조, 신앙, 그리고 에테르 네트워크와 동일 규모의 거대한 술식이란 단어를 들은 시점에, 타카하시는 신을 죽일 방법을 머릿속으로 짰다.

외부 공격에는 무적에 가까운 아틀라스도, 내부 공격에는 속수무책이었다. 그것을 간파할 수 있는 사람은 이 세상에 타카하시 한 사람뿐이리라.

이제 술식 개변 바이러스를 실행시키기만 하면 된다. 타카하시가 살아남은 시점에서, 승리는 확정되어 있었다.

3D 키보드의 실행키를 누르면, 전부 끝난다.

"눌러……."

후회, 무리, 싫어, 어쩌면, 구할 수 있을 거야, 기적이 일어날지도 몰라, 죽이고 싶지 않아, 아오바, 아오바, 아오바. 단편적인 말이 머릿속에서 맴돌았다.

어쩌면, 아오바의 육체가 되돌아올지도 모른다.

어쩌면, 다른 그릇에 영혼을 넣을 수 있을지도 모른다.

어쩌면, 운 좋게 기적이 일어날지도 모른다.

어쩌면, 전부 잘 풀릴지도 모른다.

어쩌면, 어쩌면, 어쩌면, 어쩌면, 어쩌면.

하지만 이 소용돌이를 본 타카하시는, 감정과는 반대로 차게 식은 머리로 이해하고 말았다.

1만 개의 과일로 만든 믹스 주스에서, 단 하나의 과일만 추출하는 것은 불가능하다는 사실을.

아오바를, 구할 수 없다는 것을.

아오바는 죽었다. 피부가, 살이, 뼈가 눈앞에서 사라지며 빛이 되어 죽었다.

그렇다면 하다못해, 자기 손으로…….

"누르란 말이야……!"

픽션 속 상황에서 망설이는 등장인물을 볼 때마다, 발끈했었잖아.

자기라면 주저하지 않았을 거라고, 자신이라면 이해타산이나 정에 휩쓸리지 않고 효율적으로 생각할 거라고 믿었잖아.

괴물이 된 동료, 자기 의지를 잃은 가족, 죽여야 하는 연인을 자기 손으로 해치는 상황에서 갈등하는 주인공과 등장인물을 보며 냉소했다.

'결국은 픽션이니까.' 라고 생각하면서.

'나라면 바로 죽여줬을 텐데.' 라고 생각하면서.

단순히 자신에게 그런 상황이 찾아왔다. 그게 전부다.

겨우 며칠 같이 지냈을 뿐인, 어찌 보면 생판 남이다. 그런 사이에 지나지 않는다.

그렇다면, 주저하지 않고 할 수 있을 것이다.

타카하시는 말하지 않았고, 다른 이들도 말하지 않았지만, 기계신을 멈춘다는 것이 아오바와 요코하마 시민을 죽이는 것을 의미함을 다들 알고 있었으리라.

다들 군말 없이 타카하시의 말을 믿어 줬고, 그녀 본인도 무리라고는 생각하지 않았다.

그리고 실제로, 목적 달성의 순간이 코앞까지 다가왔다.

하지만——.

"못 해……."

무리였다.

"친구를 죽일 순, 없어——."

정말 꼴사납다.

정말 한심하다.

그날, 좁은 중화요리점에서 마키나와 히즈키에게 한 말이 머릿속에 떠올랐다.

——진짜~? 나는 그거 '빨리 죽여!' 하는 심정으로 봤는데.

——애초에~ 뭐랄까? 나는 리얼리스트라서 죽일지 말지 갈등하는 장면을 좋아하지 않아. 빨리 죽이라고~ 물러터진 짓 좀 하지 말라고~ 같은 생각이 든다니깐.

——죽일 거야! 만약 내가 그런 상황에 부닥치면, 단칼에 너희 목을 칠 거야! 그것도 망설임 없이 말이지.

이런 상황에서 망설임 없이 해치워야 멋지겠지만…….

이러니 자신은 이도 저도 안 되는 것이다.

용사도, 마왕도 될 수 없다. 삼류 악당도 못 된다.

온갖 세상을 보여주겠다고 말했다.

바깥에 가기로 약속했다.

많은 것을 보고, 즐기며, 함께 살아가자고 생각했다.

그 미소를 떠올리자, 손이 떨리면서, 꼼짝도 하지 않았다.

그 아이는 아직 두 살인데.

『타카하시.』

목소리가 들렸다.

아는 목소리가.

군체가 녹아서 하나가 된 정보의 소용돌이 속에서.

『저는, 말이죠.』

고개를 들어보니, 잘 아는 소녀의 모습이 보였다.

그것은 이 가상의 공간 속에서, 과도할 정도의 데이터 스톰이 자아낸 환영일까.

윤회하는 영혼의 정보에서 축적된 캐시가 자아낸 버그일까.

정신적으로 궁지에 몰린 타카하시의 뇌가 보여주는 형편 좋은 망상일까.

혹은—— 용을 모시는 오래된 무녀의 영혼이라는 원형을 지녔고, 호문쿨루스 중에서 가장 확립된 개성을 획득한 이레귤러이기에 일어난 기적일까.

그것은 누구도 알 수 없다. 분명, 신도 모를 것이다.

그저 타카하시만은 이론이 아니라 감각으로 눈치챘다. 이것은 분명, 기적이 아니다.

『당신이 싫었어요.』

“…….”

『밝고, 뭐든 알고, 상냥한, 그런 당신이 샘났어요. 부러웠어요……. 당신을 가까이에서 보고 있으니, 자신이 얼마나 보잘것없고 초라한 인간인지 알게 되는 것 같았고…… 그런 저의 손을 잡으며, 희망을 준 당신이, 저는…… 진심으로 얄미웠어요. 당신과 함께 바깥에 가지 못해서, 저는 정말 분해요.』

그 말은 본심에서 우러난 것이 아니다.

이 아이가 일부러 자신에게 미움을 받으려 한다는 것을, 타카하시는 알고 있다.

타카하시의 등을 밀어주려고, 각오할 수 있게끔, 망설이지 않게끔, 죄책감이 들지 않게끔…….

익숙하지 않은 독설을 뱉으면서도, 착한 아이임을 감추지 못했다.

마지막 순간까지 남 걱정을 하지 마. 타카하시는 발끈하며 생각했다.

소녀는 말을 이었다.

『그러니까 진짜 싫은 당신 말고는 부탁할 사람이 없어요. 당신이, 우리를…… 저를 끝내주세요. 다른 누구도 아닌, 타카하시, 당신의 손으로.』

머릿속에, 소녀가 했던 말이 떠올랐다.

――저도 바깥세상에 가보고 싶어요.

――언니가 되어 준다면…… 기쁠…… 거예요…….

동생을 원했다.

아니, 정확히는 언니가 되고 싶었다.

자신은 외동딸이었기에, 자기보다 어린 가족을 원했다.

아아, 그래서―― 아오바가 진짜 동생 같아서, 기뻤다.

"아……."

정말로 짧은 시간이었지만, 진짜로 마음이 통했던 소녀가 있었던 것이다.

"으아아아아아아아아아아아아아아아아아아아아아아아아아아아!"

미련, 후회, 어쩌면 구할 방법이 있을지도 모른다는 허황된 기적을 기대하는 일말의 희망. 혹은 절망.

기적 따위, 이 세상에는 존재하지 않는다.

그 모든 것을 뿌리치고, 떨쳐내며, 타카하시는 3D 키보드의 실행 키를 눌러서 술식 개변 바이러스《아이코노클래스트》를 발동시켰다.

바이러스에 의해 딱 한 줄, 아틀라스를 구성하는 완벽한 술식의 주문에서 한 줄이 사라졌다.

그에 따라 마법의 6대 법칙 중 하나, 제1법으로 불리는 법칙이 표출됐다.

『마법은 모순을 허용하지 않는다.』

줄줄이 놓인 도미노가 쓰러지듯, 높이 쌓은 블럭 타워가 무너지듯, 논리적 모순이 발생한 술식은 연쇄 반응을 일으키며 파탄났다.

사라진다.

사라져간다.

빛의 소용돌이가, 사라져 간다.

1만 시민의 영혼이, 에테르의 바다로 돌아간다.
그 영혼의 정보가 전부 사라진 순간.
타카하시는, 그 목소리를 똑똑히 들었다.

——고마워, 언니.

◆

강철의 신이 무너지고 있다.
"말도 안 돼."
자신을 구축하는 술식이 파탄 나면서 고철이 된 아틀라스는, 그 무게를 견디지 못한 탓에 신의 몸을 구성하는 부품이 떨어져 나가기 시작했다.
해수면에 떨어지는 강철 잔해가, 자신이 부순 도시와 마찬가지로 물보라를 일으켰다.
"——말도 안 돼."
단 한 사람이, 보잘것없는 어린아이가 신의 법을 무너뜨린 것이다.
"——말도 안 돼!"
말도 안 되는 일이다.
"신이! 완전한 존재가! 질 리가 없어! 1만 시민의 신앙을 짊어진 내가! 지다니, 있을 수 없는 일이잖아?!"
아직 죽을 수는 없다.

"히히히하하…… 시, 신은 죽지 않아."

신의 몸이 붕괴하기 직전, 정보화된 혼을 『진체(眞體)』에 업로드했다.

진체를 보호하는 장갑이 떨어지자, 케이블을 잡아 뜯으면서 액체 에테르에 감싸인 진체가―― 인간의 육체가 노출됐다.

갓 태어난 새끼 사슴처럼, 뼈만 앙상한 노인이다.

"내가 죽으면! 누가…… 누가 세계에 평화를 가져오냐고!"

지금은 도망치자.

이 광대하고, 아무것도 없는 바다 위에서 도망치자.

다시 시작할 수 있을 것이다. 왜냐하면 자신은 신이니까.

"이 잘못된 세계로부터, 원래 세계를 되찾아서! 낙원에! 가는 거야!"

그 야망은 영원히 막을 내렸다.

수면을 달려온 용사의 성검이.

인간의 모습으로 변한 흑룡의 발차기가.

그리고, 마왕의 마검이.

목을 베고, 머리를 부수고, 심장을 꿰뚫었다.

의식이 끊기기 직전, 마치 시간이 멈춘 것처럼 사고회로가 고속으로 가동됐다.

떠오르지 않는다, ■오르지 않는다, ■오르지 ■는다.

――나는, 누구를 위해 이런 일을 한 것일까.

평화로워지면, 식량을 차지하려고 남을 ■일 필요도 없다.

평화로워지면, 이웃과 친구, ■■을 ■을 필■도 없다.

평화로워지면, ■ ■ ■ ■ ■ ■ ■ ■ ■ ■ ■.

——그렇다. 그래서 나는 모두를 위해.

부족한 자원을 아끼려고, 친구를 바다에 빠뜨렸다.

자식을 살리려고, 부모를 ■ ■ 시켰다.

다수를 살리려고, 소수를 ■ ■ ■ 했다.

지구인, 이세계인을 포함한 열여덟 명의 영혼과 육체 정보를 보존해, 어떻게든 살리려 했다.

그것도 전부, 이 토지를 지키기 위해, 이 세계를 지키기 위해, 모두에게 보답하기 위해서다.

——그렇다. 나는, 나는…… 모두를 위해…… 그녀를 위해, 세계, 평화를…….

추위와 굶주림으로 죽어간 이들의 의지를 잇고, 사람들을 이끌며, 구원해서, 세계를 평화롭게 한다는 대업을 달성하려면 신이 될 수밖에 없었기에, 신이 되려고 한 남자는 손을 뻗었다.

움켜잡을 것이 없는 허공을 향해.

숨이 다한 것인지, 힘없이 무너졌다.

마왕은 연민하는 눈으로 그 남자를 보며 말했다.

"안심하고 잠들어라. 그대도 말하지 않았더냐. 짐과 그대의 목적은 같다고. 짐이 반드시, 세계 평화를 실현하겠노라."

에필로그 상처를 만지며

관리된 정원, 인공섬 요코하마시가 붕괴하고, 아틀라스가 파괴된 후.

키노하라가 조종하는 비공정에 회수된 히즈키 일행은 고아르로 돌아왔다.

지금은 새벽녘.

하지만 당연한 것처럼 먹구름이 햇살을 가리고 있었다.

전투의 여파로 커다란 구멍이 뚫렸던 하늘도, 어느새 원래대로 돌아갔다.

아틀라스의 대검을 막은 대가로 실바르드의 등에서 떨어진 히즈키는, 패밀리어도 타카하시에게 빌려준 탓에 그대로 바다에 추락할 수밖에 없었다.

하지만 바다 위를 질주하며 아틀라스에게 접근하던 그람이 우연히 히즈키를 받아낸 후에 《워터 워킹》을 걸어 준 덕분에 그대로 걸어서 마키나가 있는 폐허로 돌아갔다.

아틀라스에 의한 유린이라고 하는 최악의 사태를 막기는 했지만, 고아르 시내는 벌집을 쑤신 것처럼 시끌벅적했다.

"으음~ 소란이 벌어질 만하긴 해."

전투가 끝난 뒤에 타카하시에게서 돌려받은 패밀리어로 뉴스 사이트를 살펴봤다.

요코하마시가 붕괴했다. FEMU군의 비공정이 정체불명의 빛에 의해 격추당했다. 거인이 출현했다. 게다가 운석이니 대폭발이니 드래곤이니 무지 큰 검이니 하며 단시간에 별의별 일이 다 일어난 탓에 인터넷상에서도 화제를 독점하며 다양한 억측과 음모론이 나돌고 있었다.

"뭐, 거기 있었던 나도 아직 뭔 일이 있었는지 모르지만……."

물어보고 싶지만, 그럴 분위기가 아니었다.

여관에서 한방을 쓰는 타카하시는 녹초가 된 데다가 지금은 혼자 두는 게 좋겠다는 생각이 들었기에, 히즈키는 신주쿠로 돌아갈 시간이 될 때까지 홀로 고아르 시내를 산책하고 있었다.

항만지구에 발을 들인 타카하시에게, 누군가가 뒤에서 말을 걸었다.

"어, 너는……."

"네?"

뒤돌아본 히즈키는 움찔했다.

상대가 빛 속성의 미남이어서 그렇다.

혹한의 바다로 추락하는 히즈키를 구해준 남자, 그람이다.

그때와 다르게 푸른색 망토에 경장 갑옷 차림이었으며, 허리에는 쇠사슬에 걸린 녹슨 검을 차고 있었다.

참고로 어둠의 미남은 벨토르다.

그리고 그의 옆에는 라멘 가게에서 만났던 정장 차림의 미녀,

키노하라가 있었다.

"아. 그때…… 구해주셔서 고마워요……."

"그 정도는 아무것도 아니야. 사장, 미안한데 이 아가씨와 이야기를 좀 하고 싶은데……."

그람은 옆에 있는 키노하라에게 그렇게 말했다.

"여학생을 꼬시는 건 컴플라이언스적으로 문제가 되리라고 생각합니다만……."

"말이 너무 심한 거 아니야? 그런 게 아니라, 잠시 할 이야기가 있어."

"알겠습니다. 일이 산더미처럼 쌓였으니, ASAP(가급적 신속히) 해주세요."

그렇게 말한 키노하라는 히즈키를 향해 가볍게 고개를 숙인 후, 이 자리를 벗어났다.

"잠시, 걷지 않겠어?"

"아, 네……."

그람의 말에 따라, 그의 옆에서 걸었다.

(거, 거북해…….)

히즈키는 음과 양으로 따지면 음 속성, 빛과 어둠으로 따지면 어둠 속성에 속한다.

아키하바라에서 음이자 어둠의 학창 시절을 보낸 히즈키는, 상대의 속성을 민감하게 파악했다.

그리고 옆에 있는 금발 남성은 압도적 양이자 빛의 아우라를 뿜고 있다.

히즈키의 발걸음에 자연스럽게 맞춰 주는 것이 그 증거다.
반대로 어둠의 미남 대표인 벨토르는 남을 신경 쓰지 않고 자기 멋대로 걷는 타입이다.
이런 빛의 상대와 같이 있으면, 자기긍정감이 낮은 음이자 어둠의 여자는 위축되기 마련이다.
그리고 무엇보다——.
(메르디아가, 좋아하는 사람이지?)
히즈키는 자기 가슴에 손을 댔다.
그토록 의욕이 가득했던 내면의 힘이, 지금은 완전히 숨죽이고 있었다.
하루 한 번만 힘을 행사할 수 있기 때문일까. 아니면 수줍어하고 있는 것일까.
히즈키의 감으로는 후자인 것 같았다.
(끙~ 애초에 남과 이야기하는 게 취약인데, 처음 보다시피 하는 사람과 뭘 이야기하면 될지…….)
히즈키는 그와 이야기해 보고 싶지만, 현재 수중에 있는 대화의 카드 중 지뢰가 아닐 듯한 것은 『뫼비우스 프로토콜』 뿐이다. 하지만 왠지 이 남자는 『뫼비우스 프로토콜』을 보지 않았을 것 같다.
이판사판. 영업용 미소와 목소리로, 히즈키는 말을 꺼냈다.
"저, 저기~! 뫼비——."
떨리는 목소리로 말을 건네려던 순간, 그람이 걸음을 멈췄다.
그리고 바다 건너편의 한곳을 응시했다.

붕괴된 요코하마시의 폐허다.
폐허를 조사하기 위해, 고아르시와 FEMU의 비공정이 날아다니고 있었다.
요코하마시를 쳐다보는 그람의 눈빛에 그늘이 졌다.
"미안해. 자기소개를 안 했네. 나는 그람이라고 해. 지금은 평범한 회사원이지."
"아, 으음, 아, 알고? 있어요. 아, 전 히즈키라고 해요. 야마다 레이너드 히즈키예요."
히즈키의 말을 들은 그람이 "레이너드."라고 나지막이 중얼거렸다.
"레이너드 양이라고 부르면 될까? 아니면 야마다 양?"
"아, 아뇨, 그냥 히즈키면 돼요!"
히즈키는 그 말을 하자마자 후회했다.
(아니, 히즈키면 된다는 건 또 무슨 소리야. 너무 뻔뻔하다고 여기지 않을까?)
"저기, 히즈키."
히즈키가 무슨 생각을 하는지 모르는 투로, 그람이 말했다.
"네 힘…… 그건, 여신 메르디아의 것이지?"
"어, 아, 네."
"그렇군……."
그렇게 말한 그람은 히즈키를 향해 돌아섰다.
"미안해."
그리고, 그람은 그렇게 말하며 머리를 숙였다.

"어, 뭐가 미안하다는 건데요?!"

"아키하바라에서 일어난 사건에 대해, 나도 조금은 알고 있어. 네가 그 힘을 손에 넣은 것, 그리고 아키하바라가 그렇게 된 것은 옛날에 내가 자기 책임을 내팽개쳤기 때문이야. 사과한다고 용서받을 일은 아니겠지만, 그래도 미안해."

히즈키 또한 과거에 용사 그람이 르크셀의 영주였다는 사실을 안다. 그리고 그가 그 지위를 내던진 것도.

하지만 히즈키에게 그것은 머나먼 과거의 일이다.

따지자면 역사의 일부이며, 지극히 간접적인 원인이지 직접적인 원인은 아니라고 인식했다.

애초에 히즈키는 눈앞에 있는 인물이 그 당사자라는 실감이 나지 않았기에 '별로 상관없는' 일이라고 여겼지만, 본인은 그렇게 생각하고 넘어갈 수 없으리라.

'서툴긴 하지만 솔직한 사람' 이라고, 히즈키는 생각했다.

"아, 저는 전혀 신경 안 써요. 진짜로 사과할 일은 아니에요."

히즈키도 자신의 위로가 어설프다는 것을 자각하고 있었다.

"그, 래……."

그람은 고개를 들더니, 히즈키를 응시했다.

"그리고…… 네게 물어봐도 소용없을지 모르지만……."

"아, 네."

"그녀는…… 메르디아는……."

쥐어짜듯, 자신의 오래된 상처를 후비듯, 그람은 말을 이었다.

"나를 원망하고 있을까?"

그것은 '별로 상관없는' 일이 아니었다.
이것만은, 히즈키가 자기 입으로 전할 의무가 있었다.
"걱정하지 마세요. 정말 독선적이고, 질투심이 많고, 멍청한 애지만…….”
용사를 사랑한 여신의 그릇이 된 소녀는, 진심으로 웃으며 말했다.
"그 애는, 영원히 당신을 소중히 여기니까요."

◆

"여기까지가, 벨토르 님께서 요코하마시로 향하신 후에 발생한 일의 전말입니다."
요코하마시는 붕괴됐으니, 고아르에 머물 이유도 없다.
실바르드를 구출했으니, 벨토르는 애초의 목적을 얼추 달성했다고 할 수 있다—— 나라를 세운다는 것을 빼고.
고아르에서 신주쿠로 돌아온 마키나는 벨토르의 스트리밍룸에서, 그가 없는 사이에 일어난 일을 보고했다.
《안제》와의 우연한 재회, 그리고 제노르라고 자기를 밝힌 검은색 MG 탑승자와의 해후.
사실은 더 일찍 보고해야 했지만, 일단 상황이 정리된 후에 이야기하는 편이 좋을 것이라고 마키나는 판단했다.
대마법을 쓴 반동으로 잃고만 마키나의 한쪽 팔은, 신주쿠에 도착할 즈음에는 일상생활에 지장이 없을 만큼 회복했다.

"그랬, 느냐."

한가운데에 '마왕' 이라고 적힌 티셔츠와 검정 추리닝 차림인 벨토르는 게이밍 체어의 등받이에 몸을 기대더니, 눈을 감고 눈꺼풀을 손으로 주물렀다.

"메이 다음은, 제노르가……."

벨토르는 꽤 지친 투로 그렇게 말했다.

요코하마시에서 벌어진 대략적인 일은 마키나도 들었다.

철저하게 관리되는 모형정원 도시, 신을 자처하는 관리자.

그리고, 거기서 일어난 벗의 죽음.

아틀라스는 타도했지만, 그렇다고 해서 벨토르 일행이 승리했다고는 볼 수 없었다.

벗을 구원하지 못했다는 사실에, 짓눌리고 있으리라.

벨토르만이 아니다.

타카하시도, 실바르드도, 그리고 용사 그람도 마찬가지다.

"저기…… 어쩌면 그자는 진짜 제노르 경이 아닐지도 몰라요."

"그게 무슨 소리지?"

벨토르가 고개를 들었다.

"《안제》는 처음 만났을 때 메이의 마력 잔재를 희미하게 느낄 수 있었어요. 하지만 제노르를 자처한 자에게서는 제노르 경의 마력 잔재를 느낄 수 없었고, 《안제》와 다르게 기억이나 인격을 조작당한 것처럼 보이지 않았죠. 말투랄까, 분위기도 완전히 달랐고요……. 무엇보다, 벨토르 님을 향한 그 명백한 적의…… 충신 제노르 경이 그럴 리가 없어요."

"그 점에 관해서는 전례가 있지 않느냐. 짐의 인망을 덜컥 믿을 순 없지."

"정말, 벨토르 님! 멍청이 마르큐스는 몰라도, 제노르 경의 충성심을 의심하시면 아무리 벨토르 님이셔도 화낼 거예요!"

자조하듯 웃고 있는 벨토르를 본 마키나가 볼을 부풀리며 그렇게 말했다.

마키나에게 제노르는 존경해 마지않는——때로는 그 충성심이 과하기도 했지만——충의의 사나이다.

마키나도 벨토르를 향한 충성심이라면 누구에게도 뒤지지 않는다고 자부한다. 하지만 육마후 중에서 벨토르에게 가장 충절을 맹세한 자가 누구인지 묻는다면, 만장일치로 제노르일 것이다.

"농담한 것이야. 짐도 제노르의 충심을 의심하진 않노라. 하지만…… 제노르는 마르큐스에 의해 『장작』이 됐지 않느냐. 마르큐스가 거짓말했을 가능성도 있다만, 아마 사실일 것이다. 메이의 구출, 그리고 제노르를 자처한 자의 조사, 당분간은 이 두 가지를 다음 목표로 삼아야겠구나."

"알겠습니다. 그런데, 벨토르 님. 실바르드 경은 지금 어디 계신가요……?"

실바르드는 함께 신주쿠까지 왔으며, 벨토르의 맨션에서 지내기로 했다.

필요할지는 의문이지만, 일단 그녀의 생활용품을 사러 같이 갈 생각이었다.

"아무래도 타카하시를 찾아간 것 같구나."

"타카하시를 말인가요? 그런가요……. 여러모로 하고 싶은 이야기가 있지만, 앞으로 얼마든지 기회가 있으니까요."

◆

"……."

대화를 마친 마키나가 방에서 나간 후, 말없이 PDA를 켠 벨토르는 방송용 프로그램을 켰다.

마이크 감도 체크, 음성 믹서 조정, 카메라 각도 체크 등, 평소 스트리밍을 시작하기 전에 단 한 번도 거르지 않았던 공정을 오늘은 전부 건너뛰었다.

방송 제목은 엘프어로 『뭔가 한다』.

흥이 나지 않을 때는 방송하지 않는 것이 벨토르 나름의 원칙이었다. 하지만 명백하게 흥이 나지 않는데도 라이브 스트리밍을 시작했다.

"음……."

방송 시작 인사도 대충 넘어가더니, 횡스크롤 액션 게임을 시작했다.

당연히 방송을 보러 온 시청자는 무슨 일인가 싶어 당혹스러워했다. 그리고 역시나 평소 방송보다 확실히 재미가 없었다.

보다 못한 시청자 한 명이 이렇게 말했다.

『할 맘 없으면 관둬.』

그 코멘트가 벨토르의 눈에 들어왔다.

평소 같으면 무시하거나, 아니면 낚여서 시청자와 싸웠을 것이다.

"이……."

하지만 벨토르는 무슨 말을 하려다 입을 다물었다.

"아니, 아무것도 아니니라."

벨토르의 가슴속에 맴도는 건, 구하지 못한 벗을 향한 마음이다. 그리고, 신앙과 그것을 바치는 자에 대한 시조의 말이었다.

"다들."

이번 일에서 접한 아오바란 소녀의 존재, 그리고 좁고 폐쇄된 섬에서 본 『신앙』이란 개념은 벨토르의 심경에 명백한 변화를 안겨줬다.

자신을 신앙하는 자들에 대한, 심경의 변화다.

"아~ 저기~ 뭐냐. 너희한테는 항상, 뭐랄까…… 하는 말이다만……."

떨떠름한 말투로 단편적인 말을 내뱉었다.

이름도, 얼굴도 모르는 상대에게, 벨토르는 경의를 품지 않았다.

공물을 받은 자가 자신에게 바쳐진 공물에게 특별한 감정이 생길 리가 없다. 시조는 그렇게 말했다.

그 말은, 부정당해야 한다. 부정해야 한다.

그래서 벨토르는 이렇게 말했다.
자신에게 신앙력을 바치는 공물에게.

"고맙다."

그 짧은 말에 담긴 진의를, 시청자들 대부분이 이해했다.
평소의 영업용 멘트가 아니라, 벨토르의 진심에서 우러난 말이라고.

◆

한밤의 신주쿠.
요코하마시에서 일어난 모든 일이 끝난 후.
어느 빌딩 옥상에, 타카하시는 있었다.
그곳은 예전에 벨토르의 신앙력을 일시적으로 끌어올리려고 신주쿠 시내의 홀로그램 디스플레이를 해킹한 장소이기도 했다.
"하아……."
난간에 기댄 타카하시는 한밤의 불빛을 응시하며 한숨을 내쉬었다.
신주쿠에 돌아온 후로 쭉 이랬다.
아무것도 하지 않으며, 그저 멍하니 신주쿠를 바라봤다.
날갯짓 소리가 나고, 곧이어 누군가가 타카하시의 뒤에서 말을 걸었다.
"여기 있었구나."
타카하시는 천천히 뒤돌아보았다.
"아, 실 언니잖아."
상대는 흑룡후, 소녀의 모습을 한 실바르드였다.
천천히 날갯짓을 하면서 공중에 떠 있었다.
옥상에 내려선 그녀는 날개를 접어서 집어넣었다.
실바르드는 추리닝과 '드래곤' 이라고 적힌 셔츠 차림이었다.
'어디서 파는 걸까? 저 날개는 크기를 마음대로 조절할 수 있는 걸까?' 하고 타카하시는 생각했다.
"나를 그런 식으로 부른 자는 이제까지도, 그리고 앞으로도 너뿐이겠지……. 뭐, 좋다. 실 언니라고 부르는 걸 허락하마."
"고마워."
그렇게 말하고, 타카하시는 웃었다.
밋밋한 웃음이다. 목소리 또한 평소보다 기운이 없었다.
"그런데, 무슨 일이야?"
"아, 음. 그 뭐냐……. 벨토르한테 네가 여기 있다고 들었다."
"그랬구나."
"정말이지. 뭐냐. 패기가 없구나. 이렇게 노골적으로 패기가 없는 것이 눈앞에 있으니, 나까지 기분이 가라앉지 않느냐. 하다못해 내 앞에서는 억지로라도 기운을 내봐라."
"에이, 딱히 기운 없는 건 아니야. 헤헤."
타카하시는 힘없이 웃었다.

"미안해."
타카하시의 얼굴에서, 미소가 흘러내렸다.
"실은 기운이 없어."
실바르드는 그 옆에 서더니, 난간 밖으로 고개만 내밀어서 신주쿠 거리를 내려다봤다.
"지상에서 보면 추악하고 더러우며 바보밖에 없는 장소지만, 이렇게 내려다보니 인간의 생활에서 비롯된 빛이 참 아름답구나. 시대가 바뀔 때마다 인식은 달라지지만, 그래도 세상이 바뀌었다는 걸 실감한다."
실바르드는 타카하시를 쳐다봤다.
"나는 용이다. 꽤 오랫동안 인간과 교류해 왔지만…… 아직 인간의 마음을 전부 이해하지는 못했지. 하지만 혼자 끙끙 앓는 게 좋지 않다는 건 나도 안다. 아무나 속을 털어놓으면, 다소 편해질지도 모르지. 그런다고 해결되지는 않을지라도."
"딱히……."
타카하시는 말을 멈추더니, 잠시 생각에 잠겼다.
"응……."
그리고 다시 입을 열었다.
"그때 일을 생각하고 있었어. 아오바를…… 친구를 죽인 걸, 모든 요코하마 시민의 영혼을 죽인 걸……."
고개를 숙인 채, 중얼거리듯 이야기를 시작했다.
"친구와 수많은 사람을 죽였는데도 후회는 느껴지지 않고, 눈물도 안 나. 그 애를 소중하게 여기지 않은 걸까. 나는 사람의 마음이 없는 걸까. 정보로만 여기는 걸까. 친구가 아니었던 걸까. 마키나나 히즈키가 만약 그런 상황에 빠진다면, 나는 역시 똑같은 선택을 할까. 그때도 역시 눈물이 나지 않을까."

타카하시는 억지로 미소 지었다.

"뭐, 그런 생각을 하고 있었어."

"뭐?"

말없이 옆에서 이야기를 들어주던 실바르드는 미간을 찌푸리며 의아한 표정을 지었다.

"넌 대체 무슨 소리를 하는 거냐."

"어, 뭐가 말이야?"

"너는 아오바를 죽이지 않았다."

"뭐……? 하지만 그때……."

"너는 신을 자칭하는 괘씸한 놈에게서, 아오바와 다른 이들을 구원하지 않았느냐."

타카하시의 온몸에, 번개를 맞은 듯한 충격이 흘렀다.

"네가 거든 것은 어디까지나 그 간사하고 포악한 고철신을 죽이는 일이야. 그리고 친구를 구한 건 타카하시, 바로 너다. 그 점을 착각하지 마라. 벨토르가 일부러 오지 않을 만하구나. 설마 그런 걸 착각하고 있었을 줄이야."

"……."

"하아~ 정말. 무슨 고민을 하나 했더니, 그런 사소한 일로 끙끙 앓고 있었던 거냐. 자랑스럽게 생각한다면 모를까, 눈물이 날 리가 없지 않으냐. 신을 죽인 것으로 모자라 친구를 죽인 것까지 젊어지려 하다니, 욕심쟁이구나. 살해와 구원의 차이도 모르다니, 제법 하는 계집이라고 생각했다만, 의외로 아직 꼬맹이인걸."

실바르드는 어깨를 으쓱했다.

"가슴을 펴라, 타카하시. 못된 신을 멸하고, 사로잡혀 있던 친구의 영혼을 구제한 너는 틀림없는 용사다. 다름 아닌 내가 인정하는 만큼, 틀림없어."

그것은 타카하시를 구원하는 말. 그 말을 듣고 가슴 속의 응어리가 해소되더니, 마음의 둑이 무너졌다.

그제야, 타카하시의 눈에서 눈물이 흘러나왔다.

본인의 마음도, 지금 구원받은 것이다.

"응, 응……!"

실바르드는 타카하시를 상냥히 끌어안았다.

용의 품에서, 소녀는 엉엉 울었다.

하다못해 친구의 영혼이 평안히 잠들기를 빌면서.

후기

죄송합니————————————————————다!

3권이 이렇게 늦게 나와 죄송합니————————————다!
정말 기쁜 소식이 있습니다만, 그 전에 오랫동안 기다리게 한 독자 여러분에게 사과해야 하겠죠. 그렇게 생각해서, 죄송한데 개막 사죄부터 감행해 봤습니다.
최근에 이 작품을 알게 된 분은 이 인간이 왜 사과하냐고 생각하실지도 모릅니다. 사실은 2권과 3권의 발간 간격이 좀…… 아니, 꽤 컸습니다.
라이트노벨의 속간이 나오지 않는다는 건 (정말 싫지만) 흔한 일이며, 저도 학창시절에 '또?' 라고 생각하며 기다리는 입장이었습니다.
하지만 설마 제가 독자 여러분을 기다리게 할 줄은 몰랐습니다……. 정말 죄송합니다…….
아. 변명하자면, 결코 노닥거리거나 집필 활동 및 작품에 대한 열의가 떨어진 것은 아닙니다! 이해해 주시면 좋겠습니다!
하지만 독자 여러분을 기다리게 한 것은 의심할 여지도 없는 사실인 만큼, 앞으로 더 정진하겠습니다.

정말 미안해요.

자, 기쁜 소식을 전합니다! 어쩌면 띠지에 있을지도 모르지만, 저도 알려드리고 싶습니다!

『마왕 2099』의 애니메이션 제작이, 얼마 전 『AnimeJapan 2023』에서 발표됐습니다!

크레타 씨가 그리신 벨토르의 티저 비주얼이 진짜 멋졌어요!

애니메이션입니다! 애니메이션이 된다고요!

대단하지 않습니까?! 대단하죠?! 깜짝 놀랐습니까? 깜짝 놀랐죠?! 제가 가장 놀랐을 겁니다!

역시 이 바닥의 창작자라면 애니메이션 제작을 동경할 수밖에 없으니까요. 저도 좋아하는 음악을 들으면서 머릿속으로 OP 영상을 상상합니다. 여러분도 그렇죠?

제가 알려드릴 수 있는 건 많지 않지만, 멋진 영상 작품이 될 테니 여러분도 많이 응원해 주세요!

애니메이션 정보는 애니메이션 『마왕 2099』의 공식 사이트와 『마왕 2099』 SNS 공식 계정으로 적절한 타이밍에 발표될 테니, 부디 체크&팔로우 부탁드립니다!

뭐니 뭐니 해도 여러분의 도움이 필수이니, 부디 저와 함께 『마왕 2099』란 콘텐츠를 띄워주시면 감사하겠습니다.

그리고! 발표할 게 더 있습니다! 『마왕 2099』의 만화판 연재가 「소년 에이스 plus」에서 시작됩니다!

멋진 만화가 될 테니, 이쪽도 잘 부탁드립니다!

그리고 신작인 『단두대의 신부』도 출간 중입니다! 재미있으니 서점에서 눈에 띄면 꼭 사주세요!

오늘은 !(느낌표)가 참 많군요.

경사스러운 날이라서 그럴까요.

마지막으로 감사 인사를 드리고 마칠까 합니다.

일러스트 담당 크레타 님. 또 함께 작업해서 영광입니다. 3권 커버 일러스트도 완전 최고입니다. 항상 감사드립니다.

담당 편집자님. 저도 해산물 덮밥으로 할 걸 그랬다고 이 글을 쓰면서 생각했으니, 또 그 가게에 데려가 주세요.

부편집자님. 저자 교정 때 선물을 사 갈 생각이었는데, 토리파이탄 라멘 생각만 하다가 깜빡했습니다. 죄송합니다.

마지막으로 이 책을 구매해 주신 독자 여러분.

저라는 존재는 여러분이 없으면 성립되지 않습니다.

독자가 있어야 작가도 있을 수 있다고, 절실하게 생각합니다.

여러분께서 보내주시는 팬레터가 정말 큰 힘이 됩니다. 감사합니다.

그리고, 이 작품이 다양한 행운 덕분에 성립되고 있음을 절실히 깨닫고 있습니다.

앞으로도 『마왕 2099』를 잘 부탁합니다.

무라사키 다이고

마왕 2099
3.메타유토피아 시티 요코하마

2024년 11월 25일 제1판 인쇄
2024년 12월 05일 제1판 발행

지음 무라사키 다이고
일러스트 크레타

옮김 이승원

제작 · 편집 노블엔진 편집부

발행 데이즈엔터(주)
등록번호 제 2023-000035호
주소 07551 서울특별시 강서구 양천로 570 NH서울타워 19층
대표전화 02-2013-5665

ISBN 979-11-380-5507-9
ISBN 979-11-380-5027-2 (세트)

MAO 2099 Vol.3 META UTOPIA CITY · YOKOHAMA

구매 시 파손된 도서는 구매처에서 교환하실 수 있습니다.
기타 불편사항, 문의사항이 있으신 독자님께서는 노블엔진 홈페이지
[http://novelengine.com] 에서 Q&A 게시판을 이용해 주시기 바랍니다.